Newton Compton Editores

Título original: *The Stolen Twins*

© 2022, Shari J. Ryan. Publicado por primera vez en el Reino Unido
por Bookouture (Storyfire Ltd.)
© 2024, de la traducción por Alicia Botella Juan
© 2024, de esta edición por Antonio Vallardi Editore S.u.r.l., Milán

Primera edición: mayo de 2024

Newton Compton Editores es un sello de Antonio Vallardi Editore S.u.r.l.
Pl. Urquinaona, 11, 3.º 1.ª izq. Barcelona, 08010 (España)
www.newtoncomptoneditores.com

Gruppo editoriale Mauri Spagnol S.p.A.
www.maurispagnol.it

ISBN: 978-84-19620-69-9
Código IBIC: FA
DL: B 8.165-2024

Diseño de interiores:
David Pablo

Composición:
Endoradisseny

Impreso en mayo de 2024 en Puntoweb s.r.l., Ariccia (Roma), en Italia.

Shari J. Ryan

Las hermanas de Auschwitz

Traducción de Alicia Botella Juan

Newton Compton Editores

Barcelona, 2024

Para mi hermana Lori:
siempre nos tendremos la una a la otra

PRÓLOGO

JULIO DE 1944

La mano de mi hermana se aferra a la mía. Tenemos los brazos colgando por detrás de la espalda como si estuviéramos rompiendo una regla de afecto. Puede que sea así. Tiene la mano caliente y húmeda, como yo. Las dos nos apretamos con tanta fuerza que me clava las uñas en la piel y yo se las clavo a ella. Esta es la tercera vez que nos cambian de ubicación desde que llegamos a Auschwitz. Hemos pasado por un edificio vacío como lugar de espera, por un hospital para que nos examinaran y parece que ahora vamos a trasladarnos a un hospital diferente: un edificio deprimente sin luz natural. Cada transición es como girar una esquina en un laberinto oscuro sin saber quién nos espera o qué necesitarán ahora de nosotras.

Aunque el interior de cada edificio es ligeramente diferente, todas las fachadas son iguales: bloques de ladrillos carcomidos con ventanas oscuras, algunas tapiadas con tablones para evitar que se pueda ver desde el interior. Esta puerta de entrada parece hecha de acero y suena como un platillo cada vez que se abre y se cierra.

Las paredes interiores son de un verde claro y los suelos están cubiertos de mugrientas baldosas marrones. Desde la distancia, cada pasillo adyacente parece igual, pero por nuestra experiencia en el anterior hospital sabemos que cada habitación tiene un propósito diferente: en algunas se mata a los reclusos, en otras se llevan a cabo operaciones frente a una audiencia, en otras se realizan experimentos y luego hay otras dedicadas a la observación. El olor acre a formaldehído y sulfuro impregna el aire y

9

me obliga a respirar solo lo estrictamente necesario. El sabor a huevos podridos que noto en la lengua es un efecto secundario del hedor y ojalá pudiera ignorarlo.

Estamos en una fila con otra veintena de gemelos siguiendo al hombre que está al mando. Alguien susurra que se refieren a él como el «Ángel de la Muerte». No estoy segura de qué significa eso, pero prefiero no saberlo.

A medida que nos adentramos en los pasillos desolados, oímos un sinfín de exclamaciones inquietantes, gemidos y gritos salvajes. Me duele el pecho, es una reacción instintiva que llevo intentando acallar desde el día que salimos de aquel oscuro vagón para ganado.

—Conejillos de Indias nuevos —dice alguien a lo lejos.

Tiene un marcado acento alemán y una risa siniestra sigue al comentario… Un guardia de las SS que disfruta de su poder y autoridad.

Me gustaría agarrar de la mano a mi hermana y salir corriendo para salvar nuestras vidas, pero no hay modo de escapar y ya hemos visto qué les pasa a los que lo intentan. Un chasquido, una bala, otra vida perdida.

Pasamos por una puerta abierta y me digo a mí misma que debo mantener la mirada fija en la espalda encorvada de la chica que tengo delante, pero la escena es un metal para el imán de mi curiosidad.

Se me revuelve el estómago y siento la necesidad de tragar saliva para evitar el vómito. Cierro los ojos e intento dejar de ver ese horror, pero es demasiado tarde.

Una respiración pesada y entrecortada capta mi atención. Mi hermana nació con la misma curiosidad que yo y ahora ambas conocemos la verdad sobre este edificio.

Puede que esta sea nuestra última parada.

CAPÍTULO 1

MAYO DE 1946

ARINA

Una pintura espesa de color blanco lechoso cubre cada tuerca, perno e imperfección a lo largo de las paredes ásperas y el techo del congestionado camarote que comparto con otras tres personas. La estancia contiene cuatro camas de color avellana apiladas de dos en dos que rodean un lavabo de porcelana con un estante de metal encima para colocar nuestras escasas pertenencias. Una alfombra delgada con un patrón en tonos rojos y marrones cubre lo que debe de ser más acero bajo nuestros pies. La única salida del camarote es a través de una puerta estrecha por la que algunos tienen que pasar de lado y que da a un pasillo lleno de camarotes idénticos. Estoy acostumbrada al estilo de vida de clase baja, así que no debería tener motivos para quejarme. Sin embargo, estoy harta de que me consideren de tercera clase.

El área común y el comedor también carecen de encanto. Hacinamiento y un aire viciado y caliente que apesta a pescado ahumado. Los insistentes llantos de los bebés resuenan por todas las paredes que nos rodean, ofreciéndonos un murmullo constante de ruido blanco día y noche.

Desde que subí al barco, he decidido quedarme en mi cama tantas horas de vigilia como me sea posible. Ojalá pudiera pasarme los días durmiendo, el tiempo transcurriría más rápido.

—No creo que quede mucho —dice la chica que está en la litera encima de la mía. Habla suficiente por las cuatro—. Sé que Estados Unidos será todo lo que siempre he imaginado. ¿Estáis de acuerdo?

11

Durante los tres días y medio que llevo en el barco desde que zarpamos de Polonia, he estado escuchando a esta chica parlotear de todo y de nada. Aun así, no sé cómo se llama y dudo que alguna de ellas me conozca como Arina. No obstante, el último año no he sido más que un número, así que no me parece mal permanecer en el anonimato.

Las otras dos chicas no han dicho gran cosa. No nos conocíamos antes de que nos asignaran este camarote, pero parece que tenemos todas la misma edad, unos dieciséis o diecisiete años, y que también viajan solas, sin sus familias. Supongo que habrán tenido una vida parecida a la mía, pero espero por su bien que no hayan sufrido semejantes horrores.

—No será muy diferente del agujero en el que vivimos —contesta otra chica. Está en la cama de abajo, al otro lado del lavabo que separa las dos literas—. No tengo intención de reventar tu burbuja, Sylvia, pero estoy segura de que las vistas no serán mejores y de que las reglas serán más estrictas.

Supongo que esas dos chicas sí debían de conocerse de antes, puesto que ayer ya tuvieron un intercambio parecido, pero al menos ahora sé el nombre de la muchacha alegre.

—Por Dios, no deberías ser tan pesimista —entona Sylvia y su voz se ve acompañada por el tintineo de los muelles del colchón.

Yo antes era como Sylvia, la chica que intentaba llevar risas y felicidad a todo el mundo sin importar la situación. Ahora me parezco más a Nora, mi gemela, que es… era la más tranquila de las dos.

—Además, la guerra se ha acabado y nos espera una vida nueva —continúa Sylvia—. Deberíamos estar agradecidas.

—Basta —dice la tercera chica en la litera superior paralela a la mía—. Ya es todo bastante difícil, no hace falta ponerse a discutir. Somos todas huérfanas, ¿verdad?

—Sí —respondo, y escucho la contestación de las otras tres.

Una a una, como un grifo que gotea, responden con un sonoro «sí».

Me pregunto si estas tres chicas acabarán en el mismo sitio que yo o si nos separarán al llegar a Nueva York.

Un mareo provocado por el sutil vaivén de la corriente me empuja contra la colcha de lana verde. Me pongo de lado de cara al metal pintado de blanco y apoyo el brazo en la almohada. No pasa mucho tiempo hasta que mi mirada se desvía a mi piel quebradiza y a las cicatrices rosadas que tengo del año pasado. El médico dijo que tenía venas malas. Quise responderle al ladrón de sangre diciéndole que era mejor eso que tener mala sangre porque eso es lo único que tenía él en el cuerpo. Todavía me pregunto cómo es posible que un ejército de personas se despierte un día y decida odiar a todo ser humano que no tenga su perfil genético de cabello rubio y ojos azules. Son seres crueles que no aceptarán a nadie distinto a ellos. Desde el momento en que me encontré por primera vez ante esta crueldad inhumana, supe que estaba en el centro de un mundo que se derrumbaba.

Debrecen, Hungría
DOS AÑOS ANTES, MARZO DE 1944

Nora y yo hemos estado colocando una fila de fichas de dominó desde un lado del sofá del salón hasta el hueco de la escalera que hay en el otro extremo de la estancia. Aparte de la cocina y el baño, es el único espacio que no tiene alfombra. Las fichas de dominó son inestables y no se mantienen en pie ni siquiera sobre la estrecha alfombra oriental que tenemos junto a la escalera.

—Ma-ma-mamá está en casa —anuncia Nora—. Solo una más.

Se pone tiesa como una tabla, entorna el ojo izquierdo y se muerde la lengua mientras coloca en el sitio la ficha más importante.

Cuando Nora se aparta del laberinto de fichas, se me relajan los hombros y me seco el sudor invisible de la frente.

–¿Ha dicho adónde iba?

Me he levantado más tarde de lo habitual y ya se había ido cuando he bajado la escaleras.

–Ha-ha-ha dicho algo sobre unos re-re-recados que tenía que hacer en el ce-ce-centro. Me estaba lavando los di-di-dientes y no la he oído bi-bien con el grifo abierto.

–Pareces nerviosa –digo, consciente de que Nora tartamudea más cuando no piensa mucho antes de hablar.

–No-no-no estoy ner-ner-nerviosa.

Sí que lo está. Nora nació con tartamudez y, aunque apenas lo noto la mayor parte del tiempo, cuando hay más palabras tartamudeadas que seguidas, sé que algo va mal…, que hay algo que no me está contando.

Mamá acaba de entrar por la puerta trasera, la de la cocina, algo que hace a menudo cuando viene con las manos llenas, pero hoy no nos toca recoger las raciones de la semana.

–Niñas, por favor, venid a la cocina.

Nora y yo intercambiamos una mirada idéntica con las preguntas reflejadas en los ojos.

–No-no-no las tires cuando pa-pases por al la-la-lado.

–¿Por qué iba a tirarlas?

–Po-po-porque andas como un go-go-gorila –continúa Nora.

Me río disimuladamente porque es cierto. A ella nunca la oye nadie bajar las escaleras porque tiene un andar ligero, pero, a pesar de que tenemos la misma estatura y el mismo peso, papá y mamá dicen que a mí pueden oírme a través de un campo de maíz.

Sorteando con cuidado las fichas de dominó, entro en la cocina de puntillas y me encuentro a mamá inclinada sobre la mesa de arce redonda con pedestal desgastada por los años de uso. Parece estar organizando y clasificando lo que ha traído a casa.

–Ma-ma-mamá… –dice Nora.

La conmoción parece haberle robado el aliento.

Me pongo al lado de mi hermana y dirijo la mirada a la mesa examinando las dos pilas cuidadosamente colocadas de tejido amarillo, unas tijeras plateadas afiladas y dos bobinas de hilo negro, cada una con una aguja clavada en la capa superior. No me hace falta forzar la vista para saber qué estoy mirando: el ejército de Hitler nos ha encontrado en la pequeña ciudad de Debrecen.

–Hemos tenido suerte hasta ahora, pero las leyes han cambiado en los países limítrofes y Hungría ya no forma parte de las excepciones.

–¿Esto si-si-significa…? –Nora empieza a plantear una pregunta que no logra salir de sus labios.

Todas sabemos lo que significa, pero no queremos admitirlo en voz alta. Paso los dedos por la tela amarilla.

–Significa que los nazis están aquí y que el primer ministro ya no nos protege. Los alemanes están aquí y han ocupado Hungría, ¿verdad, mamá? –inquiero.

Mi madre se coloca entre las dos y nos pone los brazos en la espalda.

–Sí, querida. Se supo la noticia hace un par de días, pero estaba esperando un milagro, ya que nuestro país había logrado contenerlos anteriormente. –Hace una pausa y resopla–. Sin embargo, parece que han vuelto con fuerza bruta.

–¿Po-po-por qué hay ta-ta-tantas es-es-estrellas a-amarillas? –pregunta Nora.

Mamá recoge las estrellas en un montón pequeño y coloca las manos encima.

–He leído que en otros países obligan a los judíos a coserlas en la parte delantera y trasera de todas las prendas que llevan –respondo–. ¿Aquí pasa lo mismo? Si es así, no es gran cosa. Solo es la estrella de David y los judíos somos un pueblo orgulloso.

–Arina –dice mamá–, me alegro de que estés al día en ese tema, pero no estoy segura de que entiendas la gravedad de todo esto. No quiero meteros miedo, pero que nos etiqueten como judías con estos parches de estrellas amarillas puede conllevar un cambio en la gente…, un cambio en cómo nos verán los que no son judíos.

—Estoy orgullosa de ser judía. Una estrella amarilla no hará que sienta lo contrario.

A mamá le brillan los ojos al borde de las lágrimas, pero consigue esbozar una sonrisa temblorosa con sus labios pintados de color fresa.

—Quiero que subáis arriba las dos y busquéis los jerséis que más os ponéis. Empezaré cosiendo los parches en esos.

Nora se da la vuelta sin decir nada más. Mamá se apila las estrellas en las manos y aprieta los puños. Cierra los ojos y una lágrima le cae por la mejilla. No sé qué decir. Me muerdo el labio inferior y echo un vistazo a la cocina. Me fijo en el cesto de fruta vacío, en las encimeras desnudas, en las ollas y sartenes esperando los ingredientes para la cena de esta noche, en las cortinas cortas que cubren las ventanas que hay sobre el fregadero.

Esta sigue siendo nuestra casa, mientras estemos juntos, nadie podrá arrebatarnos eso.

—Puedo ayudarte, mamá —me ofrezco.

—Gracias, cariño, pero me las arreglaré. Ve con tu hermana.

Cuando salgo de la cocina, oigo a papá que entra por la puerta de atrás silbando.

—No te he visto entrar, querida. Estaba preparando la tierra del jardín para poder plantar semillas en un par de semanas. Se nota cierta calidez en el aire, puede que este año tengamos suerte y llegue pronto la primavera.

Mi padre siempre está alegre y optimista. Mi madre dice que por eso me paso el día soñando despierta, porque me parezco a él. Pero, en este caso, no estoy segura de que él sepa qué acaba de traer mamá a casa.

—Henrik —dice ella.

Su nombre le pesa en la lengua. Los tacones de los zapatos con cordones de mamá resuenan en el suelo cuando se acerca a él.

—¿Qué es todo esto? —pregunta papá—. Estos parches… ¿Son lo que creo que son? ¿Ahora tenemos que ponérnoslos? Los alemanes solo llevan unos días en nuestro país. Esto es absurdo, Danica. Me niego.

No puedo soportar seguir escuchando porque sé que la ira de papá no servirá de nada y que mamá se quedará mirándolo fijamente hasta que respire profundamente y se disculpe por su reacción. Papá siempre me ha dicho que es importante no hacer enfadar nunca a una persona alegre porque se quedará anclada en ese sentimiento y nadie quiere eso.

Noto los pies más pesados de lo habitual al subir las escaleras. Es como si toda la energía hubiera sido drenada de mi cuerpo.

Me preocupa el ruido de los cajones abriéndose y cerrándose cuando entro en nuestro dormitorio.

Las lágrimas brotan de los ojos de Nora mientras revisa sus jerséis doblados como si estuviera a punto de entregarle a un desconocido sus posesiones más preciadas.

—No tienes que preocuparte, Nora —le digo—. No nos servirá de nada.

—Te-te-tengo miedo. Tú deberías estar más pre-pre-preocupada —contesta mientras se coloca su larga melena de un tono castaño dorado por detrás de los hombros.

Normalmente, lleva trenzas y yo suelo llevarlo suelto, pero hoy soy yo la que se ha hecho trenzas. A pesar de que somos idénticas en casi todos los aspectos, cada una tiene su propio tono de voz y nuestras opiniones y personalidades a menudo son como el día y la noche. Me gusta pensar que eso nos proporciona la habilidad de equilibrarnos.

Camino entre nuestras camas, cada una a un lado de la ventana de cuatro paneles que hay frente a la puerta, y apoyo los codos en el alféizar para contemplar nuestro pequeño patio trasero rodeado de parterres dentro de una cerca desvencijada que construyó papá cuando éramos pequeñas.

—No nos queda más remedio. Tenemos que ser valientes y todo saldrá bien. Si nos rendimos ahora, ¿qué esperanzas nos quedan de que cambien las cosas?

Nora gime, su frustración exige toda mi atención. Me doy la vuelta justo a tiempo para verla azotar un jersey encima de la cama como si quisiera sacarle el polvo a una alfombra. No hace falta que me diga que está asustada y enfadada. Lo entiendo.

—Arina, busca tus je-je-jerséis —me dice mientras tira del cajón para abrirlo más.

—Soy más mayor y algunos dirán que por ese motivo soy más sabia. Así que escúchame —argumento mientras me levanto y me acerco a mi cómoda, que es igual que la suya.

—Eres la mayor por quince minutos —replica.

—Eso son quince minutos más de experiencia vital de los que tienes tú —contesto en un intento de hacerla reír.

La peor parte de que Hungría haya resistido más que muchos otros países durante la ocupación alemana es que hemos tenido el privilegio de escuchar transmisiones de radio, leer periódicos y escuchar historias de vecinos que tienen familia en otras regiones de Europa. Los nazis han sacado a las familias judías de sus casas, las han enviado a guetos, a campos de concentración y muchas han muerto incluso por desnutrición, falta de cuidados médicos y cosas peores. Ojalá esas historias fueran solo ficción, pero, como diría mamá, sería una tonta si pensara eso. Tenemos que prepararnos para lo que puede suceder y hacer todo lo posible por mantenernos a salvo.

Nuestra ciudad de Debrecen es tan pequeña que me resulta difícil imaginar que estemos en el radar de alguien, al menos al principio.

—*I walk along, with my fluttering heart... stormy weather* —canturreo una de mis melodías favoritas—. *It's cloudy and raining, all...*

—Arina —me interrumpe Nora—. No, po-po-por favor. No te-te-te sabes ni la le-le-letra de la ca-canción.

Nunca se queja cuando canto, más bien al contrario, dice que si está alicaída la hace sentir mejor. Supongo que esta vez no es así.

Frustrada, rebusco en el cajón de en medio jerséis que llevarle a mi madre.

—*It's only a bit of stormy weather* —canto en susurros.

CAPÍTULO 2

Bougival, Francia
MAYO DE 1946

NORA

He dibujado este interruptor de luz más veces de las que puedo recordar desde que llegué aquí, al Château de Cœur. El nombre del orfanato es más bonito que cualquier otra parte del establecimiento, pero es opulento comparado con dónde estaba viviendo antes y este maravilloso interruptor destaca por su decoración detallada enmarcado con adornos de latón y embellecedores entretejidos. El interruptor se asemeja a una gota de lluvia que amenaza con caer de una brizna de hierba y al encenderse suena como una cerilla. Antes odiaba la lluvia, pero ahora me recuerda a la dulce voz de Arina al cantar acerca de una tormenta. La última vez que empezó a entonar la letra hace dos largos años le dije que se callara. Si hubiera sabido lo que se nos venía encima…, la habría cogido de la mano y nos habríamos escondido debajo de la cama para cantar las dos.

−¿Por qué no pruebas con ese agujero enorme de la pared? No le has prestado ninguna atención en comparación con el interruptor de la luz −comenta Elek, entrando en la habitación de las chicas mayores.

Como es habitual cada vez que viene a visitarme, oigo su sonora voz antes de ver su rostro, puesto que la puerta está detrás de mi cama.

El estrecho espacio está rodeado de paredes pintadas de azul celeste y molduras de roble. Lo único que interrumpe el patrón de la pared es ese agujero que lleva ahí tres meses. Una muchacha tropezó con la rueda de un carrito médico en mitad de la noche, lo que provocó que el pesado metal se estrellara contra la pared. Uno de los manillares perforó el frágil yeso. Es fácil tropezar cuando somos treinta chicas de entre quince y diecisiete años compartiendo espacio. Soy la única que sigue sentada en la cama a estas horas de la mañana. Las demás probablemente estén dando un paseo rápido por los jardines para digerir mejor el desayuno.

Elek zigzaguea entre los postes metálicos hasta que llega a los pies de mi cama. Golpea la barandilla con una mano y me bloquea la visión del interruptor de la luz. No puedo evitar que la sombra de una sonrisa asome a mis labios.

—No puedes quedarte aquí toda la mañana —me dice.

Dejo caer mi cuaderno de dibujo en el regazo y me recuesto contra la almohada concediéndole lo que me pide: mi atención.

Casi parece demasiado mayor para estar aquí, pero supongo que es algo común tanto en las habitaciones de los chicos como en la nuestra. No parece haber una gran diferencia entre los quince y los diecisiete. Elek es alto o, al menos, mucho más alto que yo. También es igual de delgado que yo, pero ha recuperado una cantidad saludable de peso desde que vivimos aquí. La mayoría llegamos demacrados. No estoy segura de si reconocería a la chica que era entonces o al chico que era Elek.

A Elek le gusta mirarme fijamente porque sabe que me pongo nerviosa y me sonrojo. Ese juego lleva demasiado tiempo en marcha. O quizá no lleve el tiempo suficiente. Intento seguirle el juego y mirarlo del mismo modo, pero el corazón me late con tanta fuerza que seguro que puede oírlo y la habitación se calienta tanto que me siento como si estuviera dentro de una tostadora. Son sus ojos…, ese misterioso brillo azul que atraviesa los mechones de cabello oscuro que le caen en la cara. Sabe que me romperé y que seré la primera en apartar la mirada. Y eso hago.

—Vamos, Nora. Hace un día precioso y tus pulmones necesitan aire fresco más que esas cloacas podridas de fuera. Hace casi una semana que no sales del edificio y no puedo aceptar otra negativa –declara Elek.

El aire fresco no me arreglará. Los médicos que me examinaron cuando nos liberaron de Auschwitz me diagnosticaron una lesión cerebral sin posibilidades de recuperación. Teniendo en cuenta el tiempo que ha pasado desde entonces, me impresiona tristemente lo exacto que fue su análisis con solo unas pruebas menores.

Niego con la cabeza y alargo el cuello a un lado para volver a centrar la atención en el interruptor, ya que quiero visualizar el contorno una vez más antes de acercar la punta del lápiz al papel.

–No hace falta que me lo pongas siempre tan difícil –se lamenta justo antes de coger la silla chirriante plegada junto a la cama.

La silla se abre con una sola sacudida y él golpea la palanca de metal para dejarla en esa posición.

Recupero mi cuaderno de dibujo y el lápiz y me preparo para hacer el primer trazo sobre el papel, el borde de la parte superior del interruptor.

–No me dejas elección –añade Elek con un gruñido.

Pisa el suelo con fuerza y se coloca delante del interruptor, tapándome la vista. Elek sabe cómo hacerme enfadar, pero también sabe que disfruto jugando al gato y el ratón. De hecho, se ríe cuando frunzo el ceño y sonríe cuando resoplo.

Nunca he tenido un amigo como él, alguien que entienda qué estoy pensando o que sea capaz de detectar cada pico y cada valle de mi estado de ánimo silencioso. Nadie ha podido hacerlo desde Arina… Pero es como si Elek y yo hubiéramos sido abandonados para quedarnos con el otro de entre los restos de los prisioneros de Auschwitz. Nos encontramos mutuamente hace casi un año y medio en un centro de refugiados de la Cruz Roja después de la liberación. Como gemelos solitarios y traumatizados después de vivir una pesadilla, sin duda Elek y yo necesitamos estar en la vida del otro.

Una vez más, dejo caer el cuaderno y el lápiz en mi regazo y los aparto a un lado mientras lo miro con los ojos entornados.

—Tu resistencia se está debilitando —bromea, y sus hoyuelos se profundizan mientras se aparta del interruptor con aire orgulloso.

Presiono los puños contra la cama y me deslizo hacia la silla mientras le indico que la sujete para poder sentarme.

—Te tengo —murmura.

Sabe que los frenos también me sostienen, pero sus palabras encienden un estallido de chispas en mi abdomen.

Agarrándome al reposabrazos derecho de la silla, me siento y dejo caer la pierna buena a un lado de la cama antes de bajar la otra.

—Ha salido el sol, hace buen día, las flores están preciosas y todo el jardín huele a lilas. No puedo permitir que una amiga se pierda un día tan bonito. Ni siquiera por un interruptor.

Elek podría hablar solo todo el tiempo necesario, algo que yo nunca he sido capaz de hacer. Puede que él piense que antes era más expresiva, pero siempre he sido muy particular a la hora de mantener secretos y establecer conexiones con objetos o paisajes que pasan desapercibidos. Sin embargo, ahora también deseo centrarme en la única persona que me ofrece una fuente de luz gracias a la cual puedo ver todos los detalles que me habrían pasado por alto de lo contrario.

Debrecen, Hungría
DOS AÑOS ANTES, ABRIL DE 1944

El sol brilla en lo alto del cielo, escondido tras una nube de algodón. Proyecta una tenue sombra sobre los escalones de cemento de la puerta de casa y las temperaturas cálidas transportan la fragancia de los narcisos. Queda un charco solitario como prueba de la tormenta de la noche anterior cuyos remolinos reflejan colores intensos como el morado del Maserati de nuestro vecino.

Acerco la punta del lápiz al cuaderno de dibujo y trazo un punto de fuga y la línea del horizonte para formar la perspectiva de mi visión desde el primer escalón.

—Nora, cariño, hoy no deberías salir —grita la señora Varga desde su jardín en la puerta de al lado.

Es nuestra vecina de toda la vida. Su marido, el señor Varga, falleció hace unos años por unas complicaciones cardíacas, así que la invitamos a cenar todos los domingos para asegurarnos de que nunca esté demasiado sola. Sus hijos se mudaron a Budapest y solo la visitan de manera ocasional. Me preocupo a menudo por la señora Varga porque no estoy segura de poder ser feliz viviendo sola como ella, sobre todo teniendo en cuenta que Arina y yo nunca hemos pasado más de unas pocas horas separadas. Es una idea inconcebible. La brisa le agita el cabello gris, le echa hacia atrás los rizos sueltos exponiendo su frente y unas líneas de expresión que me hacen pensar que está molesta. Pero puede que sea porque estoy sentada en el porche en mitad del día.

—Estoy bien, se-se-señora Varga. No ti-ti-tiene de qué pre-pre-ocuparse.

Me parece que no está de acuerdo, porque se quita los guantes de jardinería y los lanza encima de su regadera de hojalata antes de abrirse paso entre los arbustos que separan nuestros jardines.

—Nora, por favor, entra y dile a tu madre que…

Suspira y se acerca más aún hasta pisar mi sombra. Se inclina y se pone las manos en las rodillas para que lo que va a decir llegue solo a mis oídos. Cuando abre la boca, percibo el olor a miel y albaricoque de su té de la mañana.

—Necesito que le digas a tu madre que corren rumores de que los nazis están reclamando nuestras propiedades. Otras ciudades y pueblos ya han sufrido evacuaciones y están enviando a la gente a guetos.

Quiero preguntarle por qué está en el jardín si está tan preocupada, pero debe de darse cuenta de que desvío la mirada hacia los montículos de tierra recién removida.

—No van a quedarse mis plantas recién plantadas. Las he arrancado.

Me envuelve el brazo con la mano.

—Sí, señora, iré a informar a mi madre.

Me levanto sosteniendo el cuaderno de dibujo contra mi pecho y apretando con más fuerza el lápiz.

Que los nazis puedan decirnos que nos marchemos de nuestra casa debería ser una afirmación absurda, pero no es ningún rumor. No esperaría menos de gente que nos odia tanto. No les importa que llevemos toda la vida viviendo aquí. Se me cierra el estómago cuando asimilo el significado de su advertencia. La señora Varga no me habría mencionado nada si no lo hubiera oído de una fuente fiable.

La puerta de color marrón chocolate se abre cuando vuelvo al interior de nuestro salón vacío. No me hace falta preguntarme dónde están mamá y papá, ya que se oyen ruidos cada vez más fuertes arriba. Desde que papá perdió su trabajo en el molino de trigo se pasa casi todo el día en casa y se esfuerza más de lo necesario por ayudar a mamá con las tareas del hogar. A veces me pregunto si van pisándose el uno al otro.

Subo las escaleras, llena de curiosidad por oír de qué están hablando y preguntándome dónde estará Arina. Estoy casi segura de que tiene la oreja pegada a la pared de nuestro dormitorio. No tenemos la costumbre de escuchar sus conversaciones a escondidas, pero desde el mes pasado parece que oculten algo porque no dejan de gritarse el uno al otro en susurros. Mamá y papá no son de los que discuten a menudo y es evidente que no quieren que oigamos de qué están hablando.

La puerta de su dormitorio está cerrada y Arina ha apoyado un vaso contra la pared para oír mejor.

—¿Qué-qué-qué pasa? —pregunto, colocándome a su lado para escuchar yo también.

—Mamá ha dicho algo sobre hacer una maleta para cada uno y papá está discutiendo con ella porque dice que no nos hace falta hacer ninguna maleta, ya que no vamos a irnos a ninguna parte.

Se me tensan los hombros y me pregunto si habrán oído las mismas noticias que la señora Varga.

–Pu-pu-puede que mamá tenga razón. Supongo que no hace falta que los interrumpamos para decirles algo que ya saben.

Arina se aparta de la pared y lanza el vaso sobre la cama.

–No, no nos vamos a ir a ninguna parte. Mamá siempre se preocupa demasiado. Eso es todo.

Arina se coloca el pelo detrás de las orejas y se deja caer frente al tocador que compartimos en la esquina. Coge su cepillo blanco de cerámica y se lo pasa lentamente por los largos mechones de pelo. El aire reflexivo de su mirada me dice que se está debatiendo entre si mamá da demasiado importancia a los rumores o si tal vez deberíamos escucharla.

Con el pulso retumbándome en los oídos, me acerco a mi cama, dejo el cuaderno y el lápiz y me arrodillo para sacar mi maleta de cuero desgastada. Cuando la abro, pienso en todo el tiempo que ha pasado desde la última vez que necesitamos una maleta. No hemos podido viajar a ningún sitio porque las leyes nos impiden a los judíos abandonar nuestro santuario, el que creíamos que era seguro hasta ahora.

–¿Qué estás haciendo? –pregunta Arina, y corre hacia mí para cerrar la maleta de golpe.

Mi hermana me fulmina con la mirada. Como si se diera cuenta de repente, agacha la cabeza y se le hunden los hombros.

–No pueden quitarnos nuestra casa. No pueden. ¿Verdad?

No sé más que ella. Me encojo de hombros porque no tengo nada que decir.

Arina se gira hacia su cama y se arrastra como si estuviera andando sobre una tabla mal equilibrada sobre las aguas rabiosas del mar. Se arrodilla y saca su maleta. Es como la mía, pero con pegatinas y postales pegadas por encima de recuerdos de cuando viajábamos por Europa para visitar a nuestros familiares esparcidos en montones de regiones diferentes de Francia y Ucrania.

Las dos nos dirigimos primero a los cajones superiores de nuestras respectivas cómodas para empezar por la ropa interior.

—¿Qué estáis haciendo? —pregunta mamá, entrando a la habitación.

No nos habíamos dado cuenta de que se había acabado la discusión.

—Haciendo la maleta, por si acaso —responde Arina.

Mamá cruza los brazos sobre el pecho, justo por debajo de su colgante de la estrella de David.

—¿Nos estabais escuchando a escondidas?

—No-no-no —me apresuro a responder—. La señora Varga me dijo que ha o-o-oído que a las familias ju-ju-judías las están sacando de sus ca-ca-casas. He su-su-subido para hablar contigo, pero te-te-tenías la puerta ce-ce-cerrada.

Arina parece aliviada por no tener que admitir que estaba espiándolos, pero aun así se traga el nudo de la garganta con tanta fuerza que la oímos.

Mamá suelta un suspiro.

—Es difícil saber qué nos depara el futuro. En otros países, los alemanes avisaron a las familias judías antes de que tuvieran que salir de sus casas, pero no podemos preguntarnos cómo o cuándo. Deberíamos prepararnos. —Mamá estira los brazos hacia nosotras y ambas aceptamos el abrazo—. Esto escapa de mi control y del de papá.

CAPÍTULO 3

Chicago, Illinois, Estados Unidos
MAYO DE 1946

ARINA

Esta última semana he pasado mucho tiempo imaginándome cómo sería Nueva York. He oído que el paisaje nocturno de la ciudad parece iluminado por constelaciones de luciérnagas y que brillan tanto que las estrellas parecen apagadas a su lado. Aunque había soñado muchas veces con explorar la ciudad de Nueva York, un lugar al que mucha gente emigra, nunca pensé que lo haría sola. Que lo haría así.

Vaya donde vaya, hay una fila de gente esperando lo que sea que estemos esperando y solo se ven filas más largas y sinuosas. No soy ajena al olor corporal, pero hay una mezcla adicional de lluvia y niebla marina.

Tras pasar por la aduana, los agentes me han sometido a un chequeo médico para asegurarse de que no trajera ninguna enfermedad nueva a Estados Unidos.

Después de pasar por varias etapas de aduana y de registro, he seguido las flechas hasta otro grupo de jóvenes esperando sus pertenencias. Algunos eran mucho más pequeños. Otros tendrían más o menos mi edad. Nadie ha hablado con nadie. Lo único que todos teníamos en común era que estábamos esperando para saber adónde ir después.

Nuestra siguiente parada ha sido otra estación de tren, lo que implicaba viajar más. Hemos estado en el tren el atardecer y el amanecer y luego otro atardecer antes de que nos informasen de que hemos llegado a nuestro destino en Chicago, Illinois.

Como un rebaño de ovejas, seguimos a una mujer que viste una larga gabardina negra. Las botas de cuero llenas de barro y con cordones finos le llegan hasta las espinillas y lleva un paraguas demasiado pequeño para compartirlo con las docenas de niños recién llegados. Ninguno tenemos nada para protegernos de la lluvia, pero, a falta de quejas, supongo que los demás, al igual que yo, han experimentado cosas mucho peores que el hecho de que nos caiga agua del cielo.

La mujer que nos acompaña nos ha dicho que el camino desde la estación no era muy largo, pero, cuanto más andamos, más pesada me parece la maleta bajo las manos mojadas. Los coches que vienen en sentido contrario nos deslumbran con sus potentes faros y la lluvia empieza a caer con más fuerza y parece purpurina bajo las luces amarillas.

Todos nos detenemos de repente, algunos incluso tropiezan con el de delante.

–Por aquí –indica la mujer del paraguas.

Giramos una esquina hacia una carretera oscura y boscosa y se ve la silueta de unos árboles rodeando un grupo de edificios. Nuestra acompañante no ha dicho ni una palabra sobre las instalaciones y no estoy segura de que sea ahí a donde vamos, pero sé que no puede ser mucho peor que el último refugio temporal en el que estuve, hecho de hileras de catres.

Un equipo del centro espera la llegada de nuestro grupo cuando atravesamos un arco que sobresale hacia una entrada abierta con pasillos que se desvían en varias direcciones. Los suelos de roble parecen huecos y cada tablón cruje cuando lo pisamos. Las paredes son de un verde mar pastel y desde aquí puedo ver una ventana al final de cada pasillo.

–Bienvenidos al Hogar Infantil Gracia Divina –dice una mujer diferente.

No sé adónde ha ido la mujer del paraguas, pero ya no la veo por ningún sitio. La mujer nueva que parece trabajar aquí lleva un traje hecho a medida, una falda azul nublado con un abrigo a juego y unos zapatos negros con cordones de cuero y ante. Lleva el cabello oscuro recogido en un moño apretado en la parte baja de la cabeza y no tiene ni un mechón fuera del sitio. Se comporta como si estuviera al mando, con la barbilla bien alta, los labios apretados y una postura lo bastante tiesa como para mantener en equilibrio una pila de libros sobre la cabeza.

–Podéis llamarme «señora Vallentine». Soy la directora de juventud y la persona que supervisa todo y a todos bajo este techo. Vuestras ubicaciones anteriores nos han enviado la mayor parte de la documentación necesaria para registraros en nuestras instalaciones. Por lo tanto, ya hemos preparado la asignación de las habitaciones para poder avanzar con el proceso esta noche, ya que estoy segura de que todos estaréis cansados de tanto viajar.

No parece cruel, aunque quizá sí algo rígida teniendo en cuenta que somos todos huérfanos inmigrantes que probablemente nos estemos adaptando a una nueva forma de vida tras haber sido arrancados de aquella en la que nacimos. Hemos aprendido a no formarnos expectativas de nadie que no haya estado en nuestro lugar, pero una sonrisa cálida significaría mucho en un momento como este.

--El personal que está conmigo os llamará por vuestros nombres y os acompañará a las habitaciones que se os han asignado. –La señora Vallentine consulta los documentos que tiene en la mano mientras sigue recitando lo que parece un discurso previamente ensayado–. Si tenéis alguna pregunta, podéis plantearla. Bienvenidos a nuestro hogar.

Hogar. Los hogares son para las familias.

–Arina Tabor.

A unas cabezas de distancia, una mujer más joven pronuncia mi nombre. Aprieto la mano alrededor del trozo de tela amarilla al que llevo aferrada más de un año. La estrella que mi madre me cosió al abrigo está mojada por la lluvia y por mi sudor. Me abro paso entre la multitud para seguir a la mujer, quien ya se ha encaminado hacia otro pasillo. Un niño y una niña más pequeños que yo se colocan en fila detrás de mí. Tendrán unos diez y once años. Ninguno dice nada, al igual que yo.

–Por aquí –indica la mujer.

Continúa por otro pasillo. Sin más explicación, me quedo mirando la parte posterior de su cabeza, con unos rizos rubios recogidos y sujetos con horquillas para que parezca que tienen más volumen.

—¿Por qué vamos en una dirección diferente a la de los demás niños? —pregunto.

No debe de tener nada que ver con la edad o el género, ya que todos somos diferentes.

—No tenéis de qué preocuparos —contesta sin darse la vuelta—. Aquí os tratamos a todos por igual y nos aseguramos de satisfacer las necesidades específicas de cada uno.

Necesidades. ¿Acaso esa palabra implica algo que todavía no entiendo?

Echo un rápido vistazo por encima del hombro a los otros dos niños y me fijo en que no parecen molestos. Puede que esté exagerando y quizá sea consciente de que tengo necesidades que nadie puede satisfacer porque estoy irreparablemente rota por dentro.

No puedo comparar las habitaciones del nuevo pasillo al que hemos entrado con las del lugar al que van los otros niños, pero la pintura verde mar ha pasado a un blanco pastoso. Hay más puertas cerradas que abiertas a nuestro alrededor y algunas tienen ventanillas circulares como si estuvieran destinadas a la observación.

—No estoy enferma —declaro, por si ese es el motivo de que estemos en este lugar que se parece más a un hospital que a un orfanato.

—Yo tampoco —responde la niña que viene detrás de mí.

—Lo mismo digo, yo tampoco estoy enfermo —añade el niño.

La mujer se detiene y gira sobre los tacones de sus mocasines caoba.

—Nadie… —titubea cuando fija la mirada en mi rostro. Debo de parecer enferma. Quizá sea eso lo que está pensando. Frunce el ceño y gira la cabeza de lado a lado como si hubiera olvidado lo que estaba diciendo—. Aquí nadie piensa que estéis enfermos. Por favor, no penséis que la blancura de este pasillo se debe a algo más que a la necesidad de que haya orden. –Los ojos de la mujer son amables, pero parece incómoda hablándonos. Se da la vuelta y sigue andando por el pasillo–. Soy la señorita Blum. Tendría que haberme presentado antes.

Tiene un acento familiar, parecido al mío, aunque algo diferente. Me pregunto cuánto tiempo hará que emigró aquí. Muchos europeos se han trasladado a Estados Unidos desde que terminó la guerra, así que supongo que no debería sorprenderme al escuchar cualquier acento.

–¿Es nueva aquí? –pregunto.

–No más nueva que tú. No tienes que preocuparte por cuánto tiempo llevo aquí, te prometo que me haré cargo de vuestras necesidades, tal y como he dicho.

No puedo contener la pregunta.

–¿Qué necesidades?

Inclina la cabeza hacia delante para consultar el portapapeles que sostiene.

–Comida, alojamiento… –Tiene algo más que decir, pero no continúa–. Podemos hablar en privado cuando os hayáis instalado en las habitaciones que os han asignado.

Oigo un estruendo detrás de nosotros y miro hacia atrás para ver el origen. Hay un joven con pantalones blancos, cinturón negro y camisa blanca con el cuello abotonado con una fregona en una mano y empujando un cubo de agua con ruedas. Al pasar gira la cabeza hacia nosotros y nos miramos fijamente por un instante. Se le arruga la frente y sus cejas oscuras proyectan una ligera sombra sobre los brillantes ojos azul grisáceo. Me puedo imaginar lo que está pensando sobre mí. Sé que tengo un aspecto tan horrible como mis experiencias, pero el brillo de su mirada refleja más que una mera curiosidad.

–Bienvenidos –saluda con voz profunda aunque titubeante al pasar junto a nosotros.

–Buenas noches, Dale –contesta la señorita Blum. Cuando el joven sale por la puerta del final del pasillo, añade–: Es el encargado de mantenimiento, un joven muy agradable. De hecho,

31

su padre supervisa los terrenos de este edificio y también es un hombre encantador.

Hacia el final del pasillo, se detiene ante una puerta cerrada en el lado derecho y llama con los nudillos antes de girar el pomo.

–Michael, esta será tu habitación. El asistente que hay dentro te mostrará tu espacio.

Intento observar el interior, pero las luces están apagadas. Es tarde, así que supongo que los demás niños están durmiendo, pero está oscuro…, demasiado oscuro.

En la puerta siguiente en el mismo lado del pasillo, la señorita Blum dice:

–Lisbet, esta es tu habitación. Arina, yo soy la asistenta de terapia –dice justo cuando se cierra la puerta detrás de Lisbet–. Mi despacho está al final del pasillo, por si necesitas alguna cosa durante el día, pero la señora Vallentine está disponible a cualquier hora. Puedes ponerte en contacto con ella mediante quien esté en la recepción. Como eres más mayor, las luces no se apagarán hasta dentro de media hora, así que tendrás un poco más de tiempo para adaptarte.

Habla muy rápido, no estoy segura de haber captado todo lo que ha dicho.

–¿Por qué parece tan nerviosa? –pregunto.

Antes de abrir la puerta de mi habitación, se gira para mirarme de nuevo. Esta vez, solo puede mirarme a mí o al portapapeles.

–No estoy nerviosa. Te aseguro que no hay nada de qué preocuparse –afirma con una débil sonrisa, pero la curva de sus labios se desvanece aún más rápido de lo que ha aparecido.

–¿Cuáles son mis necesidades? ¿Las que… no ha mencionado?

Las cejas de la señorita Blum se acercan a su nariz y vuelve a bajar la mirada.

–No aprobaste la evaluación psicológica antes de salir de Polonia. Solo queremos asegurarnos de ofrecerte toda la atención que necesitas.

–¿Evaluación psicológica? –cuestiono con un tono severo y abrupto, ofendida por la acusación.

–Sí –responde como si no hiciera falta mayor explicación.

–Señorita, con el debido respeto, los nazis me torturaron en el campo de exterminio de Auschwitz en Polonia durante casi un año porque soy judía. He perdido a toda mi familia y ahora estoy aquí, en Estados Unidos, sin que yo lo haya pedido, lejos de todo y todos los que he conocido. –Cojo aire para calmar la ira que me hierve en el pecho y prosigo–: Discúlpeme por ser tan brusca, pero ¿cree que debían someterme a una evaluación de salud mental? Quizá sería mejor preguntarse si hay alguien de aquel hogar para refugiados en Polonia que haya pasado por lo mismo.

La señorita Blum acerca la mano a la mía, pero lo último que quiero es que alguien me toque, así que la escondo detrás de la espalda.

–Esta terminología no es para causarte daño o dolor. Solo queremos ayudarte a mejorar.

Me río ligeramente porque no tengo otro modo de expresar mi frustración.

–No hay nadie sobre la faz de la Tierra que pueda ayudarme. Teniendo en cuenta que tengo diecisiete años, habría estado bien que alguien se hubiera tomado el tiempo de preguntarme si quería ayuda.

La señorita Blum se aferra con tanta fuerza al portapapeles que se le ponen los nudillos blancos.

–Lo entiendo. Aquí nadie va a obligarte a hacer nada que no quieras hacer. Solo queremos darte los mejores cuidados posibles hasta que cumplas dieciocho.

Se da la vuelta para mirar la puerta que tenemos a la derecha y entra sin llamar primero.

Con las luces todavía iluminando la estancia, veo dónde voy a vivir. Sin embargo, no me esperaba toparme con más puertas.

–¿Eso son dormitorios? –pregunto.

–Sí –contesta la señorita Blum–. Hay catorce niñas en esta sección, sois dos por habitación y hay un baño compartido por cada dos habitaciones.

La señorita Blum llama a la que espero que sea la última puerta que voy a tener que atravesar esta noche.

–¿Lilliana? –pregunta antes de entrar.

La sigo y veo a una muchacha con camisón tumbada en una cama a la izquierda de la habitación. Está acurrucada de lado mirando a la pared. Solo puedo ver que lleva el cabello negro azabache recogido en una trenza apretada.

–Me alegro de conocerte –digo, dudando si añadir algo más.

Lilliana no se gira para recibirme, pero no estoy segura de que yo quisiera conocerme si estuviera en su lugar, sobre todo teniendo en cuenta que hasta ahora ha estado sola en la habitación. El silencio es un lenguaje tácito al que me he acostumbrado demasiado los últimos dos años.

Munkács, Hungría
DOS AÑOS ANTES, ABRIL DE 1944

Como una película muda, el mundo gira a mi alrededor como si fuera invisible hasta que dejo de serlo. No pasa mucho tiempo entre que empiezan los rumores de que van a sacarnos de nuestra casa hasta que llegan las autoridades húngaras a nuestra puerta exigiendo que nos marchemos de inmediato. Nora y yo nos cogemos de la mano por detrás de la espalda con las caderas juntas mientras seguimos a nuestros padres lejos del único lugar que hemos considerado un hogar.

El tren es como cualquier otro tren: hileras de asientos de cuero rojo y ventanillas cuadradas con marcos negros. El olor a moho y sudor me revuelve el estómago. Todos tenemos una apariencia fantasmagórica, pálidos por la desesperación, desamparados por la tristeza y avergonzados por haber nacido con esa herencia en particular. Cada emoción compungida escrita en sus rostros refleja lo que siento en mi interior: vacío y pérdida. Estoy hueca.

Durante horas, observamos los árboles pasar, el viento azotando los colores sin saber cuál será nuestro destino. Mamá y papá especulan entre susurros, pero no reconozco ninguno de los lugares que mencionan. Nora no dice ni una palabra. Normalmente soy yo la que llena el silencio, pero hoy, cuando nuestras vidas parecen desmoronarse, no sé qué decir.

Cuando por fin se detiene el tren, el ruido ensordecedor del metal chirriando contra el hierro hace que quiera taparme los oídos. No pasa ni un segundo desde el ataque sonoro hasta que empiezan a empujarnos hacia delante. Sin darnos la oportunidad de recomponernos, los soldados nos hacen salir del vagón. Las autoridades se comportan como si hubiera muros de acero cerniéndose sobre nosotros y fuera culpa nuestra no movernos lo bastante rápido.

Caminamos en fila lo que parecen kilómetros. Ni Nora ni yo podemos ver por encima de las cabezas que tenemos delante, así que no sabemos si lo que nos espera es peor que el tren. Mamá y papá van detrás de nosotras, pero nadie dice nada ni conversa lo bastante alto para que pueda oír algo.

El primer indicio de llegada es el chirrido de unas bisagras metálicas. Se abre una puerta y seguimos caminando, todavía cargando el equipaje en una mano y con la palma sudorosa de un ser querido en la otra.

—Ahí delante encontraréis el registro y las asignaciones de alojamiento —dice una voz de hombre por encima de nuestras cabezas.

Pasan horas antes de que acabemos entrando en un pequeño apartamento con el papel de pared despegado, manchas verdes en la alfombra y hedor a cigarrillo rancio. Pronto descubrimos que habrá otras cuatro familias compartiendo ese espacio con nosotros, aunque el salón es tan pequeño que apenas cabrían un sofá y una silla si hubiera muebles. Desde la entrada podemos ver un par de dormitorios y un baño. Los viejos cacharros de cocina están apilados en una esquina y parecen oxidados y probablemente rotos.

A lo largo de las paredes, se sientan las demás familias con sus seres queridos. Solo hay otros dos niños, ambos de menos de cinco o seis años. Uno se mete el pulgar en la boca. Deben de ser de la pareja más joven. También hay dos parejas de ancianos y una de mediana edad.

Se llevan a cabo las presentaciones con labios apretados y sonrisas forzadas. Todavía quedan nombres por compartir. La conmoción está presente en las respiraciones pesadas y prolongadas. Aún me siento como si tuviera el corazón en el estómago.

–Soy Arina –me obligo a decir. Nora me aprieta la mano–. Esta es mi hermana gemela, Nora, y mis padres, Henry y Danica. Somos los Tabor.

–Qué jovencita más agradable –dice una de las mujeres mayores sentada bajo la ventana de cuatro paneles–. Yo soy Beatrice y este es Frank.

–Raina y Harim –añade el hombre de la pareja de mediana edad.

Sin embargo, su mujer no levanta la cabeza para saludarnos.

–Nosotros somos Dea y Glenn –se presenta la otra anciana en nombre de ella y de su marido.

–Lenore y Gabriel –dice el más joven, que asumo que es el padre de los dos niños–. Y nuestros hijos Leo y Albert. Leo tiene tres años y Albert cumplirá seis en unas semanas. Es un placer conoceros, a pesar de las circunstancias, por supuesto.

–Lo mismo digo –contesta mi padre–. ¿Vosotros también acabáis de llegar?

Los suspiros y afirmaciones revelan que todos vamos a enfrentarnos juntos a una nueva realidad.

Lenore sigue mirándonos a Nora y a mí como si intentara descifrar un rompecabezas.

–Debéis de ser idénticas, ¿verdad? Si es así, eso significa que nacisteis con suerte –nos dice–. Es lo que siempre decía mi madre de un par de gemelos que conocimos una vez.

–Sí-sí-sí. Lo so-so-somos y hemos te-te-tenido suerte –responde Nora antes de que pueda hacerlo yo.

–Qué especial –comenta Lenore con la primera sonrisa que veo en lo que llevamos de día.

Me acerco a la ventana y me quedo entre las dos parejas de ancianos. Se ve otro edificio similar en ruinas a un tiro de piedra. La gente recorre las calles con una apariencia lúgubre, como si no tuvieran otra intención que la de permanecer bajo el cielo abierto.

–Un gueto es un gueto…, aislamiento para minorías –murmura Beatrice.

¿Por qué aislar a gente? Todos somos personas. Puedo hacerme la misma pregunta mil veces al día, pero todos sabemos la respuesta. Es porque no pertenecemos a la raza superior de Hitler. Somos judíos húngaros, no arios.

CAPÍTULO 4

Bougival, Francia
JUNIO DE 1946

NORA

–Sabes que no es buena señal que estés más callada de lo habitual, ¿verdad? –pregunta Elek, empujando mi silla de ruedas por el terreno irregular de los estrechos senderos del jardín–. Tiene que haber algo inusual dándote vueltas por la cabeza.

Elek no se rinde. Me empuja literal y figuradamente, pero estar atada a una silla de ruedas me deja una sensación de impotencia, una sensación que estaba segura de que superaría con el paso del tiempo. En lugar de aceptar lo que ha sido de mi vida, se está gestando una ira cada vez más oscura y el pasado me quema. Se supone que la terapia ayuda, pero no me sirve, no cuando tengo más preguntas que respuestas disponibles.

Alargo la mano hacia un lado, permitiendo que los pétalos sedosos de los tulipanes me rocen los dedos. El dulce aroma de la primavera flota en el aire. No hace mucho olvidé que se podía oler algo más aparte del hedor de los cuerpos incinerados. Estoy viva y debería sentirme agradecida por este momento, por cada instante del ahora y del futuro, pero todavía no he llegado a ese punto. Me siento desplazada, fuera de lugar, perdida, insegura y sola en un mar de almas solitarias que parecen sobrellevar la situación mucho mejor que yo.

–¿Qué puedo hacer, Nora? Seguro que hay algo –pregunta Elek, y coloca la silla delante de un banco de hierro negro en el que se sienta para mirarme de frente.

El sol que se refleja en su cabello hace que el castaño parezca dorado y que el azul medianoche de sus ojos se aclare al de un día soleado. Tiene la piel bronceada mientras que la mía parece haber perdido cualquier indicio de pigmento.

Me gustaría saber por qué se esfuerza tanto en ser mi amigo cuando nuestras conversaciones son la mayoría de las veces unilaterales. Solo puedo pensar que siente lástima por mí, aunque me doy cuenta de que aquí somos muchos los que podemos provocar esa emoción.

—¿Qué-qué-qué *pas* ahora?

—¿Qué pasa ahora? —repite Elek.

Inclina la cabeza a un lado y no sé si está pensando una respuesta o preguntándose por qué de entre todos los pensamientos que me rondan por la cabeza he decidido dar voz a este.

—Pues comeremos en un par de horas. Después tenemos una sesión de tutoría y luego terapia. Cena, biblioteca, higiene y luces apagadas.

Recita nuestra agenda diaria como si yo no fuera consciente de la rutina que hemos seguido este último año.

Mi mirada se posa en el patrón floral amarillo pastel y melocotón de mi vestido de algodón y pienso que ojalá fuera más largo para poder cubrir las cicatrices que me recorren la pierna derecha. Como si los números que tengo tatuados en el antebrazo izquierdo no fueran un recordatorio suficiente, hay pocas partes de mi cuerpo que pueda mirar sin que la inflamación saque a la luz un recuerdo doloroso.

—Sé que no es la respuesta que esperabas… —Elek parece ser capaz de leer mis pensamientos con tan solo mirarme a los ojos—. Y sé que no te dejaré aquí cuando cumplamos dieciocho años. Estás atada a mí.

Aprecio sus palabras, pero nunca podría pedirle que se quedara o que me siguiera allá donde yo vaya a acabar. Él todavía tiene la posibilidad de vivir un futuro sin limitaciones, o al menos sin las mismas limitaciones que tengo yo. No puedo pedirle tal cosa cuando él ha sufrido y perdido tanto o más que yo, incluyendo un brazo. Lo único que nos diferencia es que él tiene la certeza de que su hermano Simon no sobrevivió a las atrocidades por las que nos hicieron pasar. No estoy segura de si es peor saberlo o preguntarte por tus parientes: sus padres, los míos, Arina. Nos han dicho que asumamos que han fallecido, a menos que una comunicación oficial nos informe de lo contrario. Ninguno ha recibido comunicación y esa es una buena razón para prometernos no dejar al otro atrás.

—*Olo erviría* pa-pa-para cargarte y retenerte. —Aparto la mirada de un pétalo descolorido de la tela de mi vestido y lo miro fijamente a los ojos—. Tú no me-mereces…

—Para, Nora. No nos merecemos nada de lo que nos ha pasado, pero eso no significa que vayamos a permitir que nuestro pasado defina nuestro futuro. ¿Qué bien haríamos dándoles al doctor Mengele y a todos los nazis lo que querían de nosotros, de nuestras vidas? Si nadie los hubiera detenido, no estaríamos aquí. Son todos unos cobardes y los seres perversos que escaparon durante la liberación vivirán con la verdad de lo que han hecho…, sus pensamientos se los comerán vivos.

En algún momento, puede que Elek se canse de ser el que se obliga a ver el lado bueno de la vida. Yo tengo una pierna inmóvil y sé muy bien que soy la bola de hierro y la cadena que no querrá arrastrar cuando pruebe la primera señal de libertad. Él no estará de acuerdo, pero yo prefiero ser sincera conmigo misma ahora a que se me rompa el corazón dentro de un año cuando vuelva a encontrarme sola.

Elek se inclina detrás del banco esforzándose por mantener el equilibro mientras coge lo que quiere alcanzar. Cuando corrige la postura, levanta el brazo por detrás del banco y me tiende un tulipán del color naranja del atardecer.

—Tu favorito.

Miro por encima del hombro para asegurarme de que ninguno de los supervisores nos haya visto, puesto que Elek ha arrancado una flor de sus preciosos jardines.

—Si alguien pregunta, estaba en el suelo.

Me guiña el ojo y curva los labios en una sonrisa ladeada.

—Un *ulipán* pe-pe-perfecto en el su-sue…

Trago saliva, frustrada por mi dificultad al hablar.

—En el suelo. Sí. Yo no me lo cuestionaría —añade, acercándome el tulipán para que lo huela. Los pétalos me rozan los labios y me hacen cosquillas en la nariz. La risa se me queda atrapada en la garganta—. Si cierras los ojos y solo utilizas el sentido del olfato, estarás donde quieras estar, sintiéndote como quieras sentirte y con el aspecto que deseas mostrar. Te invadirá la felicidad y durante ese momento, por mucho que elijas estar en ese sitio, estarás en un lugar mejor y no existirá nada fuera de eso. Siempre hay más que el aquí y ahora.

Lo observo mientras su mirada se centra en la flor que hay entre nosotros. Le quito el tallo de la mano y la sostengo contra mi pecho.

—No tienes que creerte nada de lo que digo —prosigue—, pero nunca se sabe cuándo vas a necesitar un descanso momentáneo de la realidad.

Observo los pétalos y encuentro un brillo parecido al del sol en el pistilo y los estambres. Papá me enseñó botánica y qué hace cada parte de una flor para sustentar su vida y crecimiento. Si a este tulipán le faltara uno de sus seis estambres o, peor aún, si el pistilo del centro se usara para atrapar el polen, moriría. La naturaleza me ha obligado a enfrentar la verdad de que los humanos no somos tan frágiles. Aunque compartimos muchos puntos en común, las personas podemos prosperar con menos partes de las que nacimos.

—Yo atesoro estos momentos más a menudo de lo que puedas pensar —comenta, mirándome intencionadamente a los ojos, como si fueran ventanas a través de las cuales se pudiera ver—. Sobre todo, cuando me topo con el recuerdo del grito de mi madre que se elevó en el aire mientras le suplicaba a un guardia de las SS que le permitiera quedarse con sus hijos gemelos. O incluso cuando oigo una sirena de policía inesperada en la distancia desde aquí…, me recuerda al grito gutural de mi madre desvaneciéndose en el viento cuando nos alejaron de ellos. No hay modo de controlar el dolor que entra y sale de nuestras vidas, pero debemos encontrar un modo de protegernos el corazón.

Elek y yo somos la prueba viviente de que las personas pueden sobrevivir con piezas rotas, corazones fragmentados y pérdida de partes del cuerpo. No obstante, a diferencia de mí, él parece ser capaz de sentir esperanza.

—¿Ve-ve-ves a *u* ma-ma-madre y a tu pa-padre cuando *ueñas* despierto?

—A veces. Me gusta pensar que si puedo imaginármelos de nuevo conmigo significa que siguen vivos.

Cada vez que intento imaginarme a mamá, a papá o a Arina una luz interna se me apaga y no consigo ver nada a mi alrededor…, como si tuviera ceguera con aquello que nunca podré volver a ver.

Auschwitz, Polonia
DOS AÑOS ANTES, MAYO DE 1944

Me quejé de que el apartamento en el gueto de Munkács era demasiado pequeño y de tener que compartir el espacio con otras cuatro familias. No había privacidad, silencio ni tiempo suficiente en el cuarto de baño. Me quejé de que no había comida suficiente. De que estaba aburrida. De que ya me había leído todos los libros que había metido en la maleta y de que ya había usado todo el papel que había llevado para dibujar. Esto es culpa mía.

—Lo si-si-siento, mamá —le susurro al oído—. No te-te-tendría que haberme que-que-quejado.

—Esto no es culpa tuya —dice Arina sin susurrar en absoluto.

—Calla —me dice mamá—. Nora, esto no es culpa tuya.

No apreciaba lo que teníamos cuando estábamos en nuestra casa ni cuando teníamos que compartir el estrecho espacio del apartamento del gueto. Ahora estamos en un vagón para ganado con las ventanas tapiadas y solo entran estrechas rendijas de luz y poco aire para compartir con los montones de personas que hay de pie junto a nosotros.

—¿Tienes alguna idea de adónde nos llevan? —pregunta papá a un hombre que está hombro con hombro con él.

—Sé lo mismo que tú —contesta el hombre—. Y no puedo asegurar que nuestro destino no vaya a ser peor que lo que estamos viviendo ahora. Temo por nosotros.

Tal vez si empiezo a apreciar este oscuro vagón para ganado que huele a estiércol de vaca y sudor, no acabemos en un lugar peor. Mi madre me rodea con un brazo y a Arina con el otro. Nos balanceamos con el movimiento del vagón. Cambio la posición de los pies cada pocos minutos porque me da miedo perder el equilibro. Parece que todos nos sostenemos unos a otros, pero, si uno cae, puede que acabemos cayendo todos como fichas de dominó.

Presiono la mejilla contra el pecho de mamá y aspiro su aroma dulce que nunca cambia sin importar dónde estemos, cuánto hayamos sudado y cuántos escalofríos hayamos soportado.

—Tengo miedo, mamá —confieso.

Hay más gente que ha empezado a hablar y el tren ya no está en silencio como cuando hemos subido. Solo se oyen preguntas y suposiciones para las respuestas, a cada cual peor que la anterior.

—No dejaré que os pase nada a ninguna de las dos. Lo prometo —dice mamá.

Titubea al pronunciar esas palabras..., unas palabras que siempre le han salido con facilidad. El trabajo de una madre es proteger a sus hijos. Nunca nos hemos cuestionado si podía hacerlo, pero nadie sabe qué nos espera cuando el tren se detenga.

Es imposible saber qué hora es o cuánto tiempo llevamos de pie en la oscuridad mientras los músculos doloridos de nuestras piernas luchan contra la atracción y el empuje gravitacional de cada movimiento rígido. Estoy cansada, sospecho que como todos los demás. Ya no se filtra luz solar entre los tablones desvencijados y no se ve el final del viaje. Nunca he intentado dormir de pie. No estoy segura de si mi cuerpo sabría qué hacer o de si sería la primera ficha de dominó en caer. Se me han adaptado los ojos al entorno oscuro y puedo percibir las siluetas sombrías de quienes me rodean. Si tuviera lápiz y papel, necesitaría cubrir el papel con carboncillo y usar el tono más oscuro de negro para las personas. El único color está en las vetas de los tablones de madera que captan un toque de luz lunar. No es lo bastante fuerte para iluminar el interior del vagón, pero sirve para hacer que la madera porosa no parezca negra.

Me pregunto si ser ciega será parecido a esto. Si tuviera que vivir el resto de mi vida en la oscuridad total, ¿me adaptaría? ¿O ya habría visto demasiada belleza como para poder vivir de otro modo? Supongo que es como hablar sin tartamudear. Nunca he conocido la vida sin mi tartamudez. Mi modo único de hablar no me molesta, pero estoy segura de que debe molestar a aquellos con los que me comunico. Nadie me ha dicho nada nunca, pero me fijo mucho en los pequeños cambios de expresión de las personas. Intento hablar lo mínimo para no ver esa frustración casi imperceptible, incluso con mamá y papá. No saben que yo veo una arruga que se profundiza en su frente o que sus cejas se acercan mínimamente hacia su nariz. Arina tampoco conoce otra cosa, así que supongo que mi impedimento no afecta a su paciencia.

–Me duelen las piernas, mamá –dice Arina, intentando hablar en voz baja junto al resto de la gente que se ha quedado con la mirada vacía, evitando conversar.

–Seguro que no queda mucho –contesta papá–. Levanta un pie del suelo cada vez para que descanse un poco.

–¿Cómo puedes saber si queda mucho o no? –cuestiona mamá.

Él no lo sabe, pero intenta mantener la calma entre su familia. Es lo que hacen los padres en esas circunstancias. No ha hecho otra cosa que tranquilizarnos las últimas semanas mientras vivíamos en el apartamento y mientras nos metían en este tren siniestro. Una gota de sudor cae por el cuello de mamá. Noto la humedad en la cabeza. Puede que haya sido una lágrima, pero mamá no llora mucho. Siempre ha dicho que llorar no sirve de nada y que no devuelve la vida a los muertos. Sin embargo, lloró en el funeral de la abuela. Estoy segura de que estamos todos sudados. Yo lo estoy. No hay corriente de aire y con tantas exhalaciones profundas hay una niebla cálida y húmeda que impregna cada grieta y cada hueco que queda entre hombros, pies y cabezas.

Con cada nuevo instante de silencio, se revelan los problemas de los demás. Un bebé lloriquea a unas cinco o seis personas de distancia. Debe de tener hambre. A su madre o a su padre le dolerán los brazos por tener que sostenerlo durante tanto tiempo.

Se oyen gemidos que rebotan en las paredes, también algunos ronquidos de aquellos que han podido escapar brevemente de la realidad. Si ellos pueden mantenerse en pie, tal vez yo también pueda.

CAPÍTULO 5

Chicago, Illinois, Estados Unidos
JUNIO DE 1946

ARINA

El pasillo de fuera del área común de las chicas huele a tabaco de pipa rancio y a aceite de pino. Me recuerda a la cocina después de cenar. Mamá limpiaba el suelo y las encimeras mientras papá se quedaba sentado en la mesa con la pipa en la boca y un periódico abierto en las manos.

Las luces industriales del techo hacen que el sitio parezca más una escuela que un hogar. Intento imaginarme que estoy en un lugar diferente, pero es complicado cuando no hay nada a mi alrededor que me resulte familiar.

Echo un vistazo a cada lado del pasillo y veo que no hay ni ayudantes ni monitores ni supervisores, lo que significa que puedo salir afuera para tomar un poco de aire fresco antes de comer. No hay tiempo libre hasta después del almuerzo cuando hay colegio, pero las clases acaban de terminar para el verano.

El aire es húmedo pero cálido y el sol proyecta un halo intenso sobre los caminos pavimentados. No hay nadie más fuera, ya que todos están ocupados con la colada de los lunes. Somos pocos los que lavamos la ropa los martes, puesto que tenemos horarios diferentes.

El único lugar en el que te puedes sentar sin que te deslumbre el sol es un banco en la zona de césped que hay entre el edificio principal y la capilla aconfesional. Los edificios de ladrillo bloquean cualquier sonido y disfruto de un momento de libertad del incesante ruido del que resulta difícil escapar.

Una desventaja del silencio es que puede aparecer alguien de repente. La silueta de la señora Vallentine contrasta con los rayos de sol tras ella. Pone los brazos en jarra.

—No podemos hacer esto todas las semanas, Arina. Habrá consecuencias si tengo que seguir buscándote todos los lunes por la mañana en nuestro horario programado. —Tampoco es que me haya escondido mucho, es evidente que me ha encontrado sin esforzarse demasiado—. Ya llegas diez minutos tarde. El tiempo de la señorita Blum es muy valioso, ¿no crees?

—Por supuesto que su tiempo es valioso —contesto—. Sin embargo, lo desperdicia conmigo. Tal vez debería llenar mi hueco con alguien que tenga más probabilidad de obtener un resultado positivo.

La señora Vallentine se acerca a mí lentamente, se aparta de la luz para colocarse a la sombra y me mira con desdén.

—La terapia no es opcional. Te lo he dejado claro muchas veces desde que llegaste el mes pasado.

—Tampoco lo era estar atada a una camilla y que se pasaran un año pinchándome con agujas, pero ¿por qué esto iba a ser diferente? —espeto.

Supongo que a la señora Vallentine mi arrebato le parece injusto. La ventaja que tengo sobre ella no tiene comparación. ¿Cómo iba a saber qué es lo mejor para alguien como yo? Muchos tenemos historias de infortunios sobre nuestros hombros como cargas pesadas, pero a mí un médico me haría más mal que bien. No estoy segura de cómo hacérselo entender sin entrar en detalles que la perseguirían el resto de su vida.

La señora Vallentine se acerca de nuevo. Ahora está a mi lado y me recuesto en el banco.

—No estamos aquí para castigarte. Nuestra única intención es asegurarnos de que estés en condiciones para valerte por ti sola cuando cumplas los dieciocho. Si no vas a terapia, no tendrás muchas posibilidades de pasar la última evaluación de salud mental.

—¿Y si la suspendo? —pregunto, levantando la mirada de la falda plisada de mi uniforme a sus ojos melancólicos.

—La decisión no estará en nuestras manos, Arina. Si los inspectores creen que puedes suponer un peligro para los demás o para ti misma, puede que te ingresen en un centro de cuidados especiales hasta que estés lo bastante bien como para demostrar lo contrario.

No había pensado en qué pasaría una vez que cumpliera los dieciocho. Había supuesto que cuando me consideraran adulta, podría seguir con mi vida como me diera la gana.

—No quiero hablar sobre mi pasado —digo, añadiendo un tono brusco al final.

—Nadie ha dicho que tengas que hacerlo —replica.

No sé si creerlo. Si la intención es arreglar lo que va mal en mi cabeza, tendrán que saber dónde empezó el trauma.

—¿Y si hoy hacemos la reunión aquí? —interviene otra voz de mujer entre los edificios.

Me inclino a un lado para ver más allá de la señora Vallentine. No había visto a nadie acercándose a nosotras, pero ahora el sol se filtra entre los edificios y no hay demasiada sombra.

La señora Vallentine se gira, tan sorprendida como yo.

—Señorita Blum, lamento mucho la tardanza de la señorita Tabor —dice la señora Vallentine.

—No hay problema. Hace un día precioso y me alegra pasar un rato al aire libre. ¿Te parece bien que hoy nos reunamos aquí, Arina?

La señorita Blum solo me resulta vagamente familiar de la primera noche que pasé aquí. Todavía no he asistido a ninguna de nuestras reuniones y no la he visto por el edificio. Tiene el pelo de color arena con la raya en medio y retorcido en un moño holgado con algunos rizos sueltos. Sumado a su vestido de corte en A con lunares y su pintalabios rosa parece una modelo de catálogo.

—Creo que es una idea maravillosa —contesta la señora Vallentine—. Si necesitáis cualquier cosa, avisadme.

—Estaremos bien —responde la señorita Blum sin vacilar—. Gracias.

La señora Vallentine se mete las manos en los bolsillos del vestido y se aleja hacia el sol.

–No quiero terapia –declaro, intentando dejarlo claro e ir directa al grano, pero de manera tranquila. No es mi intención hacer enfadar a la única persona que podría estar de mi lado.

–Yo también soy nueva aquí, llegué hace seis meses. Al igual que tú, vine sola a Estados Unidos, pero, a diferencia de ti, yo tenía elección. Si fuera tú, creo que la falta de decisiones en mi vida me parecería frustrante.

–¿De dónde es? –pregunto.

–De Budapest, Hungría.

–Yo también soy de Hungría. Supongo que por eso me resultaba tan familiar su acento en inglés. ¿Echa de menos el hogar?

–Sí y no. Me duele decirlo porque hasta la guerra no había nada que me disgustara de Hungría. De hecho, adoraba cada rincón de nuestro país…, forma parte de quién soy, o de quién era.

–Me siento igual.

El pánico me estrangula con una fuerza inquebrantable cada vez que alguien se inclina sobre mí. Está lo bastante lejos como para que no sienta que se cierne sobre mí, pero todavía me siento como si fuera una presa débil estando sentada. Me deslizo por el banco hasta el extremo izquierdo y apoyo la mano en el reposabrazos de metal.

–¿Puedo compartir el banco contigo? –pregunta.

Asiento indicándole que sí.

–¿Cómo es que habla inglés tan bien?

Mi inglés no es malo, pero cometo muchos errores al mantener conversaciones largas. Iba a clase de inglés hasta que nos prohibieron asistir a las aulas públicas y seguí practicando en casa hasta que nos marchamos al gueto. Supongo que aprendí lo suficiente para poder defenderme.

Se sienta en el otro extremo del banco y se apoya en el reposabrazos derecho. Se alisa el vestido encima del regazo y cruza una pierna sobre la otra antes de juntar los dedos sobre la rodilla.

—Años de estudio. Tomé clases mientras trabajaba para obtener una titulación en salud mental.

Quiero decirle que tiene suerte de haberlo hecho. No me sacará más de diez años, pero, como me robaron la mitad de la infancia, la diferencia de edad parece mucho mayor.

—¿Qué incluye esta terapia? ¿Voy a tener que describir cada día que sobreviví en un campo de exterminio?

La señorita Blum gira la cabeza para mirarme. Entorna los ojos por el sol y se protege con la mano.

—¿Y si te digo qué es lo que ya sé y procedemos desde ahí?

Me encojo de hombros para no aceptar ni rechazar su petición. Sigo sin querer la terapia, pero me pregunto qué planea decir sin tener una libreta o un documento para corroborar mi historia.

—Eres Arina Tabor, tienes diecisiete años y una hermana gemela llamada Nora. Eres hija de Henrik y Danica Tabor y vienes de Debrecen, Hungría. En abril de 1944, pasaste un breve periodo en el gueto de Munkács con tu familia antes de que os llevaran a Auschwitz, en Polonia. ¿Voy bien?

Ojalá mi historia acabara con esa frase.

—Sí —respondo.

—Los soviéticos liberaron Auschwitz en enero de 1945 y pasaste por varios hogares para refugiados hasta que te enviaron aquí, a Illinois.

—Sí —repito—. Supongo que querrá saber todo lo que pasó desde que llegué a Auschwitz hasta el día en que me liberaron.

—Nada que te resulte incómodo de contar. Puedes hablarme de tu compañera de cuarto de aquí, del manzano que crece en el jardín de enfrente o incluso de la señora Vallentine si es lo que quieres. Nuestras reuniones no tienen reglas estrictas.

—Las gachas de esta semana estaban un poco líquidas —digo, esperando su reacción.

—No eres la primera que me lo dice —responde ella con una sonrisa.

—Mi compañera de habitación parece sufrir por los pensamientos que tiene en la cabeza. Cuando me mira, veo el vacío en su mirada. Siento curiosidad, pero sé que no debo preguntarle qué anda mal. No quiero que nadie me lo pregunte a mí, así que me parece lo más justo. El chico que se encarga del mantenimiento, Dale, me lanza miradas inquisitivas cada vez que pasa junto a mí. No me molesta, pero me pregunto qué debe de pensar sobre mí, ya que me han asignado una habitación en el área de la gente que necesita atención especial.

La señorita Blum arquea las cejas, sorprendida.

—Te fijas mucho en lo que sucede a tu alrededor, es una buena cualidad –comenta–. Eres empática, pero también te preocupa lo que los demás puedan pensar sobre ti. No es algo que haya visto muy a menudo últimamente, sobre todo la gente particular con la que he estado hablando.

—¿Particular? –pregunto.

—Huérfanos supervivientes que han emigrado a Estados Unidos desde Europa este último año.

Junto las manos y me las apoyo en el regazo. Me agarro con tanta fuerza que se me ponen los nudillos blancos.

—Yo no sobreviví. Sobrevivir significa superar las dificultades y llegar al otro lado. No fue una decisión que tomara o una batalla que peleara. Simplemente sucedió.

Auschwitz, Polonia
DOS AÑOS ANTES, MAYO DE 1944

No sé cuánto tiempo hemos estado de pie en este tren oscuro, pero si no hubiera sido por las personas que tenía a los lados no creo que las piernas me hubiesen sostenido durante tanto tiempo. Me ruge la barriga de hambre, una sensación que se ha vuelto demasiado familiar estas últimas semanas. Hace horas que me tiemblan las manos. No puedo controlar los temblores, aunque tengo de todo menos frío. Necesito aire fresco, agua y luz del sol. Es poco, pero lo es todo.

Se oyen sonidos y gritos amortiguados fuera del vagón y nos

dejan preguntándonos sobre qué están gritando y quiénes serán. Supongo que son alemanes.

La desvencijada puerta del vagón gime al abrirse y deja entrar la luz del sol que tanto he echado de menos. Entorno los ojos ante el resplandor y espero que la brisa me roce la piel.

De inmediato, toda la gente sale por la pequeña abertura, algunos se dejan caer directamente en el suelo. Sin apoyo, yo también podría caerme. Busco automáticamente la mano de papá y él me la envuelve con fuerza con los dedos, como siempre ha hecho. Puede que él también caiga, pero al menos caeremos juntos. El caos se intensifica en el exterior. Después de sacarnos de nuestras casas, nos enviaron al gueto sin tener ni idea de adónde nos llevaban. Los soldados alemanes disfrutan del elemento sorpresa. Haya lo que haya ahí afuera, estaremos bien. Estamos juntos y eso es lo más importante.

El resplandor del sol a medida que nos acercamos a la salida del vagón me resulta abrumador. Cuesta ver algo más allá de los sombreros y pañuelos de los demás pasajeros que abarrotan el andén. Noto un empujón detrás de nosotros que nos anima innecesariamente a saltar más allá de las vías. Parecen llegar gritos en alemán de todas partes que nos dicen que sigamos moviéndonos, pero no sabemos hacia dónde nos movemos.

Giro la cabeza para mirar por encima del hombro y asegurarme de que mamá y Nora siguen detrás de nosotros. Ahí están. Van cogidas de la mano como papá y yo. Guardamos silencio mientras nos adentramos en la marea de cuerpos.

Andamos o flotamos durante varios minutos hasta que atravesamos unas puertas de hierro. El paisaje se compone de caminos cubiertos de guijarros y edificios de ladrillo bajos y anchos. Seguimos avanzando y llegamos a una zona de césped y un grupo de árboles.

Hay más gente zigzagueando alrededor de los árboles estrechos. Los niños se sientan sobre el césped, las mujeres charlan tranquilamente entre ellas y los hombres caminan de un lado a otro para ver mejor. Me recuerda a la cola que se forma para subir a la noria en la feria de verano de Debrecen. Parece que ya llevan un buen rato esperando. Sobre todo, la madre solitaria con dos niños pequeños. Uno se le escurre de los brazos y llora a todo pulmón mientras que el otro le tira del dobladillo del vestido. La mujer no tiene forma de consolar a sus hijos y mira hacia delante con los ojos muy abiertos y sin pestañear.

—Tú, hazlos callar de una vez —le grita un nazi.

—Tienen hambre —contesta la mujer con voz temblorosa.

—Sí, sí, como todos. Ven. Por aquí. Te enseñaré la comida.

El nazi la agarra del brazo y tira de ella apartándola del resto de nosotros, con los niños aferrados a ella.

Otro par de guardias ven el intercambio y les parece una escena graciosa.

—«Te enseñaré la comida» —repite uno de ellos con aire burlón.

No creo que vayan a llevarla a buscar comida.

Tras un momento quietos, dejamos el equipaje en el suelo. Con una cantidad abrumadora de gente a la que mirar, solo en este momento me azota el hedor a aguas residuales putrefactas. Me duele la mano de sostener la maleta, el suelo está lleno de bultos, lo que irrita mis pies ya cansados. Daría cualquier cosa por desatarme los zapatos, pero no sé ni si parpadear es seguro.

Con el rabillo del ojo, veo a madres levantando a sus hijos del suelo, enderezándolos o colocándoselos en las caderas. Los hombres también se realinean.

—Coged las maletas —nos dice papá.

Lo hago sin cuestionarlo. Nora y mamá también.

La charla se detiene abruptamente y oímos unas pisadas distantes.

—¿Qué pasa? —le pregunto a papá entre susurros.

Nora me golpea con el hombro.

—Calla.

Intento mirar más allá del hombre que tengo delante, pero hay demasiada gente bloqueando el camino.

Solo salen dos respiraciones de mis pulmones antes de que una alegre melodía silbe en el aire y juegue con mi estado emocional. Ahora no conozco nada más que el miedo, pero el sonido de la felicidad es más que bienvenido. Se me relajan los músculos de los hombros y busco al responsable de ese hermoso sonido. ¿Es la persona que va a salvarnos?

Se trata de un hombre con el uniforme verde oscuro de las SS, cinturón negro, botas lustradas hasta las rodillas y los guantes más blancos que he visto nunca. Se mueve como si fuera una estrella de cine con su elegante bastón y sonríe a muchos de los que se cruza. Se me hiela la sangre y noto que se me encoge el corazón. Cuando levanta el bastón, señala a una mujer y a sus hijos y les dice que sigan por el camino de la izquierda.

–*Zwillinge, zwillinge* –grita, mirando sobre las cabezas.

Se me cae el alma a los pies cuando recuerdo qué significa *zwillinge* en alemán.

Gemelos. Busca gemelos.

Abro mucho los ojos. Papá me coge del brazo y me pone a su lado. Miro a mamá y veo que está observando una nube de humo que se eleva en la distancia.

–Aquí –dice mi madre–. Mis hijas son gemelas.

–Danica –sisea papá.

–Confía en mí –responde ella–. Por favor.

–*Zwillinge* –repite el hombre, y se detiene para inspeccionarnos a Nora y a mí–. Sí que lo sois, ¿verdad?

Se dibuja una sonrisa en su mandíbula ancha que deja ver una ligera separación entre sus dientes perfectamente blancos.

–Vosotras dos venís conmigo.

Golpea la pasarela de piedra con el bastón y nos hace gestos para que avancemos. Mientras hacemos lo que nos han dicho, levanta el bastón, señala a mamá y le indica que vaya a la izquierda. A continuación, envía a papá a la derecha. Se suponía que íbamos a permanecer juntos.

Mamá nos pasa un brazo por el cuello a mí y a Nora.

–Mis niñas, mis pequeñas. Os quiero muchísimo. Cuidad la una de la otra e iremos a buscaros lo antes posible, ¿vale?

Habla con voz débil y temblorosa. Le caen lágrimas de los ojos y le resbalan por las mejillas secas.

Papá pone las manos sobre nuestras cabezas.

—Estaremos bien. Hay que tener fe. Os quiero, preciosas. No tengáis miedo. Por favor, hacedlo por mí, sed valientes.

—¡Ya! —les grita el hombre del bastón a mamá y a papá—. ¡Fuera ya!

Un sollozo me atraviesa el pecho y aprieto los labios todo lo fuerte que puedo para no dejarlo escapar. Mamá y papá, no. Por favor. No nos dejéis. Por favor. Los veo alejarse y, por un momento…, sé lo que nos espera a continuación a todos.

CAPÍTULO 6

Bougival, Francia
JULIO DE 1946

NORA

Sin clases ni tutorías durante los meses de verano, tenemos gran cantidad de tiempo libre. Nuestra edad determina qué deberíamos hacer con las horas del día. A los más pequeños les enseñan tareas básicas como doblar la ropa limpia, planchar, barrer y sacar el polvo. Los más mayores, es decir, a partir de diez años, tienen asignadas varias tareas tediosas como lavar los platos, fregar, coser, cocinar, hornear y dar clases particulares a los pequeños que se han quedado atrasados en el curso escolar. Es el modo que tiene el orfanato de asegurarse de que vamos a poder sobrevivir como adultos funcionales cuando abandonemos estas instalaciones.

Ahora todos los días parecen sábado o domingo. Son monótonos y seguimos una rutina rigurosa para tener un horario.

Los lunes, miércoles y viernes estoy en la sala de costura remendando ropa, haciendo los dobladillos del uniforme de los pequeños y a veces confeccionando cintas para las niñas si sobra tela. Hay otras dos chicas de mi edad asignadas también a la sala de costura. No había pensado que hubiera tanta demanda de arreglos de ropa cada semana, pero parece que el montón no se acaba nunca.

Katia comparte mesa conmigo. Nos llevamos cinco años, lo cual resulta evidente por la frustración que muestra a menudo. Su máquina de coser se atasca más que las otras dos y siempre le echa la culpa a la máquina y dice que le ha tocado la defectuosa. La semana pasada cambié nuestras máquinas para que no tuviera que usar la mala, pero no ha notado ninguna diferencia.

Su corta melena rubia se abre hacia los lados mientras golpea la mesa con las manos.

—¡Ya estoy harta! —exclama.

Tiene los mofletes rojos y la tela que hay debajo del prensatelas está toda arrugada bajo el hilo tirante.

—¿Me-me dejas echar un vi-vi-vistazo? *Pueo* ayudar a arreglarla —me ofrezco.

—No entiendo lo que dices. Nunca te entiendo. Nadie te entiende. Tal vez deberías escribir lo que quieres decir en un papel —espeta.

Me recuerdo a mí misma que no tiene más de doce años y que está tan enfadada con el mundo como todos los demás. Siempre que es posible, evito hablar para no frustrar a los que me rodean. Pero no dejaré que eso me defina. Empujo mi silla con el pie bueno y levanto las cejas para indicarle que se aparte para que pueda echarle un vistazo a su máquina. Tras un momento de contemplación, me deja espacio. Levanto la tabla para quitar la bobina y descubro que está orientada en la dirección incorrecta. Es el más simple de los errores. La coloco bien y vuelvo a pasar el hilo. Con un par de giros del dial, el hilo se alinea nuevamente detrás de la aguja.

—Ya *etá*…

Vuelvo a mi máquina y me centro en los pantalones que estoy arreglando. La suya parece funcionar sin problemas.

Nuestras dos máquinas armonizan con golpes repetitivos y el chirrido del motor. Tras un largo momento, levanta el pie del pedal y se gira en su silla para mirarme.

—¿Qué te pasó? —pregunta, observándome con los ojos entornados como si buscara una pista en mi rostro.

Niego con la cabeza.

—Es *ua* la-la-larga *hitoria* —contesto, consciente de que probablemente no entienda ni una palabra.

—¿Naciste así? —pregunta, señalándome la pierna.

Vuelvo a negar con la cabeza.

–*Enía* la pie-pierna bien *hata* el año pa-pasado.

–¿Y lo de la lengua? ¿Ya era así cuando naciste?

Sus inquietantes ojos esmeralda rebosan curiosidad.

Observo cómo se le mueve la lengua de arriba abajo, tocando el interior de sus dientes para formar ciertas letras y sonidos. Tenía la esperanza de volver a aprender a hablar bien, aunque fuera con la tartamudez, pero, por mucho que lo intente, parece que no progreso.

El sonido de unas pisadas fuera de la sala de costura me distrae de responder. Me doy la vuelta y veo a Elek en la puerta.

–Nora, Nora, Nora, ¿qué pantalones elegantes me estás preparando hoy? –bromea.

Pongo los ojos en blanco ante su pregunta y sonrío.

–¿Vuelves a tener problemas con la máquina? –le pregunta a Katia.

Ella suspira y mira a Elek con ojos brillantes.

–No, ya no, pero gracias por preguntar –responde en tono cantarín.

No ignoro que las chicas se comen a Elek con los ojos. Es encantador y agradable de mirar. A nadie parece molestarle que le falte un brazo, ni siquiera a él. Sin embargo, todo en mí parece molestar a los demás. No estoy segura de qué dice eso de mi persona.

–Bien. ¿Te la ha arreglado Nora? –pregunta, porque no se le escapa una.

Katia aprieta los labios y le ofrece una breve sonrisa antes de darse la vuelta de nuevo en su silla.

–Hay una exposición de arte a las afueras de la ciudad esta noche. Un supervisor va a llevar a un grupo de los más mayores. Ya nos he inscrito a los dos porque estoy seguro de que no vas a querer perderte una exposición de arte –me informa Elek.

No vamos al pueblo a menudo, pero los supervisores intentan buscar actividades para los más mayores. Ir a las afueras me parece que sería una noche de todos los demás quejándose y gruñendo porque no les sigo el ritmo.

—Yo te empujaré —me asegura Elek—. Estaremos bien.

Respiro profundamente, preparada para decir que no.

—Deberías ir. Yo lo haría si fuera lo bastante mayor —interviene Katia.

Elek arquea sus cejas oscuras y espera mi confirmación.

—Va-va-vale —digo.

—Será divertido.

—¿Sabes qué le pasó en la boca? —le pregunta Katia a Elek como si yo no estuviera ahí entre ellos.

—No todos los detalles personales son información pública, Katia. A veces es mejor tener secretos que permitir que el mundo sepa lo que no se ha ganado el derecho a saber.

Me arden las mejillas y no es por vergüenza, sino por lo que siento cada vez que Elek me defiende. Me pone las manos en los hombros y me los estrecha.

—Te veo en la cena. Me muero de ganas de probarme mis nuevos pantalones elegantes —dice, pasando los dedos por la suave tela oscura.

Cuando sale de la habitación, Katia suspira.

—Es tan adorable…, aunque le falte un brazo. —En ocasiones como esta me alegro de preferir quedarme callada—. Supongo que sois únicos en vuestra especie.

Con una fuerte inhalación, pongo el pie sobre el pedal y sigo cosiendo. No tiene ni idea de lo parecidos que somos Elek y yo ni de todo por lo que hemos pasado. Odio pensar qué le habría pasado a ella si hubiera tenido que vivir la misma pesadilla infernal que nosotros.

Auschwitz, Polonia
DOS AÑOS ANTES, MAYO DE 1944

Arina y yo nos agarramos con fuerza de las manos. No estoy segura de que alguna de las dos tenga ya sensibilidad en los dedos. Seguimos a un guardia en una dirección distinta a todos los demás, pero, cuanto más andamos, más se descubre ante nosotras. Personas débiles, cansadas y hambrientas deambulando con pijamas de rayas blancos y azules. La idea de cuánto tiempo llevan aquí viviendo como vagabundos y muertos de hambre me hace pensar que Arina y yo podríamos tener ese aspecto en dos semanas…, si es que aguantamos tanto. ¿Seremos simples cuerpos sin alma arrastrándonos? No sabemos adónde vamos, pero hay más parejas de gemelos y mellizos delante y detrás de nosotros. Una pareja está formada por un niño y una niña, tal vez más pequeños que nosotras. Las otras dos parejas, una de chicos y una de chicas, parecen ser ligeramente mayores. Nunca hemos estado con otros gemelos, mucho menos con tres parejas al mismo tiempo.

—Como a todos los demás, tenemos que inscribiros en el registro y anotar ciertos datos importantes. Os indicaremos adónde ir cuando entréis en el hospital que hay más adelante —dice el guardia, girando sobre sus talones y mirándonos sin ningún tipo de emoción en el rostro.

El aire es espeso, lo que dificulta la respiración. O quizá mis pulmones estén luchando contra el olor dulzón y penetrante a podredumbre.

—¿Por qué estamos en el hospital? —susurra Arina.

Tiene la mano húmeda y me clava las uñas en la piel. Sabe que no tengo respuesta, pero ella expresa sus pensamientos en voz alta con más frecuencia que yo.

Delante de nosotros, los guardias conversan en voz baja y no tengo claro si querría saber qué están diciendo, aunque fuera capaz de oírlo. Sin hacer movimientos erráticos o repentinos, me tomo una pausa para mirar alrededor, deseando poder ver también adónde han ido mamá y papá. Este sitio parece un gueto, pero más grande, industrial y militarista.

—Venid —nos llama una nueva voz.

Miro hacia delante y veo a un hombre con un uniforme de rayas holgado que nos dice que lo sigamos dentro. No es uno de los nazis.

El edificio se extiende ante nosotros con ladrillos rojos de varios tonos, tres pisos, siete ventanas y una puerta aciaga de madera encima de cinco escalones de cemento. Nunca he visto un hospital con escalones en la puerta. Me planteo lo difícil que sería entrar si las piernas no te funcionan bien.

Al entrar en el pasillo principal, un olor enmascarado juguetea con mi mente, pero, sea lo que sea lo que oculta, alerta a mi estómago y acaba con la sensación de hambre que he estado intentando evitar. No hay nada en este edificio que recuerde a un hospital. Solo veo un laboratorio científico, o al menos es lo que parece. No estamos en una sala de espera y no hay mostrador al que acercarse para decir nuestro nombre y otra información importante. Solo veo pasillos bifurcándose desde donde estamos.

Todos los pasillos parecen iguales: largos, oscuros e interminables. Puerta tras puerta. Tras un momento de lo que parece ser confusión por parte del hombre que nos conduce, giramos bruscamente a la derecha y seguimos por otro pasillo. Cuanto más nos adentramos, más puertas hay y veo que una de ellas está abierta. Las luces parpadean y zumban como si nuestros pasos afectaran al cableado eléctrico. Nadie pregunta en voz alta, pero todos nos cuestionamos a qué estamos a punto de enfrentarnos. Una sensación escalofriante me recorre los brazos, es como una especie de advertencia. Pasamos por algunas puertas con ventanas estrechas, pero en todas se ve solo oscuridad.

Se abre una puerta a la derecha y de la habitación iluminada sale una mujer demacrada de mediana edad con un vestido oscuro bajo un delantal blanco manchado. Cierra la puerta tras de sí. Dado que solo puedo echar un vistazo rápido al interior, debo suponer que lo que creo haber visto es solo mi mente jugándome una mala pasada. Una pared con cientos de huevos pequeños adheridos a un tablero de corcho formando líneas perfectas vertical y horizontalmente. No entiendo por qué alguien decidiría exhibir tantos huevos en una pared. Seguro que se podría encontrar un propósito mejor para ellos, teniendo en cuenta que la mayoría de la gente de por aquí parece estar hambrienta.

—De uno en uno —dice el hombre que encabeza la fila.

Se detiene a un lado de la abertura que hay al final del pasillo. Las manos le cuelgan a los lados y su mirada cae pesadamente hacia la pared que tiene delante.

—¿Por qué no podemos entrar juntas? —susurra Arina—. ¿Qué sentido tiene hacer cualquier cosa solas si buscan gemelas?

—Calla —respondo entre dientes.

—Quiero a mamá y a papá. Tenemos que encontrarlos. Estás de acuerdo conmigo, ¿verdad?

—Vas a me-me-meternos en pro-pro-problemas —contesto.

Me adelanto a Arina para pasar primera, consciente de que puede que hable menos si ve que todo va bien conmigo. Cada par de gemelos han ido entrando en la habitación de uno en uno durante cinco minutos aproximadamente y luego han vuelto al pasillo, donde han formado una fila en la dirección opuesta.

Cuando sale el segundo miembro de la última pareja de gemelos de la habitación, el hombre que nos ha traído hasta aquí me llama con un ligero gesto de cabeza.

La habitación tiene cuatro paredes blancas. Hay columnas de baldosas de cerámica, unos cuantos armarios de madera y tres mesas de laboratorio. El espacio restante está vacío hasta el techo, que muestra manchas amarillentas entre las bombillas colgantes. El suelo de piedra oscura es lo único que contrasta entre toda la blancura.

Un hombre, o un médico a juzgar por la bata blanca que lleva puesta, espera sentado en una silla tomando anotaciones en los documentos del portapapeles que sostiene.

—Siéntate —ordena sin levantar la cabeza.

Detrás del asiento, veo una bandeja con herramientas plateadas desconocidas. Ninguno de los que ha entrado antes ha gritado o gemido de dolor, así que rezo por que no haya sido simplemente porque no se oía desde fuera.

—¿Nombre?

No soy ajena a los consultorios médicos. Durante años, mi madre me ha llevado a varios especialistas por mi tartamudez con la esperanza de que alguno pudiera ayudarme a superar mi impedimento, tal y como le sugirió el pediatra de cabecera. Cada vez que mamá me llevaba a un médico nuevo, empezaban por el principio intentando resolver el rompecabezas ellos solos sin información de los médicos anteriores. El proceso siempre era largo y tedioso, y eso es lo último que necesito ahora.

Me permito un momento para calmar los nervios.

—Nora —digo.

He intentado no alargar la «n», pero sé que ha habido un ligero tartamudeo. Sin embargo, estoy segura de que cualquier niño que entre en esta habitación mostraría signos de aprehensión.

—¿Apellido?

Retengo la «t» en la punta de la lengua intentando formar la palabra completa antes de hablar.

—Tabor —digo solo con una ligera pausa.

—No hay necesidad de ponerse nerviosa, jovencita. Solo debo tomar algunas medidas para nuestros registros y podrás irte.

El alivio me calma el pulso acelerado y miro al lado opuesto de la pared, donde encuentro un vago reflejo de mi cuerpo entre los brillantes azulejos.

El médico usa todas las herramientas de la bandeja de metal para tomar medidas de mi rostro: el espacio entre mis ojos, el ancho de estos, la distancia que hay entre la punta de mi nariz y mis pestañas inferiores, así como entre mis fosas nasales y mi labio superior. Mide incluso la distancia que tengo entre el puente de la nariz y cada oreja. A continuación, el espacio entre mi frente y mis cejas hasta la línea del pelo. La longitud de mi cuello. Y, finalmente, mi estatura y el peso que marca la báscula.

—Ya está todo listo —declara.

Observo el rostro del hombre y me fijo en el azul pálido de sus ojos y el color claro de su pelo, que no llega a ser blanco pero tampoco es rubio. Sus gafas con montura dorada están sucias y le salen pelos oscuros de las fosas nasales. Me pregunto en qué se diferenciarán sus medidas de las mías.

Me alejo y camino hacia la puerta; al salir, le dedico a Arina una mirada que debe de parecerle más consoladora que desconcertante. Me obligo a sonreír con los labios apretados y asiento cuando paso junto a ella con la esperanza de que eso baste para aliviar sus preocupaciones.

CAPÍTULO 7

Chicago, Illinois, Estados Unidos
AGOSTO DE 1946

ARINA

¿Son los gritos los que me despiertan o sé inconscientemente cómo salir de una pesadilla? El estado hipnopómpico es el que sucede entre el sueño profundo y la vigilia. La señorita Blum me lo explicó amablemente durante nuestra última sesión de terapia. El sudor me empapa las mejillas y se me acumula en el centro del pecho, de modo que la brisa de un ventilador cercano me hace estremecerme. ¿El grito ha sido silencioso o…?

La respuesta me llega cuando se abre la puerta de golpe. Las luces cegadoras del pasillo y el ruido repentino provocan una expresión de sorpresa en mi compañera de cuarto. Aunque probablemente ya estuviera despierta por mis gritos. Estoy sentada en la cama con la espalda recta frente a la señora Vallentine, una de sus nuevas ayudantas (cuyo nombre he olvidado) y el encargado de mantenimiento, que debe de haber venido para averiguar por qué han entrado las otras dos corriendo en mi habitación en mitad de la noche.

–¿Qué diablos? –exclama la señora Vallentine, llevándose una mano al pecho mientras intenta recuperar la respiración–. Nunca he oído un grito así en toda mi vida. ¿Te has hecho daño?

–No –respondo.

–Entonces, ¿por qué has gritado tan fuerte como para despertar a medio edificio?

La miro fijamente, intentando asimilar la separación entre mi recuerdo subconsciente y el momento actual. Si ella viera lo que veo yo en mi cabeza, también estaría gritando. Sin embargo, es más fácil controlar las visiones cuando estoy despierta. Quiero responder algo que me disculpe por el alboroto causado, pero no puedo hacerlo.

—Ha sido una pesadilla —explico.

—¿Sobre qué, Arina?

Sabe más que de sobra que no debe hacerme ese tipo de preguntas, pero supongo que estamos en mitad de la noche y que puede que ella también estuviera dormida.

—Globos oculares clavados en una pared —declaro, dando lo que quería: una respuesta.

Ella cierra los ojos y respira profundamente.

—A nuestra mente se le da muy bien jugarnos malas pasadas. Ha sido solo una pesadilla —me dice.

—Ha sido una pesadilla, pero mi mente no me estaba jugando una mala pasada, sino reviviendo una realidad que experimenté.

—¿Globos oculares clavados en una pared?

—Sí —afirmo con severidad.

Dale, el encargado de mantenimiento, es el único que expresa preocupación con la mirada. La señora Vallentine parece molesta y su asistenta bosteza.

—Vas a asustar a las demás —añade la señora Vallentine, señalando a Lilliana con la cabeza, que ha escondido la cabeza debajo de la almohada.

—¿Y qué hay de mí? —pregunto.

¿Por qué tengo que preocuparme por las demás cuando soy yo la que está reviviendo historias que nadie creería?

—Tienes una imaginación prolífica y creo que será mejor que lo tengas en cuenta para poder dormir un poco.

La ira se me acumula en el estómago y se me cierra la garganta cuando intento responder:

—Mis pesadillas no son producto de mi imaginación, señora Vallentine. Y si cree que lo son, le sugiero que vuelva a leer mi expediente. Estuve en una habitación en un hospital en Auschwitz donde las paredes eran blancas y brillantes. Había un escritorio de metal y una silla verde de cuero con ruedas como único elemento decorativo en la estancia, excepto por un tablero de anuncios cubierto con columnas y filas perfectas de globos oculares humanos, organizados por colores, tonos y sombras... Una obra de arte creada por un asesino. Repugnante.

La señora Vallentine debe de sentirse muy avergonzada, asombrada o cansada de mis historias.

—Basta. No puedo seguir escuchando esto. Ven conmigo. No te permitiré seguir perturbando el sueño de Lilliana.

Antes de que pueda decidir si moverme o quedarme, la mano venosa de la señora Vallentine me agarra de la muñeca y me saca de la cama.

—Quédate con Lilliana para asegurarte de que está bien —le dice la señora Vallentine a su asistenta, que me observa con párpados pesados.

Sin embargo, Dale parece afligido y sombrío, aunque no sé si es por mí o por él.

—¿Adónde me lleva? —siseo mientras me saca al pasillo.

—Estás perturbando la paz, jovencita.

—Señora Vallentine, soy consciente de que esto no es asunto mío, pero la señorita Tabor debería tener derecho a que no se pongan en duda sus pesadillas, ¿no cree? —interviene Dale desde detrás de nosotras.

Lo miro por encima del hombro y lo veo en mitad del pasillo aferrándose a una fregona con los nudillos blancos.

—Lo siento —murmura.

Mantengo la mirada fija en él mientras camino hacia donde me dirigen y respondo en voz baja:

—Gracias.

Nadie me ha defendido nunca desde Nora. Ni una sola persona se ha disculpado por no ser capaz de ayudarme desde... Nora. Dale, el misterioso encargado de mantenimiento que solo pasa cerca de mí cuando peor me encuentro. ¿Cómo sabe predecir esos momentos?

Tengo el cuello tenso y choco con la espalda de la señora Vallentine porque no me había dado cuenta de que se había detenido.

—Puedes pasarte lo que queda de noche aquí sola, donde no molestarás a nadie más con tus ridículas historias.

No me importa estar sola. De hecho, lo prefiero, teniendo en cuenta que mi compañera de habitación apenas me dirige la palabra. La habitación en la que me deja la señora Vallentine está vacía excepto por una cama con armazón de metal, un colchón lleno de bultos y un juego de sábanas dobladas a los pies.

—Buenas noches, Arina —dice antes de cerrar la puerta con un fuerte chasquido de las bisagras.

Si en la mente de la señora Vallentine esto pretendía ser un castigo, puede penalizarme todo lo que quiera, porque prefiero estar sola con mis pensamientos que tener que preocuparme por mantenerlos enterrados. Sin embargo, si pudiera purgar cada recuerdo y cada pregunta que empieza por «¿y si?», lo haría.

Unos segundos después de cerrarse, se abre de nuevo la puerta de la habitación vacía. El encargado de mantenimiento, Dale, asoma la cabeza y llama a la puerta como si me estuviera advirtiendo de su presencia.

—¿Puedo pasar un momento?

Asiento, preguntándome por qué se arriesgaría por entrar en la habitación tras el despliegue de furia de la señora Vallentine.

Pasa y cierra la puerta con cuidado. Sus ojos no parecen tan brillantes y alerta como durante el día. No tiene los hombros tan rectos como de costumbre. Es evidente que está cansado, sobre todo teniendo en cuenta que tiene que trabajar a estas horas. Tiene el uniforme impecable, es de un color marrón chocolate con una camisa azul de manga corta bien planchada que lleva cuidadosamente metida por dentro de los pantalones, sujetos con un cinturón de cuero. La única parte de su atuendo que parece desgastada son las botas de trabajo, que están descoloridas por la punta.

—La señora Vallentine ha sido muy impertinente y me parece que necesitabas oírlo después de cómo te ha tratado —dice, inclinándose hacia delante para agarrarse a la barra superior de los pies de la cama.

Me encojo de hombros porque ¿qué se supone que debo

responderle? Por supuesto, estoy de acuerdo, pero mi opinión aquí no importa.

—Gracias por defenderme, pero no quiero que vuelvas a poner en peligro tu puesto de trabajo por mí.

Mi vida ya está llena de culpa, más de la que puedo soportar.

—Mi trabajo no peligra, señorita Tabor. Soy un hombre con integridad, y guardar silencio está tan mal como tratar a alguien como te ha tratado ella.

Intento sonreír, pero a veces siento que ya no soy capaz de usar esa facultad.

—Gracias por tu ayuda.

Dale se agacha para apoyar los brazos en la barandilla y me mira, sentada en mitad del colchón lleno de bultos.

—Tus pesadillas… no son simplemente un producto de tu imaginación.

No me está pidiendo una confirmación, pero la ligera inclinación de su cabeza supone una pregunta en el silencio.

—Mis pesadillas son recuerdos —declaro, simplificando una vida complicada que desearía poder olvidar.

—Sé poco de la gente que vive aquí, pero he oído que fuiste prisionera en Polonia durante la guerra y que perdiste a tu familia. ¿Es cierto?

Me alegra no tener que contar mi larga y triste historia desde el principio.

—Has oído bien.

—No puedo imaginarme lo que debió de suponer para ti.

—Yo tuve suerte —contesto—. Podría haber sido mucho peor y creo que eso es lo que más me cuesta aceptar.

Dale niega con la cabeza.

—No menosprecies tu derecho a sufrir solo porque otros tuvieran un destino diferente.

—Eres tremendamente sabio para alguien de tu edad… ¿Cuántos años tienes?

—Diecinueve, no soy mucho mayor que tú —responde.

Sabio o no, nadie me ha dicho nunca esas palabras. Parece que lo que todos intentan hacer desde mi liberación es colocarme una venda en la herida. Yo quiero arrancarme la costra y sentir que la sangre vuelve a gotear por mi piel…, sentir algo más allá del entumecimiento con el que intentan curarme.

Me ruge el estómago al pensar en el recuerdo que me ha despertado.

—Es como si hubiera sucedido ayer —digo más para mí misma que para Dale, que me escucha con atención.

—Esos globos oculares…

Respiro lenta y profundamente, mentalizándome para responder.

—Formé parte de un experimento…, uno diseñado especialmente para gemelos. Había un médico, un hombre demente, decidido a estudiar, diseccionar y resolver cuestiones relativas a anomalías genéticas. Con tantos judíos viviendo como presos bajo las órdenes de Hitler, este médico tenía una amplia reserva para seleccionar sujetos. —Nunca he llegado tan lejos contándole la historia a nadie. La mayoría palidecen ante la simple mención a los experimentos. Dale lleva más de un minuto sin parpadear con sus largas pestañas. Sigue escuchando cada palabra—. Yo no experimenté lo peor en comparación con otras personas, incluida mi hermana gemela, Nora.

—¿Tienes una gemela? —pregunta con el ceño fruncido, y las arrugas del puente de la nariz se le profundizan.

—Sí…, o la tenía. No lo sé.

Una parte de mí se muere en mi interior cuando lo pienso. Aprieto la mandíbula con fuerza para tragarme el dolor.

—¿No estuvisteis juntas en Polonia? —pregunta.

—Sí, pero nos separaron —respondo, consciente de lo confusa que debe de sonar mi explicación—. Ese hombre, el doctor Mengele, o el Ángel de la Muerte, como lo llamábamos, era un perturbado que se negaba a separarse de los restos de sus experimentos, incluso de los que habían salido mal.

—¿Te refieres a los globos oculares? —pregunta Dale con un nudo en la garganta.

–Sí.

No podré olvidar esa imagen mientras viva.

Auschwitz, Polonia
DOS AÑOS ANTES, JUNIO DE 1944

Cada mañana, poco después del amanecer, desde que llegamos hace tres semanas, todos los que vivimos en el cuartel 14, apodado el «Zoo», salimos y formamos una fila para el recuento matutino que lleva a cabo el doctor Mengele, el hombre que nos recibió tras nuestra llegada. El olor a caldo de repollo que se filtra por las rejillas de ventilación del hospital mezclado con la tierra mojada por la lluvia me quita el hambre un rato más. Se oyen gemidos y quejidos provenientes de todas las direcciones mientras esperamos a que digan nuestro número.

La mayoría sufrimos angustia, miedo y soledad incluso cuando estamos al lado de nuestro gemelo. Nos dicen que nos centremos en el presente y no en el futuro, lo cual nos deja con una espiral de pensamientos y preguntas mientras pensamos a qué vamos a tener que enfrentarnos a continuación. Nora y yo queremos encontrar a mamá y papá. Es lo único que queremos hacer, pero nos han negado esta posibilidad a pesar de la gran cantidad de veces que ambas lo hemos pedido. No sabemos si siguen aquí, tras las mismas puertas que nosotras. Nadie nos dice nada. Apenas tenemos quince años y ante nosotras se encuentra un destino desconocido.

El doctor Mengele se acerca a nosotras y sonríe. Nos dedica esa misma sonrisa prácticamente todos los días, una sonrisa que te esperas de un vecino amable o un pariente, no de un hombre que ha arrancado a demasiados niños de sus padres con promesas de que nuestra situación es mejor que la alternativa. No conocemos ninguna alternativa.

Esta mañana lleva una cesta de mimbre llena de caramelos duros. Mientras camina entre las filas, lanza puñados al aire para que los cojamos. Los más mayores parecen tener más suerte que los pequeños a la hora de coger los caramelos, por lo que la mayoría compartimos. Algunos de los más pequeños que han aprendido a coger los caramelos se refieren al doctor Mengele como el tío Pepi. Él les dijo que podían llamarlo así. Un término cariñoso que no creo que sea adecuado para un hombre así. Cuando pasa junto a mí, se me eriza la piel y me retumba el pulso en los oídos. Me pregunto si los demás se fían de esa sonrisa que muestra y de su amabilidad al traernos caramelos.

Me guardo la mitad de los caramelos que he conseguido y me los reservo para los niños hambrientos que pueda encontrarme durante el día.

Desde ayer, todos los gemelos tenemos un horario establecido. Nora y yo podemos permanecer juntas y rezo para que siga siendo así. Cuando nos acabamos el pan con mermelada del desayuno, los Kapos nos dirigen a cada uno a donde tenemos que ir. Para nosotras es una habitación bien iluminada donde soportamos un examen físico de pies a cabeza. Uno de los ayudantes del doctor Mengele toma nota de todas las medidas. La incomodidad de desnudarnos y permanecer exhibiéndonos durante horas es desmoralizadora y humillante. Mientras estamos ahí, van y vienen varios médicos, enfermeros y personas vestidas para ese papel. Cada uno parece analizarnos en busca de un espectro diferente de datos que luego comparan entre Nora y yo. Básicamente, es como si estuviéramos paradas bajo un microscopio y podemos decir tanto como una molécula insignificante en observación.

A continuación, toca ronda de análisis de sangre. Odio las agujas y pensar en la sangre hace que se me revuelva el estómago. A Nora no le importa tanto, pero solo es porque ha visto a más médicos que yo con los años, puesto que mamá trató de encontrar el origen de su tartamudez intratable. Siendo gemelas, cabría pensar que tendríamos las mismas dolencias, pero nunca ha sido el caso. Aparte de la tartamudez, le salen sarpullidos si come ciertos frutos secos y eso a mí no me pasa. Ella rara vez tiene fiebre alta cuando se pone enferma, pero yo sí. Junto con su dificultad para hablar, siempre he sentido que ella se ha llevado la peor parte. Le digo que es la más fuerte de las dos, por eso debe pasar por más cosas que yo.

La habitación en la que estamos parece un aula de clases con una pizarra en una pared y dos filas de sillas. No parece un entorno adecuado para el trabajo médico.

Ocupamos las sillas con otros gemelos, y, cuando se sienta el último par, entra un grupo de enfermeras alemanas con bandejas médicas sobre ruedas. Sus expresiones pétreas nunca se quiebran. Es imposible saber qué están pensando, si les parece bien estar aquí o si detestan cada segundo que pasan cumpliendo con sus obligaciones. No sé quién podría ofrecerse voluntario para estar en un lugar como este, rodeado de tanta falta de humanidad.

Una enfermera (o eso creo) nos atiende a Nora a mí. No dice ni una palabra mientras me pone un trozo de tela blanca en el brazo derecho y luego otro en el izquierdo. Me deja sentada así durante tanto tiempo que la sangre se me acumula en el hombro y una sensación de entumecimiento se apodera de mis manos y mis dedos. Le hace lo mismo a Nora, pero ella observa cada paso del proceso intrigada por lo que hace la aguja al pincharle la piel.

No se marea viendo las agujas como me pasa a mí, así que decido cerrar los ojos. Noto el pinchazo en la vena, pero la sensación no dura mucho. Mientras la aguja permanece en mi brazo derecho, el mareo se agita en mi mente y noto cierta debilidad física. Me pesa la cabeza y un sudor frío me cubre todo el cuerpo. Lucho contra el impulso de desmayarme, sabiendo que se me caería la cabeza hacia atrás y que probablemente esta silla endeble iría a parar al suelo conmigo encima.

Antes de que la flebotomista me saque la aguja del brazo, otro pinchazo fuerte en el brazo izquierdo me sobresalta. Una inyección es diferente de una aguja sacando sangre de una vena. Cuatro veces más, una tras otra, el mismo pinchazo en el mismo brazo me toma por sorpresa.

—¿Qué hay en esa inyección? —pregunto con voz temblorosa. Mi debilidad no pasará desapercibida.

—Nada de lo que tengas que preocuparte —responde la enfermera.

Es lo primero que dice después de pincharme seis veces en total. La pobre Nora evita mirar en mi dirección. Me alegro de que no haya visto lo que acaban de meterme en el cuerpo. Tal vez hubiera opuesto resistencia y ya hemos visto lo que sucede si uno de los gemelos de Mengele causa problemas. Se lo llevan y nunca lo traen de vuelta. Dejan aquí al otro gemelo inútil.

Parece que soy una de las primeras en terminar el proceso, lo que me concede un momento para observar la estancia y ver un patrón de tonalidades verdes y rostros pálidos.

Quejidos y gemidos resuenan contra las paredes. Las enfermeras no parecen tener un trato amable ni se preocupan por el cuidado a los pacientes.

—No quiero que me metan nada en el cuerpo. Tengo que saber qué hay en esa inyección —exige una chica al otro lado de la habitación.

Forma parte de una de las parejas de gemelos más mayores del grupo. Creo que tendrán unos veinte años. Aparta el brazo de la enfermera, que hasta el momento parece mantener la paciencia.

—Por lo que sabemos, podríais estar inyectándonos una enfermedad mortal. Merecemos una respuesta.

—Me temo que eso no es posible —contesta la enfermera.

—Pues no vais a meterme nada en el cuerpo —insiste la joven.

—No estás tomando la decisión adecuada —dice la enfermera con voz monótona y falta de empatía.

Su conversación se vuelve silenciosa y me pregunto qué va a pasar. Mientras intento centrarme en el otro lado de la habitación, un olor húmedo y metálico me arde en la nariz. Me pregunto si es el olor de la sangre. Nunca me había planteado que la sangre pudiera tener un olor en particular, pero no se me ocurre qué más podría ser y claramente hay un montón de sangre fresca llenando bolsas en esta habitación.

En un momento, los asistentes consiguen sedar a la chica. Entran dos hombres con pijamas de rayas, la levantan en brazos y se la llevan como si fuera una bolsa de basura.

El cuerpo de la mujer está flácido y pesa sobre los hombres. Su hermana gemela se lleva una mano a la boca y abre los ojos como platos, horrorizada, sin dejar de derramar lágrimas. No puedo evitar preguntarme con quién estará más enfadada: con su hermana por no obedecer o con los asistentes de los médicos por no permitirnos elegir lo que sucede con nuestros cuerpos.

Cuando la joven se pierde de vista, parece que Nora ha terminado con su análisis de sangre y sus inyecciones. La miro sutilmente y me imagino que estamos pensando lo mismo. Ella aprieta los labios con fuerza y los frunce. Intenta ocultarme su miedo, pero no le sale demasiado bien.

CAPÍTULO 8

Bougival, Francia
SEPTIEMBRE DE 1946

NORA

De niña me daban miedo los fines de semana. Eran días largos con poco que hacer más allá de sentarse y «relajarse», como diría mamá. Tras una semana atareada con la escuela, los quehaceres de casa y papá trabajando, todos necesitábamos algo de tiempo para tomar un respiro o dos. Ni a Arina ni a mí nos gustaba quedarnos quietas, así que nos manteníamos ocupadas. Queríamos construir una elaborada casa del árbol con la madera que habíamos recolectado. Había un roble en la esquina trasera de nuestro jardín. Cada rama estaba paralela a otra del lado opuesto. Era casi perfectamente simétrico, lo cual es raro de ver, pero nos hacía creer que el árbol era un escondite secreto para nosotras en el que poder pasar el rato y organizar fiestas del té con nuestras amigas. Solo habíamos acumulado madera suficiente para colocar el suelo y ahora me pregunto cómo nos habría quedado la casa del árbol si no nos hubieran echado de casa. Todavía podría trepar si no hubiera sucedido todo lo demás, de eso estoy segura.

–A-adelante –le digo a Véronique, extendiendo los brazos para ayudarla a subir.

Tendrá unos cinco o seis años y la trajeron al orfanato la semana pasada. Nadie sabe mucho sobre su pasado, pero no parece recordar gran cosa de sus padres. Ha estado viviendo en la pobreza en la calle con su tía, que falleció de repente hace unas semanas. No deja de mirar el árbol que hay en la esquina del patio de juegos de los niños. Yo también treparía si pudiera.

Véronique me inspecciona como si quisiera comprobar si soy lo bastante fuerte para ayudarla a subir, pero duda al ver mi silla de ruedas y da un paso atrás.

—No me-me *hará* daño —le aseguro.

Véronique tiene el cabello oscuro despeinado. Algunos mechones sueltos forman nudos apretados y les vendría bien un peine. Lleva la trenza torcida y un vestido dos tallas más grande de lo que le correspondería. Sin embargo, no parece importarle su aspecto. Tiendo los brazos hacia ella y le sonrío con la esperanza de que eso la ayude a confiar en mí.

Espero pacientemente a que considere sus opciones y me sorprende cuando da un paso adelante y se me acerca lo suficiente para que pueda subírmela al regazo. La levanto de modo que pueda apoyar los pies en mis piernas. No pesa demasiado, no lo suficiente como para que me moleste la pierna buena. Véronique alarga los brazos hacia la rama más cercana y se impulsa hasta el hueco siguiente que queda entre la próxima capa de ramas. Envuelve con las piernas la rama en la que está y se inclina hacia delante para hacer lo mismo con los brazos. A continuación, apoya la mejilla en la corteza. Se le extiende una sonrisa entre los hoyuelos y casi puedo sentir su momento de paz.

—¿Por qué no os buscáis algo mejor de lo que hablar? —dice Elek.

Oigo su voz desde la distancia, cerca de la puerta que lleva al patio. Miro y lo veo conversando con tres de las chicas con las que comparto habitación: Agathe, Margot y Élodie. Las tres llevan viviendo aquí más tiempo que las demás y se comportan como si su antigüedad les otorgara derecho a tratarnos como si estuviéramos por debajo de ellas. Por desgracia para ellas, no entienden el significado de antigüedad.

—Salva a tu pobre novia tullida antes de que se meta en problemas —dice una de ellas lo bastante alto para que la oiga.

Ese comentario me enciende las mejillas, más por la vergüenza de Elek que por la etiqueta que me han asignado.

Cuando Elek llega a mi lado, alarga el brazo hacia la rama que se eleva apenas sobre su altura y agarra a Véronique para bajarla. Ella intenta aferrarse a la rama y resistirse, pero cuando me mira articulo que lo siento para que haga caso a Elek, que solo trata de evitar que nos regañen a las dos.

–Élodie ha entrado para buscar a una supervisora –me dice Elek–. Lo sabes tan bien como yo: «Los niños no pueden subirse a los árboles».

Su imitación de la señora Cusano, la supervisora más desagradable de todas, es muy acertada y podría romper una ventana con esa voz tan aguda si hablara más alto. La señora Cusano no cree que los niños deban tener la libertad de comportarse como niños. A sus ojos, deben estar siempre quietos y en silencio, es lo único que hace falta para que sean adoptables. Parece que no tiene en cuenta lo que acabamos de vivir algunos de nosotros mientras pasamos los días soñando con un soplo de libertad o con un momento para volver a sentirnos niños. Podría ser mucho peor, lo sé, pero tampoco creo que esté pidiendo demasiado, solo un poco de comprensión.

En mi caso, no le importaría que estuviera en lo alto de este árbol colgando de una pierna. Es consciente de que nadie va a adoptarme este año y estoy segura de que le sería más fácil tratar conmigo si estuviera tumbada en una cama de hospital.

Elek se arrodilla delante de Véronique para ponerse a su altura.

–¿Sabes? Si pruebas ese balancín de ahí te sentirás como si estuvieras volando por el cielo cada vez que sube –le dice, señalando esa larga barra de metal con un asiento de plástico amarillo a cada lado–. Seguro que Daniel querrá subir contigo, parece que está esperando a que se le una alguien.

Véronique inclina la cabeza a un lado para mirar el balancín. Se le dibuja una sonrisita y echa a correr hacia Daniel.

–La *ha* hecho muy fe-feliz –le digo a Elek.

Elek se aclara la garganta y endereza los hombros.

–Los niños me adoran. Debe de ser por mi personalidad encantadora –declara, encogiéndose de hombros con una sonrisa de superioridad–. Bueno, lo importante es que he encontrado un sitio al que tengo que llevarte, pero tienes que traer tu cuaderno de dibujo.

—¿Dó-dó-dónde?

—No te lo voy a decir —responde, sabiendo que no le volveré a preguntar.

Me inclino hacia delante en la silla y saco el cuaderno de dibujo que tengo en la espalda. Compruebo si el lápiz todavía está entre la espiral metálica que une los papeles.

Elek empuja mi silla por un sendero que atraviesa el bosque de detrás del orfanato. Nunca hemos venido por aquí, pero hace poco que los supervisores nos han dado permiso a los mayores para deambular por los alrededores. Hubo un gran debate sobre si era seguro que se permitiera a los mayores de catorce alejarse más de uno o dos minutos de la propiedad. Finalmente, accedieron a que nos moviéramos por todo el pueblo siempre que nos comportáramos.

El camino de tierra es rocoso y noto cada bache en el trasero, pero, a medida que avanzamos, disfruto de la brisa refrescante y consigo ignorar el ruido metálico.

—¿Alguna vez has oído a alguien decir que no sabía que estaba en el mismo sitio que…?

Elek se interrumpe de repente y no sé por qué. Lo miro y me pregunto si algo le habrá llamado la atención o si se ha detenido a propósito para que intente adivinarlo.

—¿A-a qué *e refiere*? —pregunto.

—¿Has oído a alguien hacer esa pregunta?

A Elek le encanta jugar a las adivinanzas, pero también sabe lo mucho que las detesto.

Niego con la cabeza.

—¿Qué *itio*?

—Un sitio en el que ha estado alguien famoso —contesta.

Me encojo de hombros. No recuerdo que nadie me haya comentado eso, pero seguro que lo he leído en algún libro.

—Tápate los ojos.

—¿Po-por qué? —quiero saber.

–Tú hazlo, Nora.

Lo único que veo son más árboles a lo largo de lo que parece un camino de tierra interminable.

Con un resoplido, hago lo que me pide y me tapo los ojos. Mi cuerpo se sacude a la derecha cuando tomamos una curva cerrada que no me esperaba, ya que el camino parecía seguir recto hacia delante.

–No mires aún. Encontré este sitio la semana pasada mientras daba un paseo. Tú solo… espera…

Elek reduce el ritmo, las ruedas soportan baches más fuertes por las piedras antes de que el camino se suavice a una superficie más firme y la gravedad me separa la espalda del asiento cuando nos paramos. El silencio del entorno me permite oír el sutil movimiento del agua y el perfume de los lirios impregna el aire. El sol es débil, pero su calidez se filtra entre los árboles. Sin decir nada para no interrumpir el canto de los pájaros que nos rodean, Elek me aparta una de las manos de los ojos y me pone su propia mano en el hombro.

Observo bajo mis pestañas. No se me ocurre nada que pudiera prepararme para esta imagen: racimos de sauces llorones colgando sobre la hierba pantanosa de todas las tonalidades existentes de verde. Cientos de nenúfares de color rosa intenso, melocotón y lavanda flotan sobre la superficie del agua reflectante.

Una exuberante vegetación nos envuelve sobre un corto puente de madera propio de una obra de arte que solo conocía por las pinturas del museo.

–Mo-monet…

–Aquí lo pintó –confirma Elek–. Y ahora te toca a ti atrapar parte de esta belleza en tu cuaderno de dibujo.

A pesar de mi impulso por mirar todo lo que me rodea, me giro hacia Elek sintiendo que se me llenan los ojos de lágrimas. Se me tensan los músculos del pecho y no entiendo por qué, porque no quiero llorar. Quiero reír y sonreír. Quiero decirle lo agradecida que estoy por que me haya traído a un lugar que siempre consideraré el paraíso. Elek me ofrece el brazo y me levanto de la silla, apoyando todo el pecho en la pierna izquierda. Me agarro a la barandilla del puente y busco mi reflejo en el agua de abajo. A Elek no le importa el paisaje ni la claridad del agua y no oculta cómo me mira mientras yo intento asimilar cada detalle del entorno.

El aleteo de mi pecho me roba el aliento cuando me enderezo y miro a Elek. Sigue observándome como si me viera de un modo distinto al del resto del mundo. No sé cómo.

—Tu felicidad cierra un agujero en mi corazón —murmura.

Tengo las mejillas encendidas e intento convencerme para apartar la mirada del brillo de sus ojos, pero me quedo quieta. Elek acerca la mano a mi mejilla. Seguro que ha notado el cálido rubor que me gustaría poder controlar. Me roza el punto más rojo con el pulgar y acerca la punta de la nariz a la mía. Sus respiraciones cortas y superficiales son un reflejo de las mías y cierro los ojos olvidando la justicia, la belleza y la crueldad. Cuando puedo sentir esta versión del mundo a mi alrededor, no me importa nada más. Elek me proporciona una mirada diferente y muchas más cosas. Cuando me roza la boca con la suya, se me debilita la pierna, pero tenso la rodilla negándome a caerme y a perderme un instante de este recuerdo que quiero pegar sobre tantos otros.

Sus labios son como una ciruela madura, fresca y saciante. El viento me provoca un suave escalofrío, pero la conexión entre nosotros es cálida e incontenible, como el primer sorbo de té ante una chimenea crepitante.

Este es un lugar del que nunca voy a querer marcharme.

Auschwitz, Polonia
DOS AÑOS ANTES, JULIO DE 1944

—No me encuentro muy bien.

Arina pronuncia las palabras que yo también estoy pensando. Se me contrae la garganta más allá de mi control y noto un sudor frío empapándome la espalda. Examino la sala de observación de color verde. Es una sala de espera diferente a las que hemos visto antes. Nos han traído aquí después de las extracciones de sangre y las inyecciones. El color de las paredes no me ayuda a calmar el estómago y los suelos han perdido el brillo porque un Kapo ha debido de pasar algo húmedo por las baldosas. Hay incluso un tinte rojo sangre como si fuera un trazo de pintura en cada cuadrado blanco. No nos han dado sillas. No hay cubos por si vomitamos, cosa que muchos hemos hecho, lo que hace que toda la estancia apeste a bilis. No tenemos camas para descansar si nos sentimos débiles ni hay grietas en las paredes por las que pueda escapar el sonido si gritamos pidiendo ayuda. En esta sala solo estamos Arina y yo y otros tres pares de gemelos. No estoy segura de entender el propósito de todo esto ni qué esperan de nosotros. No nos han dado instrucciones, aunque tampoco es que debamos esperar mucho de nadie aquí. Juegan con nosotros como si fueran niños con muñecas de trapo.

—Yo tampoco —contesto, agarrándome el estómago como si la presión fuera a aliviar el malestar.

Cada pareja de gemelos ha elegido una esquina en la que acurrucarse, encogidos el uno junto al otro. Arina tiene la cabeza apoyada en mi hombro y yo la apoyo en su frente.

Estas dos últimas semanas las temperaturas veraniegas han sido más altas de lo habitual, pero al menos aquí hay un techo protegiéndonos del sol implacable. Sin embargo, sería imposible no notar la diferencia entre mi sudor frío y la piel ardiente de Arina. Con cada chispa de energía que me queda, levanto la mano y le toco la frente.

—Es-es-estás ar-ar-ardiendo —murmuro.

Arina no contesta. Su cabeza se me desliza por el hombro y cae. Todos los huesos de su cuerpo siguen el ejemplo como fichas de dominó.

Coloco las manos en sus mejillas ardientes y me fijo en su tez pálida.

—Arina —jadeo, golpeándola con las manos con tanta fuerza que debería dolerle–. ¡Despierta!

—Mi hermana también tiene fiebre –dice una de las niñas desde el otro lado de la habitación–. Necesitamos ayuda.

Nos han dicho que no salgamos de esta sala hasta que venga alguien a buscarnos. Deslizo suavemente la cabeza y los hombros de Arina hasta el suelo para poder levantarme. Noto el cuerpo como una percha doblada que se niega a enderezarse. Con el brazo apretándome el abdomen, me acerco a la puerta preguntándome si realmente la han cerrado con llave. Tal vez supieran de antemano en qué estado nos íbamos a encontrar y no se hayan preocupado por añadir medidas de seguridad.

Para mi sorpresa, la puerta se abre simplemente girando el pomo y miro en ambas direcciones del pasillo. No hay nadie a la vista. Decido ir hacia la puerta principal y me detengo en la primera habitación a la derecha. Apretando el pomo con fuerza, lo giro con precaución antes de asomarme para ver si dentro hay alguien a quien pueda pedir ayuda.

Las luces fluorescentes de la habitación iluminan una escena que no soy capaz de descifrar. Durante un largo momento, me quedo de pie con la boca abierta mirando a dos niños, uno en cada cama. Los dos están inconscientes y les falta una pierna. Una enfermera o una prisionera desafortunada se gira desde la cama más alejada. Sostiene una pierna amputada y se acerca al médico que la espera con los brazos tendidos. Mis ojos preferirían engañarme antes que permitirme fijarme en el niño que hay más cerca de la puerta. Está tumbado en una mesa con una gasa apretada alrededor de la pierna amputada.

¿Adónde se llevan la pierna? Mi estómago entiende la horripilante respuesta en unos segundos.

La bilis me sube desde el estómago y corro hacia el exterior tapándome la boca, rezando por poder salir a tiempo. Un arbusto hace de recipiente para mis entrañas, ocultando la prueba que podría hacer que acabara en la misma cama que uno de esos chicos y, probablemente, sin una buena razón. A ninguno de los gemelos que he visto les faltaban extremidades. Se lo habrá hecho el médico.

No puedo mantenerme erguida. El calor y el olor de algo que flota en el aire tiran de mí hacia el suelo. Se me balancea el cuerpo y el arbusto gira a mi alrededor. Intento recostarme y buscar apoyo, pero no hay nada detrás de mí.

—Vamos —dice una mujer cuando se abre la puerta del cuartel del médico.

Desliza un brazo por debajo de los míos y me levanta con esfuerzo. No estoy segura de si camino sola o de si me arrastra ella, pero se mueve rápido y sin pausa.

—No puedes estar aquí.

Si hay esperanzas de que alguien pueda ayudar, tengo que hablar. Sin embargo, me da miedo acabar vomitando si vuelvo a abrir la boca.

—Mi-mi-mi hermana está a-a-ardiendo —farfullo.

Las veces que he tenido que hablar con los asistentes del doctor Mengele no estaba asustada y creo que es la única razón por la que he logrado ocultar mi tartamudez.

—Me llamo Helena. Soy Kapo. Puedes confiar en mí. Yo ayudaré a tu hermana. Llévame con ella —dice con un marcado acento.

No estoy segura de su origen, pero no reconozco el dialecto de su yidis, parece una combinación entre alemán y hebreo. Con la amalgama de europeos que hay aquí, puede resultar complicado tener un modo universal de comunicarse.

Mientras señalo la habitación de la que he salido, no puedo evitar preguntarme por qué una Kapo se ofrecería a ayudar. Tienen reglas estrictas para trabajar solo para los nazis y no ayudar a sus compañeros judíos presos. Pero no estoy en posición de cuestionarla ahora mismo.

La mujer vuelve a meterme en la habitación y corro hasta Arina para comprobar su temperatura. Sigue igual que antes. Nunca le había notado la piel tan caliente al tacto.

Helena me sigue, se arrodilla y ayuda a Arina a ponerse en una posición mejor girándola boca arriba. Me entran hipidos como si fuera aquel vecino borracho que solíamos ver tambaleándose por la calle los sábados por la noche. No se me ha pasado el dolor de estómago, ni siquiera después de haber vomitado fuera, aunque lo mío no es nada preocupante en comparación con el estado de Arina. Helena tiene unos bonitos ojos de color avellana, pero le sobresalen por encima de los pómulos afilados. Su cabello corto y claro parece estar cortado de manera desigual, como si lo hubiera hecho alguien con unas tijeras y los ojos vendados. Tiene los labios agrietados y secos como los míos y los huesos de la clavícula tan marcados que parecen un frutero.

–Tengo algo que le bajará la fiebre –dice.

–Mi hermana también está mal –añade la otra niña desde el otro lado de la habitación.

Helena se toma unos momentos para examinar a los demás antes de salir de la habitación. Cuando me doy cuenta de que nos hemos quedado solos otra vez, el olor a vómito me golpea como una nube de humo. Me tumbo de lado, paso el brazo sobre el cuerpo de Arina y apoyo la cabeza en el hueco de su hombro. Por favor, Dios, ayúdanos. Por favor.

CAPÍTULO 9

Chicago, Illinois, Estados Unidos
SEPTIEMBRE DE 1946

ARINA

El espejo contiene demasiada verdad y me obliga a ver el reflejo de una desconocida cada día. Me recojo el pelo hacia atrás con los dedos y lo aseguro con la única horquilla que he estado usando estos días. La señora Vallentine me trajo ropa para toda la semana y algunos artículos de higiene esenciales, pero declaró que las horquillas no eran algo imprescindible. Sin embargo, para mí lo son para compensar la hinchazón de los párpados y las bolsas que se me forman bajo los ojos. Parezco siempre cansada. Gran parte del peso corporal que he recuperado parece acumularse en la parte inferior de mis mejillas, lo que me confiere una apariencia tétrica. Nunca me había sentido desproporcionada, pero puede que se deba a que mamá siempre nos decía a Nora y a mí que éramos guapísimas y que no teníamos que esforzarnos demasiado para tener buen aspecto por las mañanas. Sin embargo, la vida me ha pasado factura físicamente y no estoy segura de si voy a poder recuperarme alguna vez.

Me separo del espejo, recojo el jersey azul marino de los pies de la cama y hago una pausa antes de abrir la puerta.

Todavía no tengo ganas de que llegue el lunes. Ya no odio tanto las reuniones de terapia semanales con la señorita Blum como el mes pasado, pero tampoco es que sea el mejor momento de la semana. Y también dudo que los demás niños que están aquí por traumas pasados disfruten de sus sesiones de terapia, pero la mayoría no tenemos voto en el asunto. La señora Vallentine no me permitirá volver a mi habitación hasta que hable con la señorita Blum. Puesto que tuve la pesadilla un lunes por la noche, he pasado una semana muy larga sentada en esta habitación sin ventanas con poco que hacer aparte de ir de un lado a otro del pasillo, al retrete, las duchas o el comedor, y luego volver aquí para seguir mirando fijamente el reloj con marco marrón que cuelga de la puerta que rompe estas sombrías paredes de un blanco lechoso.

No me molesta el silencio ni estar sola, pero sin nada que hacer mi mente tiene demasiado tiempo para divagar. Nora sería capaz de apreciar esta simplicidad, ya que estoy segura de que podría encontrar algo atractivo en esta habitación aburrida para replicar en un dibujo que acabaría siendo más bonito que el objeto físico. Ella tenía mucho talento, pero yo no soy capaz ni de hacer una persona con palos sin estropearla de algún modo. Odio preguntarme si Nora me está mirando desde el cielo o si está en algún lugar muy lejos de aquí deseando estar conmigo tanto como yo anhelo estar con ella. O peor, odio preguntarme si algún vez obtendré respuesta sobre su estado o su paradero. Igual que con mamá y papá.

Tengo la reunión con la señorita Blum en diez minutos y he de demostrar que no soy una adolescente problemática, como probablemente ponga en mi expediente.

Con cada paso que doy por el pasillo me esfuerzo todo lo que puedo por ignorar las miradas no tan sutiles de la gente con la que me cruzo. Las clases empiezan en una semana y parece que todos se están preparando para el cambio de rutina. O puede que estén intentando robar los últimos minutos de verano congregándose en el campo de *kickball* de los chicos. Incluso antes de esta semana, no me esforzaba mucho por hacer amigos. La Arina de antes estaría coleccionando amigos como si fueran cromos, pero yo no cambiaría ninguno. Sin embargo, a mí me cambiaron en Europa cuando me dijeron lo horribles que éramos los judíos y nos hicieron parecen contagiosos. Tuve la suerte de tener siempre a Nora, una mejor amiga a quien nunca tenía que preocuparme por impresionar ni temía que me dejara atrás. No obstante, ella no opinaba lo mismo que yo sobre la socialización. A veces se agobiaba si la arrastraba a un encuentro con otras chicas de nuestra edad. Por mucho que me repitiera que no quería ir a algún sitio, yo siempre le rogaba que me acompañara. Cuando lo hacía, mis amigas eran también las suyas y no había diferencia entre nosotras, pero Nora prefería otras actividades más tranquilas, por lo que a veces teníamos que separarnos.

La puerta de roble amarillento de la señorita Blum está abierta, pero llamo de todos modos con los nudillos. Levanta la cabeza de los documentos que tiene delante y me saluda con la sonrisa. No me había dado cuenta hasta ahora de que le faltan dientes a ambos extremos de la boca. Era algo común en Auschwitz. Sin un cuidado dental adecuado ni medidas de higiene, muchos adultos sufrían de dientes podridos.

—Arina, me alegra verte esta mañana. Pasa y siéntate —dice, dándome la bienvenida.

Cierro la puerta al entrar en su despacho. Las cortinas azules transparentes contrastan con la vista del jardín trasero y las paredes de color marfil con cuadros florales le confieren a la estancia un ambiente cálido. Su despacho es impecable y acogedor…, totalmente diferente de la habitación en la que he estado viviendo toda la semana. Si se supone que la luz del sol hace que la gente sea más feliz, ¿por qué meterme en una habitación sin ventanas? Puede que la señora Vallentine esté buscando un modo de deshacerse de mí. Solo soy otra boca que alimentar y cumpliré dieciocho este año. La adopción no entra en mis planes.

Con su elegante falda de tubo gris y su chaquetita de manga corta a juego, la señorita Blum camina desde su escritorio hasta la silla acolchada que hay delante del sofá azul marino en el que estoy sentada.

—Esta mañana me ha llegado el informe de tu pesadilla… —Consulta una notita que tiene en la mano—. Tu consiguiente arrebato y la explicación que diste. —La señorita Blum junta las rodillas y se inclina hacia delante, apoyando los codos en las piernas–. ¿Estás de acuerdo con la decisión que tomó la señora Vallentine de enviarte a una habitación de aislamiento toda la semana?

Me trago el nudo de la garganta y bajo la mirada a los puntos que le faltan al dobladillo de mi vestido. He hecho esfuerzos por no tirar del hilo suelto, pero, inevitablemente, va a pasar.

–Si la habitación tuviera una ventana y muebles en lugar de las dos cajas de leche que me han dado para guardar la ropa y quizá una radio o un par de libros, no me habría enfadado demasiado. Sin embargo, la señora Vallentine dejó claro que me estaba castigando por inventarme una historia sobre mi pesadilla. No estoy de acuerdo con su reacción por ese motivo. Su intolerancia hacia la verdad me pone furiosa. Con una semana para pensar y comprender su razonamiento o la falta de él, me ha quedado más claro por qué tanta gente hizo la vista gorda con lo que estaba sucediendo en Europa.

La señorita Blum se endereza y cruza las manos sobre su regazo.

–La vida que han tenido muchas personas en Europa es algo que mucha gente, sobre todo aquí en Estados Unidos, no es capaz de imaginarse. No quieren pensar que la vida pueda ser tan cruel.

Sostengo el hilo del dobladillo entre los dedos y tiro suavemente.

–¿Así que se supone que tenemos que comportarnos como si tuviéramos una vida de ensueño mientras nos enfrentamos a las profundidades del infierno?

–Claro que no –responde.

–¿Usted tampoco me cree? –le pregunta.

La señorita Blum mira más allá de mí, hacia la ventana. Está unos segundos sin parpadear.

Con una sutil sacudida de la cabeza, como si intentara deshacerse de unos pensamientos perturbadores, frunce el ceño.

–Te creo, Arina, y no te lo digo para engañarte y que compartas más cosas conmigo. ¿El lunes pasado fue la primera vez que tuviste esa pesadilla de los globos oculares?

Se me tuercen los labios. El recuerdo me revuelve el estómago.

—No. He tenido esa pesadilla varias veces.

—Lo suponía —murmura—. Sigmund Freud, estoy segura de que te suena, creía que las pesadillas recurrentes están asociadas con los traumas. También creía que las sesiones de terapia son un tratamiento excelente para impedir las pesadillas de recuerdos.

Levanto la cabeza para mirar a la señorita Blum a los ojos.

—Con todo el respeto al señor Freud, llevo más de un mes hablando con usted y sigo teniendo esas pesadillas.

La señorita Blum va hasta su escritorio y saca un bloc de notas amarillo y un bolígrafo.

—No me gusta tomar notas durante nuestras sesiones, pero tengo una idea que podría ayudarte —dice, apoyándose el bloc en el regazo y colocando la mano en posición de escribir—. Si te pidiera que te pusieras cómoda, cerraras los ojos e intentaras evocar ese recuerdo, ¿serías capaz de hacerlo?

Aparto la mirada de la señorita Blum y la dirijo a su escritorio. Me pregunto por qué no tiene marcos de fotos como todos los demás despachos de este edificio. Tiene lo mínimo en el escritorio. Un calendario, una taza de café y una lata llena de lápices y bolígrafos.

—Si eso pone fin a mi soledad en una habitación sin ventanas, compartiré el recuerdo felizmente con usted y puedo hacerlo sin ponerme cómoda ni cerrar los ojos.

La señorita Blum traga saliva con dificultad, pero no sé qué problema tiene.

—Consideraré esto una muestra de progreso, así que le aconsejaré a la señora Vallentine que te libere del aislamiento.

Dejo que se me relajen los hombros y me permito hundirme en el mullido sofá.

—La noche que sucedió estaba buscando a Nora.

—Nora, tu hermana. No me has contado mucho sobre ella.

—¿Qué tengo que contarle? Es mi hermana gemela y ahora no sé dónde está. Y lo que es peor, se supone que los gemelos tenemos una conexión especial, pero ni siquiera sé si está viva.

Debería saberlo, ¿no?

—Nunca tendrían que haberte separado de Nora ni de tus padres. Seguirán siendo partes importantes de tu historia actual mientras tú así lo quieras. Eso nadie puede arrebatártelo.

—Fue culpa mía que nos separaran —admito.

—¿Por qué? —pregunta la señorita Blum mientras acerca las manos al bloc de notas.

Me fijo en la venda que tiene en el brazo, la que también llevaba la semana pasada y la anterior. Puede que también la anterior a esa, pero entonces aún no me había fijado. Le pregunté si estaba bien y dijo que se había quemado accidentalmente con una plancha. La quemadura era tan grave que tenía que aplicarse un ungüento especial y llevarla tapada.

—¿Todavía le duele la quemadura? —pregunto, cambiando de tema.

La señorita Blum se mira la venda en la parte interior del brazo.

—Sí. El médico me cambió el ungüento porque no se estaba curando, así que tengo que llevarla tapada más tiempo.

Miente. Lo sé. Todos aprendemos a mentir bien en Auschwitz, sobre todo cuando eso puede implicar la diferencia entre la vida y la muerte. La presos nos conocemos lo bastante bien unos a otros para separar los hechos de la ficción. Está todo en los ojos.

—Volvamos a la noche en que no podías encontrar a Nora…, ¿por qué piensas que la separación fue culpa tuya? —inquiere.

Auschwitz, Polonia
DOS AÑOS ANTES, AGOSTO DE 1944

A medida que pasa el tiempo en Auschwitz, cada vez vemos a menos gente, los gritos resuenan con más fuerza a través de los edificios y el aire huele cada vez peor.

Para nosotras es evidente lo que está pasando…, lo que nos pasará a todos.

No era como cuando íbamos a clase y alguien faltaba unos días porque estaba enfermo. Sabíamos que volverían en cuanto se recuperaran. Aquí, si pasan unos días sin que veamos a alguien, solo podemos asumir que no va a volver nunca.

Hace dos semanas, después de que me pusieran las inyecciones, tuve una reacción horrible que me mantuvo postrada durante casi cuatro días. Me metieron en una habitación y me monitorearon. Incluso el doctor Mengele aparecía de vez en cuando. Nunca parecía muy preocupado por mis constantes vitales, solo se mostraba optimista con todos los cambios, ya fueran buenos o malos. Supliqué que me dejara ver a Nora, pero él me advirtió de que lo que tenía podía ser contagioso. No estaba segura de qué era ni cómo se podía contagiar y cuando le pregunté, me sonrió y me dijo que no me preocupara.

Estar enferma y abandonada en una habitación cerca de los laboratorios del doctor Mengele solo tenía una ventaja. Las paredes eran finas, no como en casa, que teníamos que quedarnos quietas y contener la respiración para escuchar lo que mamá y papá estuvieran diciendo en la habitación de al lado. Podía oír al doctor Mengele hablar sin tener que levantarme de la camilla. Nunca era amable con sus interlocutores como lo era cuando nos hablaba a nosotros. Y una cosa que dijo se me quedó pegada como papel matamoscas.

Es la tercera mañana que nos despertamos solo con los rayos de sol que se filtran a través de las ventanas empañadas, sin la imagen de los Kapos de Mengele preparándose para medirnos las constantes vitales.

—Otra mañana sin control médico —le susurro a Nora, que está en la cama de al lado.

Tan solo hace tres días que los asistentes médicos nos permitieron reunirnos cuando se me pasó la fiebre. La habitación en la que dormimos es como todas las otras estancias del cuartel: sombría, incolora y abarrotada. Hay camas de hospital alineadas en la pared y tres hileras más llenando el área en la pared opuesta. Hay tabiques de separación. Dormimos a menos de un paso unos de otros y cuando se vacía una cama traen a otra persona para llenarla en cuestión de horas. Nunca se queda vacía.

—Pu-pu-puede que el doctor Frankenstein se haya tomado un de-de-descanso —dice Nora en un susurro.

Hay más habitaciones llenas de gemelos. Si he de ser sincera conmigo misma, asumo que está llevando a cabo otra ronda de investigaciones con su lupa.

—No estoy segura. Puede que esté ocupado con los otros gemelos.

Sé que no va a rendirse con su plan de encontrar a su pareja especial de gemelos.

—Nora —empiezo, esperando que vuelva a centrarse en mí—. He oído al doctor Mengele decirle a alguien que está buscando a gemelos especiales que tengan diferencias distintivas, pero su definición de distintivas significa algo tan insignificante como que un gemelo tenga pecas en la cara y el otro no. Dijo que esos gemelos eran especiales, pero no sé qué quería decir con eso.

—No-no-nosotras tenemos el mi-mi-mismo patrón de pe-pe-pecas —dice Nora. Cuando termina de pronunciar la última palabra, se le abren los ojos como platos. El horror debe de haber invadido sus pensamientos como hizo con los míos la otra noche—. Yo-yo-yo… —Suspira—. Yo-yo-yo no puedo ocultar mi ta-ta-tartamudez.

Jadea un par de veces y se cubre la boca. Ninguno de los ayudantes del doctor Mengele nos ha hecho hablar demasiado. Nora ha pronunciado muy pocas palabras y ninguna ante el doctor Mengele, más allá de la primera vez que lo vimos. Nos dijeron que no le habláramos a menos que él nos preguntara.

—Puede que piense que estás nerviosa, todos los estamos. Tal vez si yo también tartamudeo no piense en nuestras diferencias.

—¡No! —grita Nora con una fuerte exhalación—. No mi-mi-mientas, Arina. ¡Pro-prométemelo!

¿Y si mi mentira pudiera mantenernos a salvo? Nora debe de

saber lo que estoy pensando, puesto que me mira y niega con la cabeza furiosamente. También podría hacer que me mataran. No tiene sentido negar lo que sabemos.

—Mamá dijo que mentir estaba bien si eso podía ser la clave de nuestro bienestar —le recuerdo.

—No-no lo será —dice Nora—. I-intentaré ocultarlo.

Las dos sabemos que no puede, por mucho que lo intente. Cuando no logró superar su impedimento a la hora de hablar, el médico explicó que probablemente se debiera a que los músculos y los nervios de su cerebro no se comunicaban como es debido.

—Pasarán lista en diez minutos —anuncia la más mayor mientras apaga y enciende las luces tres veces.

Formaba parte de una pareja de gemelas, pero se llevaron a su hermana y no volvió, así que ahora va por ahí deambulando sin vida, con la mirada perdida, manteniendo la cuenta de quién entra y quién sale de la habitación y hace los anuncios necesarios. Más o menos, como una máquina de una fábrica.

—El doctor Mengele visitará a cada pareja de gemelos del barracón hoy después del pan de la mañana.

Los que vivimos en este barracón con una ventana pequeña empañada hemos permanecido sentados obedientemente en la cama desde que hemos vuelto de recoger el desayuno. A veces me pregunto si los asistentes y el doctor Mengele nos hacen esperar como ratas de laboratorio dentro de una caja de zapatos y sé que tiene sus ojos puestos en nosotras, observando cada gota de sudor, cada lágrima y cada escalofrío que recorre nuestros cuerpos.

Nora mira al otro lado de la habitación, a la pared de yeso que hay entre dos camas. A mí solo me parece un lienzo en blanco, pero, cuando me fijo mejor, noto una grieta como una vena desde el techo hasta media pared. Le encantan los defectos y las imperfecciones. Los considera arte, cosa que no entiendo, pero cuando se le congela la mirada y su mente parece estar muy lejos, siempre sé lo que está pensando. A Nora le encantaría coger un cuaderno de dibujo y un lápiz para trazar esa línea de forma extraña y caminos irregulares. Hemos usado papeles arrugados sacados de papeleras de las salas de evaluación. Los escondemos debajo de los colchones, pero no nos atrevemos a tocarlos a menos que las luces estén apagadas.

Ya han llamado a cinco de las quince parejas de gemelos de la habitación, una a una. Todas han vuelto, lo que me da esperanzas de que el doctor Mengele no se ha esforzado demasiado por encontrar una diferencia interesante entre ellas.

La puerta se abre de nuevo y aparece una asistenta. Llama a Nora. Me da un vuelco el corazón y mis pulmones amenazan con detenerse. Siento que me ahogo. Nora fuerza una sonrisita antes de llevarse el dedo a la boca y acariciarme la mejilla al pasar junto a mí. Me siento como si fuera una piedra pesada arrojada desde un edificio alto segundos antes de fragmentarse.

Cuando se cierra la puerta, miro fijamente la misma grieta en la pared que ella observaba, deseando que pueda hacer algo por mí como ha hecho por ella. A mí solo me provoca más pensamientos indeseados, nerviosismo y dolor de barriga.

Pasan unos minutos antes de que la puerta se abra de nuevo. Esta vez me llaman a mí…, a diferencia de las otras parejas de gemelos en las que han enviado a uno de vuelta antes de llamar al otro. Sigo a la asistenta por el pasillo y nos metemos en una sala de evaluación donde veo a Nora sentada ante la mesa. No me mira cuando entro, no aparta la mirada de la bata blanca de laboratorio del doctor Mengele.

–¿Dónde naciste? Por favor, dime la ciudad y el país –dice, girándose para mirarme.

–De-debrecen –empiezo, desobedeciendo la petición de Nora de hablar como lo hago normalmente.

Me arrepiento al instante cuando el doctor Mengele entorna los ojos como respuesta a mis palabras. Se me revuelve el estómago y me contengo para no doblarme por la mitad por el dolor autoinfligido.

–Hun…

–Otra vez –dice el doctor Mengele sin permitirme terminar la respuesta.

–D-D-Debrecen, Hun…

–Otra vez –repite.

–Deb-re-cen, Hun-gría –digo esta vez por completo.

–Justo como pensaba. ¿Por qué quieres tener una dificultad de habla como tu hermana? ¿No ves que sufre por ello? –Nora me mira con el rabillo del ojo y pienso en lo decepcionada que debe de sentirse conmigo ahora mismo–. Llévate a la que no tartamudea a otra habitación –le ordena el doctor Mengele a su ayudante, que no ha apartado la mirada del portapapeles que sostiene.

Después de tantos años escuchando a mi hermana, no he podido replicar su tartamudez lo suficientemente bien como para engañar a un desconocido. Debería darme vergüenza. Ojalá Nora me mirara mientras me sacan de la sala de evaluación, pero no mueve la cabeza. Ni un pelo.

Sigo al ayudante mientras camina por el largo pasillo. Nos paramos a unas puertas de distancia y abre una para que entre.

–Siéntate –me ordena.

Paso junto al hombre, pero me detengo antes de entrar del todo y me giro parar mirarlo.

–¿Le importaría decirme qué debería esperar del doctor Mengele?

El hombre levanta la cabeza por primera vez y me mira directamente, lo que me permite ver un horrible trozo de piel roja donde debería tener el ojo derecho.

–Tu hermana y tú sois diferentes y le gustaría saber por qué.

–No somos diferentes –replico.

–Él no estaría de acuerdo. Cuando sois diferentes, no podéis estar juntas.

Quiero volver corriendo a la sala de evaluación y considero cuáles podrían ser las consecuencias de intentarlo, pero, cuando asomo la cabeza, veo al doctor Mengele acercándose a mí.

Estoy atrapada.

—¿Ha enviado a mi hermana de vuelta a nuestra habitación? —pregunto, intentando mantener la calma.

—Vamos a ayudar a tu hermana. Supongo que es lo que quieres, ¿verdad?

—Quiero estar con mi hermana —sollozo.

—Pero veo que has olvidado cómo hablar como ella.

Doy unos pasos hacia atrás hasta que llego a la mesa de evaluación.

—Mi trabajo aquí es ayudar. Tienes que creerme —dice con una sonrisa.

—¿Cómo? ¿Y por qué le falta el ojo a este hombre? ¿Así es como piensa ayudar? —las palabras me salen solas y al instante me arrepiento de haber abierto la boca.

El doctor Mengele mira brevemente al hombre antes de volver sus ojos crueles hacia mí.

—¿Tus padres no te enseñaron a morderte la lengua?

Cierro la boca y observo las baldosas manchadas bajo mis pies, preguntándome de qué serán esas marcas. La distracción no es suficiente. Estoy de los nervios, desesperada por salir corriendo entre los dos hombres y escapar de las mandíbulas que amenazan con tragarme entera.

—Por favor, no le haga daño.

—No hacemos daño, ayudamos —responde, y cada palabra es como una bofetada.

CAPÍTULO 10

Bougival, Francia
OCTUBRE DE 1946

NORA

Con las clases, los días parecen más cortos, pero cada minuto se vuelve más largo. Observo el reloj del aula deseando que pasen las horas. Antes me encantaba ir a la escuela, aprender y ponerme desafíos. Ahora no estoy segura de si le encuentro el sentido. No me graduaré este año como habría hecho si no hubiera sido por la guerra. Todavía me quedará un año si quiero ir a la universidad. Papá decía que el mundo está cambiando muy rápido y que pronto aumentará la presencia de mujeres en el mundo laboral. No obstante, esto era antes de la guerra. Antes de que las mujeres tuvieran que desempeñar los trabajos que hacían los hombres a los que habían enviado a luchar. Ahora que se ha acabado, no puedo evitar preguntarme si las mujeres volverán a donde estaban…, a ser reprimidas. Papá tenía muchas esperanzas puestas en mí, pero no sé si consideraría un éxito el trabajo de artista. Siempre decía que eran muy pocos los que lograban triunfar en el mundo del arte.

Pocos fueron los que sobrevivieron a la guerra. Ya no estoy segura de si medimos el éxito como antes.

Salgo por las puertas del colegio con la silla de ruedas y me encuentro con Elek. Cada día después de clase, volvemos al orfanato detrás de un grupo más grande que camina en manada. Está a solo unas manzanas de aquí y la mitad de los alumnos del colegio son normales y la otra mitad, huérfanos.

–¡Ya casi es viernes! –exclama Elek mientras atraviesa las puertas de la escuela.

—*Etamo* a lu-lu-lunes –replico.

—Es el último lunes antes del viernes –contesta, encogiéndose de hombros.

Cuando intenta hacerme reír, mantiene una expresión muy seria.

—¿Alguna vez *ha cosiderado* ir de gi-gira como có-cómico? –pregunto.

Levanta el freno de mi silla y me inclina hacia atrás, de modo que me quedo apoyada solo sobre dos ruedas, lo que me obliga a mirar las densas nubes negras.

—Solo si vienes conmigo –dice con un suspiro.

—*Al* vez. Pu-puede *se*. No lo sé. Qui-quizá.

—Qué mujer –bromea–. No eres capaz de decidirte.

Algunos días, nuestra charla es eterna, ocupa la mayor parte del camino de regreso a casa. También llena el espacio de las conversaciones importantes que ambos evitamos. Nuestro futuro es un interrogante. Lo que somos hoy podría ser algo totalmente diferente mañana y no hay modo de cambiar eso. Hemos aprendido mucho en nuestra corta vida.

Al acercarnos a la pasarela del edificio principal en el que vivimos, nos preparamos para saludar a la supervisora encargada de contarnos al volver. No interactuamos a menudo con ella, ya que se ocupa de los más pequeños, pero todos se turnan con diversas tareas. La señorita Alice tiene las manos cruzadas delante de la cintura con un sobre apretado entre los dedos. No solemos recibir correspondencia porque eso implicaría que los huérfanos tenemos amigos o familiares.

—*Bon après-midi, chers* –nos saluda con una cálida sonrisa–. Elek, tengo correo para ti.

Sé que no esperaba nada o, al menos, no lo ha mencionado.

Por la expresión del rostro pálido de Elek, hay algo en esa carta que lo incomoda. No le da la vuelta ni busca el extremo para abrirla. En lugar de eso, se limita a metérsela en el bolsillo trasero y sigue adentrándose en el edificio. Camina lentamente a mi lado mientras yo voy empujando las ruedas por el pasillo.

–¿*Etás* bi-bi-bien? –pregunto.

–Claro –responde–. ¿Vas a descansar un rato antes de ponerte con los deberes?

Sabe que nunca descanso después de clase, no hasta que haya acabado todos los deberes. Cuando era pequeña, mamá insistía en que Arina y yo volviéramos directas a casa e hiciéramos los deberes mientras todavía teníamos la información fresca en la cabeza. Luego teníamos el resto de la tarde para hacer lo que quisiéramos. Esa rutina tenía sentido. Todavía lo tiene, aunque no tenga muchas ganas de hacer nada entre ahora y la hora de la cena.

–No –respondo, arqueando las cejas–. ¿Y *ú*?

–Puede –dice–. Te veo en un rato en la biblioteca.

Elek y yo nunca estamos lejos del otro excepto para ir a clase. Él está cursando los últimos meses antes de obtener el título y a mí me quedarán unos meses más por la prueba de nivel inicial que nos hicieron al llegar. Él demostró tener más conocimientos educativos que yo, a pesar de que solo nos llevamos un par de meses.

Después de clase, siempre hacemos los deberes juntos en la biblioteca y si nos queda tiempo, salimos a tomar el aire.

Es una rutina que seguimos desde que empezaron las clases hace un mes, pero esta será la primera vez que no sigue el horario. Cuando pasamos por su sala común, apoya la mano en el respaldo de mi silla y se inclina para darme un beso en la mejilla.

–*Ma chérie* –susurra, sabiendo que esas palabras hacen que me sonroje.

Atraviesa la puerta y desaparece. Tal vez la carta contenga buenas noticias. Puede que haya algo que no me ha contado. Lo entendería. Yo no husmeo como haría Arina. Si se enteraba de que había alguien ocultándole información, seguía a esa persona como una sombra en un día soleado. No había modo de esconderse de ella cuando la curiosidad entraba en acción. Ahora haría cualquier cosa para que volviera a espiarme, para oír su risa o sus jadeos exasperados cuando se enteraba de algo que no quería saber. Si estuviera aquí, ya sabría de qué trata la carta de Elek.

Pensar en Arina me hace querer saber todavía más qué perturba a Elek, pero, teniendo en cuenta lo parlanchín que es, dudo que tarde mucho en descubrirlo.

Voy hasta la biblioteca, donde están la mayoría de los mayores después de clase. En las habitaciones hay demasiado ruido y no hay otro espacio en el que reine el silencio, más allá de los jardines. A nadie se le ocurre salir buscando la calma, menos a un supervisor y una supervisora que creo que buscan algo más que un momento de privacidad.

—Nora —me llama una voz desde atrás.

No estoy segura de reconocer a quién pertenece. Me cuesta girar la silla porque las bisagras están cada vez más desgastadas y no funcionan tan bien como cuando la Cruz Roja me asignó la silla.

—No te he visto por aquí últimamente.

Es la señora Louise, que supervisa el estado físico y la terapia de las chicas que necesitamos ayuda adicional. Hay sesiones de ejercicio en verano, pero no durante el curso escolar. No parece la típica monitora de educación física, con ese colorido vestido floreado y el rostro cubierto de maquillaje. Aunque puede que lleve laca suficiente para que el recogido francés no se le deshaga con el sudor. Fui a verla el primer verano que estuve aquí, pero no tenía un plan adecuado para alguien con mi discapacidad, así que no me obligó a seguir yendo cuando pregunté si tenía elección. Este último verano la he evitado por completo. No le veo el sentido a intentar fortalecer una pierna que es básicamente un peso muerto.

—He *etado* o-ocupada…

—¿Has estado ocupada con las clases? —completa la frase, probablemente intentando acelerar la conversación.

Asiento para evitarle un nuevo esfuerzo por entenderme.

—¿Te interesaría pasar algo de tiempo conmigo cada semana para ver si podemos fortalecer lo suficiente tu pierna buena para que puedas usar muletas y no tener que ir siempre en silla de ruedas?

Mi pierna izquierda es lo bastante fuerte para sostener mi cuerpo durante un corto periodo de tiempo, pero, con el entumecimiento de la pierna derecha, pierdo el equilibrio y la muleta me pellizca la piel de debajo del brazo. Por mucho que odie estar atada a una silla, es más fácil moverse así. Me encojo de hombros a modo de respuesta.

–*Etoy* bi-bien así.

–¿Y qué me dices de tu pronunciación? Seguro que hay algún ejercicio que pueda ayudarte.

Ojalá pudiera explicarle lo mucho que he trabajado en mi tartamudez, por no hablar de los efectos secundarios del procedimiento del doctor Mengele, que me dejó mi capacidad de habla en peores condiciones aún. Nunca he sido de las que dicen que no pueden hacer algo, pero he aprendido que hay ciertas cosas que no puedo cambiar y debo aceptar. He tenido que aceptar esto dos veces en mi vida. Ya es bastante difícil convencerme a mí misma de que no hay esperanza, pero convencer a los demás es mucho peor. Vuelvo a negar con la cabeza. Pensé que estaría familiarizada con mi expediente médico que afirma que soy discapacitada incurable. Si lo supiera, tal vez podría dejar de intentar ayudarme.

–No pasa nada –contesta–. Lo entiendo. Que pases un buen día.

Por temor a ser grosera, quiero que se aleje antes de girarme hacia donde me dirigía, pero, en cuanto me muevo hacia delante, se abre la puerta de la habitación de Elek. Sale al pasillo y cierra la puerta con cuidado antes de verme.

Si la señora Louise no me hubiera parado, ahora estaría en la biblioteca, pero sigo aquí y veo a Elek tan desconsolado que tiene las mejillas enrojecidas y llenas de lágrimas.

–¡Nora! –Se limpia los ojos con las manos, intentando ocultar lo que ya he visto–. ¿Qué haces todavía aquí? –Mira hacia el pasillo como si estuviera buscando el motivo–. ¿Otra ronda de presión terapéutica?

–¿Po-po-por qué llo-lloras?

Extiendo la mano hacia él, necesito aliviarle el dolor como pueda.

–No es nada importante. Ha sido solo un momento, estoy bien.

Tiene la cartera colgada del hombro, lo que me hace pensar que iba a la biblioteca, pero seguramente sabría que iba a ver la prueba de sus lágrimas. Sabría que iba a preguntarle qué decía esa carta. También sabría que allí no podríamos hablar si no queríamos que nos regañaran.

Elek se coloca detrás de mí para empujar la silla, pero me agacho para poner el freno e impedir que me mueva.

–¿Qué estás haciendo? –exclama.

–¿Po-po-por qué? –vuelvo a preguntar.

Se aparta de la silla, deja caer la cabeza y saca el sobre de su bolsillo trasero. Me lo deja en el regazo y da un paso atrás para apoyarse contra la pared, donde cierra los ojos y aprieta los dientes.

Me retumba el pulso por todas las venas de mi cuerpo cuando saco la carta para leerla. Me tiemblan las manos al desdoblar el papel.

La envía la Cruz Roja.

Apreciado Elek Ozscar:

En respuesta a su carta solicitando información sobre su madre y su padre biológicos, lamentamos informarle de que hemos encontrado sus identidades en una lista de personas que no lograron salir de Auschwitz antes de la liberación. Por la información que hemos podido obtener, su madre, Wren Ozscar, falleció el 1 de junio de 1944. Su padre, Gene Ozscar, falleció el 2 de septiembre de 1944.

Le informamos con profundo dolor de estas pérdidas.

Si necesita más ayuda, le rogamos que se ponga en contacto con la Cruz Roja en la dirección indicada más abajo.

Cordialmente,

Gerald Wolff
Abogado de familia
Cruz Roja

Por un momento, me imagino que me envían a mí esa carta. Enseguida me alegro de que no haya sido así, pero también siento celos, culpa y lástima, todo al mismo tiempo. Vuelvo a doblar el papel y lo meto en el sobre. Si la carta fuera mía y me enterara de que mamá, papá y Arina ya no están entre nosotros, no estoy segura de si estaría preparada para leer esas palabras. Ni siquiera estoy preparada para perder la última chispa de esperanza que albergo, pero Elek acaba de perder esa opción y no se me ocurre nada peor que pueda sucedernos después de todo por lo que hemos pasado.

—Tendría que haberme imaginado que no habían sobrevivido. Ni siquiera debería sorprenderme. De hecho, no sé por qué he pasado tanto tiempo intentando contactar con la Cruz Roja con la esperanza de obtener un resultado diferente. Si alguno siguiera vivo, ya me habrían encontrado a estas alturas. Ni mi madre ni mi padre habrían permitido que nada se lo impidiera. Simon y yo éramos su mundo. Hasta que los asistentes del doctor Mengele nos apartaron de ellos. Y luego Simon, el único que me quedaba…, murió a manos del doctor. Tendría que alegrarme de que estén juntos. No querría que ninguno de ellos viviera solo después de lo que hemos sufrido. Únicamente me siento agradecido, tan agradecido como podría estar.

—Estás desconsolado —le digo.

Elek niega con la cabeza y vuelve a colocarse detrás de mi silla, quita el freno y me empuja hasta la biblioteca. No para ni dice nada hasta que llegamos a la mesa que hay junto a la pequeña pizarra que usamos para aritmética. Desbordada por la frustración, cojo una tiza y me agarro al borde de la mesa para poder levantarme, acercarme a la pizarra y escribir lo que tengo que decir.

Escribo: «No me digas que estás agradecido cuando tienes los ojos llenos de lágrimas. No se merecían lo que les ha sucedido ni tú tampoco, ni entonces ni ahora. No tienes que ser fuerte cada segundo del día. Por mí, permítete sentir la tristeza. Date el tiempo necesario para sentir».

A Elek se le tensa la frente y abre mucho los ojos mientras me mira fijamente:

—¿En qué quieres que piense, Nora? ¿En mi brazo en una bandeja plateada justo antes de perder el conocimiento por el dolor? ¿O debería pensar en el aspecto de Simon cuando la gangrena le consumió la piel minuto a minuto hasta que murió? O peor aún, ¿debería imaginarme las expresiones en el rostro de mis padres cuando se dieron cuenta de que estaban ahogándose con un gas letal en una cámara metálica? Ellos fueron los afortunados, Nora. Tuvieron suerte. ¿Es que no lo ves? ¿No nos ves? ¿Con qué tenemos que sobrevivir ahora?

Veo el reflejo de las luces fluorescentes que hay sobre nosotros en sus lágrimas y me parten el corazón de un modo que nunca había experimentado.

Auschwitz, Polonia
DOS AÑOS ANTES, SEPTIEMBRE DE 1944

Las luz fluorescente sobre mí es cegadora. Estoy tumbada en una mesa de examen. El metal sobre el que estoy está más frío que el hielo, incluso a través de la fina sábana. Un fuerte olor metálico flota desde el otro lado de la habitación. Se me contrae el estómago a modo de respuesta. No reconozco ese olor, pero es horrible y agobiante.

Necesito levantarme y correr. No puedo quedarme aquí tumbada y dejarles hacer lo que tengan planeado hacer. Quiero preguntar por qué yo, pero ya sé la respuesta. Dios te hizo así. Es lo que me han dicho mamá y papá todas las veces que les he planteado la misma pregunta. Mamá una vez me dijo: «Los que nacen con desafíos son más fuertes por naturaleza que los demás. Son los que tienen una lección que enseñar y una oportunidad de hacer del mundo un lugar mejor». Nunca entendí a qué se refería. Sigo sin entenderlo. No hay nada con lo que contribuya involuntariamente a este mundo que pueda servir para un bien mayor. Al doctor Mengele le gusta que creamos que es así, pero la mayoría podemos ver a través de su encanto.

Hay muchos ayudantes dando vueltas a mi alrededor y todos mantienen conversaciones privadas entre susurros que se entremezclan, de modo que no puedo distinguir nada.

—¿Por qué crees que tu naciste con dificultad del habla y tu hermana no? —El doctor Mengele parece estar preguntándomelo, pero no me mira, solo está ahí—. El mundo necesita respuestas.

No estoy segura de qué respuesta cree que va a encontrar examinándome una vez más, pero dudo que descubra más que cualquiera de los médicos que me han visto a lo largo de mi vida.

Pasa alguien con un carrito de ruedas y una bandeja llena de herramientas que chocan entre sí. No me he resistido ante todos los que me rodean, pero creía que me estaban preparando para otro chequeo exhaustivo. Los instrumentos metálicos activan todas mis alarmas y me incorporo para ver mejor lo que está pasando a mi alrededor.

—No, no, tienes que estar totalmente quieta —dice una mujer.

No estoy segura de quién habla, todos llevan mascarillas.

—¡So-so-soltadme! —grito, olvidando las consecuencias de la desobediencia.

Trato de apartar las manos que me empujan los hombros hacia abajo y con cada músculo que intento mover parece que hay manos que me encuentran. Lo siguiente son unas correas que me sujetan el pecho y las piernas con fuerza y me dejan inmovilizada.

He leído *Frankenstein* un montón de veces y esta escena es idéntica a una de ese libro: no puede ser real. Tiene que ser una alucinación horrible.

—¿Qué parte de tu cuerpo crees que controla la tartamudez? —Otra pregunta en voz alta, dirigida a mí, pero pronunciada en otra dirección—. Se podría pensar que la culpa es de la lengua y a veces eso es cierto, ya que hay niños que nacen con un frenillo lingual grueso, lo que hace que el rango de movimiento sea más estrecho. Pero como se puede ver aquí... —El doctor Mengele me aprieta ambos lados de la mandíbula, lo que me obliga a abrir la boca. Me desliza un compresor lingual por debajo de la lengua y me la levanta–. Esta niña no tiene ese problema, lo cual probablemente signifique que hay un fallo o un problema entre los nervios de su lóbulo frontal.

Nadie responde al doctor Mengele, ni siquiera yo. Mi única opción es morder el compresor, pero eso solo me causaría más dolor.

Entra otra asistenta con otro carrito. No veo lo que hay encima porque ya no puedo levantar el cuello.

–¿Quiere que empiece? –pregunta la asistenta con voz suave y sumisa.

Claramente, eso le gusta al doctor Mengele, ya que enseguida contesta:

–Sí, sí, todo, por favor. No te preocupes, jovencita, ahora serás como todos los que hay por aquí.

No estoy segura de a qué se refiere, pero no tardo mucho en darme cuenta. Noto un zumbido en los oídos. El ruido me resulta familiar, pero nunca había sentido una maquinilla eléctrica en la cabeza. Me están rapando el pelo.

La piel que me cubre el cuerpo me duele por los escalofríos. Se me estremecen todas las extremidades y lloro internamente intentando desesperadamente no demostrarlo derramando lágrimas de verdad. Mis respiraciones se vuelven rápidas y superficiales. Cuanto más fuerte respiro, más débil me siento. Me obligo a hiperventilar, disfrutando del mareo que cae sobre mí como una espesa niebla. Quien me esté rapando el pelo, no lo hace con mucho tacto. Los golpes de la maquinilla eléctrica son como un martillo golpeándome la cabeza una y otra vez. Me cae un largo mechón de cabello oscuro en la cara, un último recordatorio del aspecto que tenía.

–Todo listo, doctor –confirma una voz de mujer.

–¿Necesita anestesia y antiséptico junto con el yodo que pidió? –sugiere otra.

–No, no hay nervios más allá de las capas iniciales de carne. Solo le dolerá un momento –contesta el doctor Mengele.

Cuando se disipa la niebla y vuelvo a ver las luces sobre mí, no sé qué ha sucedido. No sé cuánto tiempo ha pasado desde que me he quedado dormida o desde que he olvidado abrir los párpados. Hace mucho frío en la habitación y no puedo mover ni un músculo. El agotamiento amenaza con arrastrarme de nuevo a un mundo desconocido. Tal vez estaría mejor allí.

Noto un sabor ácido y salado y me doy cuenta de que tengo la boca llena de una especie de algodón. Me duele la cara como si alguien me hubiera golpeado con una sartén y me retumban las sienes al ritmo de los latidos. Intento mover los brazos, pero estoy atrapada. Tampoco puedo mover las piernas. Intento emitir algún sonido con la garganta irritada, pero solo el aire se mueve entre mis pulmones y la boca llena de algodón que parece que no puedo escupir.

Necesito ayuda. ¿Nadie ve que necesito ayuda? ¿Estoy sola? Cuando intento volver a abrir los ojos, descubro que mis fuerzas son inútiles contra las que me mantienen los párpados en su sitio y cada vez que trato de abrir los ojos noto un pinchazo en las mejillas.

Una vez más, intento gritar pidiendo ayuda, pero estoy demasiado débil y solo consigo emitir una tos dolorosa. La tos me desgarra la garganta y me provoca un dolor punzante en la parte inferior de la mandíbula.

La realidad se cuela en mis pensamientos desconsolados y creo que estoy paralizada por el miedo a lo que no sé y puede que nunca quiera descubrir.

¿Sabe Arina dónde estoy? Necesito a mi hermana y necesito a mis padres. ¿Y si se suponía que iba a morir, pero me he quedado atrapada en el limbo? ¿Alguien lo sabría siquiera?

CAPÍTULO 11

Chicago, Illinois, Estados Unidos
OCTUBRE DE 1946

ARINA

Las temperaturas siguen siendo extrañamente suaves para ser finales de octubre, muy diferentes de lo que recuerdo en Hungría. A estas alturas, allí ya habría caído la primera nevada, pero aquí las hojas todavía cuelgan de las ramas con colores intensos. Podemos volver en autobús desde la escuela al Gracia Divina, pero los días que no llueve he estado yendo a pie. Todavía se me hace raro volver a casa sola desde la escuela. No iba a ninguna parte sin Nora a mi lado y, si ella no estaba cerca, había alguna amiga conmigo. Ahora todos me miran como si tuviera una enfermedad contagiosa y la idea de hacer amigos se me antoja imposible. Echo de menos la persona que era, pero creo que solo lo era gracias a la gente que me rodeaba. Aquí nada parece expresar alegría. Ni siquiera me apetece cantar, aunque antes de Auschwitz no pasaba ni un solo día sin que tarareara al menos una melodía.

Con el orfanato a la vista, ralentizo el paso para prolongar la paz previa al caos. Antes me preguntaba cómo podía mamá lidiar con gemelas cuando papá trabajaba hasta tarde, pero ahora veo que tener que preocuparse por dos no es nada comparado con los cientos que vivimos aquí.

—Hace un día precioso, ¿verdad?

Sonrío al oír su voz antes de levantar la mirada del suelo.

—Pues sí. ¿Vas a huir de aquí por fin? —bromeo.

Dale lleva su uniforme habitual, pero tiene una mancha de grasa en el lado derecho de la cara.

—Hay un problema de fontanería en un baño y tengo que ir a la ciudad a por una pieza.

Me pregunto si sabe lo que tiene en la cara. Señalo la mancha.

—Solo es grasa, pero supongo que podría ser peor –añade con una breve risita.

También debe de tener por el pelo, que es una maraña de enredos. Sus rasgos oscuros hacen que los ojos azul ceniza le brillen bajo el sol. Cuesta apartar la mirada de ellos.

—Pues buena suerte para encontrar lo que necesitas.

Asiente y respira profundamente.

—Sí, gracias.

Doy un paso hacia delante deseando tener algo más que decir, pero parece que he perdido la capacidad de conversar sobre cosas aleatorias.

—Bueno, ¿vas a ir a la fiesta de Halloween esta noche? –pregunta.

—Tal vez. He oído a los demás hablar sobre Halloween, pero no estoy muy segura de qué se trata.

Sin embargo, he hecho alguna suposición basándome en los fantasmas y duendes de papel que cubren las paredes.

—Podrías ayudarme a repartir caramelos a los pequeños. Se ponen en fila y pasan por los despachos de la primera planta recogiendo dulces que reparte el personal. Algunos alumnos mayores también ayudan.

—¿Caramelos? –pregunto.

El doctor Mengele repartía caramelos a los niños. Puede que conociera las tradiciones estadounidenses de Halloween. No entiendo qué tipo de diversión suponen los caramelos y los duendes. Nunca nos divertíamos cuando nos daban caramelos.

—Ah, entiendo.

—¿Estás bien? Parece que hayas visto un fantasma y todavía es de día.

—Sí, claro, estoy bien.

Estoy bien, pero me tiembla la barbilla y no puedo evitarlo.

—Oye, lo… lo siento si he dicho algo que te haya molestado —murmura.

Las pocas veces que hemos hablado, normalmente de temas generales como el tiempo o la comida de la cafetería, acabo llenándome de emociones que no tienen nada que ver con él. Es el único que intenta entablar conversación conmigo y supongo que cualquier cosa, por vaga que sea, acaba recordándome lo que he perdido.

—Te prometo que no has dicho nada malo.

Tras la promesa, se me forma una lágrima en el rabillo del ojo.

—Ven a dar una vuelta conmigo. La tienda está a solo una manzana del patio de la escuela y muchos de los niños no volverán hasta dentro de una hora.

Miro por encima del hombro hacia el Gracia Divina. No hay nadie vigilando fuera. Supongo que me vendría bien dar un paseo corto.

—Claro —respondo.

Una sonrisa asoma a los labios de Dale y señala la dirección que tenemos que seguir con la cabeza.

—Dame, yo te llevo la mochila para que no tengas que cargar con esos libros tan pesados.

No espera a que acepte para quitarme la correa del hombro y colocársela en el suyo.

Caminamos en silencio durante la primera manzana y las preguntas hierven en mi interior como una tetera ardiente.

—¿Quién eres, Dale?

Mi pregunta no podría ser más sencilla.

—Soy Dale y soy encargado de mantenimiento en el Hogar Infantil Gracia Divina —responde.

—Creo que necesito algo más —contesto, metiéndome las manos en los bolsillos.

Respira profundamente y levanta la barbilla hacia el cielo.

—Bueno, como ya te dije, tengo diecinueve años y trabajo aquí porque mi padre es el director del terreno. Trabajo más horas de lo necesario, pero no me importa estar ocupado. De hecho, lo prefiero. La mayoría de mis amigos del instituto se han marchado de aquí para seguir cursando estudios superiores o en busca de oportunidades laborales, así que supongo que estoy en una encrucijada en mi vida y no sé qué camino tomar.

El sueño americano. No creo que sea consciente de la suerte que tiene de poder decidir la dirección de su vida. No le desearía lo contrario a nadie.

—¿Y tú? Cuéntame algo de ti que no sepa.

Creo que sabe más de lo que admite y estoy segura de que los miembros del personal hablan entre ellos.

—Imagino que solo sabes mi nombre y que sufro pesadillas ocasionales sobre mi hermana gemela y el año que pasé en un campo de exterminio en Polonia. Si es así, puedo sorprenderte diciéndote que tengo diecisiete años y que nací y crecí en Debrecen, Hungría.

Veo lo mucho que le cuesta tragarse el nudo de la garganta, pero entorna los ojos hacia la distancia como si estuviera intentando formular su próxima pregunta. La mayoría de la gente no se atrevería a interrogarme más.

—Si te pregunto algo que te molesta o te hace sentir incómoda, ¿me dirás que pare?

—Probablemente no —respondo con sinceridad.

No quiero ser la persona que empieza una conversación con algo como: «Cada día veía nubes negras de humo en el cielo y sabía que provenían de cuerpos incinerados».

—¿Cómo es? Vivir en un campo de exterminio y no…

—¿Morir? —termino la pregunta.

Auschwitz, Polonia
DOS AÑOS ANTES, OCTUBRE DE 1944

Me he dicho a mí misma que si pasa una semana y no he visto a alguien a quien veo normalmente, significa que ya no está. O ha muerto o lo han asesinado en la cámara de gas…, algo que se supone que no debemos saber. No sé si a los nazis les importa que las noticias corran por los cuarteles con más velocidad que las señales de radio o si realmente ignoran que todavía hablamos como humanos y no como animales, que es como nos tratan.

Hoy, 1 de octubre, han pasado cinco días desde que vi a Nora por última vez y cinco meses desde que vi a mis padres. Me he arriesgado y he preguntado a Kapos y asistentes si saben algo de ella. Tras no recibir respuesta, me he prometido a mí misma no asumir lo peor hasta que haya pasado una semana, pero no puedo controlar los pensamientos que se me arremolinan en la cabeza. No he dormido. Puede que haya dado una cabezadita algunos minutos en mitad de la noche, pero me despierto de golpe y recuerdo que no sé dónde está Nora ni si va a volver.

Las noches son lo peor. Los gemidos y quejidos de las personas de las habitaciones recorren los pasillos desesperadamente. Me cubro los oídos, pero aun así oigo cada sonido, a menos que mi mente llene el silencio.

No se nos permite salir de las habitaciones después de la última campana, pero estas horas antes del amanecer son la única oportunidad que tengo de buscar a Nora. Llevo cuatro noches intentándolo, pero había nazis custodiando el pasillo. Como si esperaran que fuéramos a salir por la noche. No me ha hecho falta escabullirme hasta ahora. Están lo suficientemente lejos y no parece que me oigan abrir la puerta para asomarme, pero seguro que me verían si diera un solo paso.

—¿Adónde vas? —pregunta una chica.

No sé quién es porque no entra luz en la habitación.

—Chist —replico.

—¿Vas a buscar a tu hermana?

—No digas nada, por favor —suplico.

—Yo no iría a buscar problemas y menos por ese pasillo. No sabes con qué te vas a topar.

Pero no importa con qué me vaya a topar si así encuentro a Nora.

Abro un poco más la puerta y oigo lo que parece un nazi conversando con alguien a la vuelta de la esquina. Espero y observo durante un minuto, preguntándome si la persona con la que está hablando requerirá su ayuda y lo distraerá de su puesto de vigilancia. Me arden los ojos por la luz tras llevar tantas horas a oscuras, pero espero lo suficiente para ver que el nazi se marcha con quien estuviera hablando. No hay nadie custodiando el pasillo. Puede que no tenga mucho tiempo, pero esta podría ser mi única oportunidad para buscarla. He visto las puertas que conectan los interiores, así que, si consigo llegar a uno de los laboratorios, puedo ir moviéndome de sala en sala a un lado del pasillo. También hay una puerta en esta habitación, pero está tapiada.

El suelo de linóleo del pasillo está mucho más frío que el del interior de la habitación. Camino de puntillas hasta el primer laboratorio. Está oscuro y solo hay unas pocas bombillas pequeñas de color naranja en la pared del fondo. La luz me basta para guiarme a la sala siguiente, pero antes me fijo en los viales de sangre cuidadosamente colocados en soportes de metal, cada uno con una etiqueta.

En la sala siguiente hay tres camillas, tres cuerpos, y ninguno se mueve más allá del ligero ascenso y descenso del pecho. Contengo el aliento rogando que ninguno sea Nora y me inclino sobre cada uno para inspeccionarlos. Me estremezco al colocar las manos en las frías mesas de metal, rezando en silencio por no reconocer a nadie. «Por favor, que no sea Nora. Por favor». Me cuesta distinguir si son chicos o chicas porque todos llevan la cabeza rapada, pero parecen mayores que la mayoría de los niños de aquí. Cuando me inclino sobre el último cuerpo, busco una peca debajo del ojo izquierdo. No está. Se me aflojan las rodillas y una mano se me resbala de la mesa. Me aferro a la tela de la parte de arriba del pijama, apoyándome en el pecho con el puño. Ninguna de estas personas es ella. No está aquí.

Tengo la respiración acelerada cuando corro hasta la puerta siguiente, deseando que se produzca otro milagro y Nora tampoco esté ahí. En cuanto atravieso el umbral, sé que no voy a encontrarla dentro porque la habitación está llena de estanterías que contienen libros y frascos de líquido, iluminados por una luz en el techo como si fueran parte de una exposición. Evito mirar porque no quiero saber qué hay en esos frascos. Cuando llego a la puerta siguiente, mi mirada se ve atraída hacia la larga pared que abarca todo el espacio. Me acerco un poco más, sintiendo curiosidad por esas bolitas blancas alineadas en filas y columnas perfectas. Me toma un tiempo que la vista se me adapte, pero, cuando acerco el dedo a la bolita más cercana, veo un iris y una pupila en el centro. Se me revuelve el estómago y noto un fuerte amargor en la garganta. Filas de ojos de colores que ya no están unidos a personas, sino clavados en una pared con una etiqueta debajo de cada par.

Los pulmones amenazan con fallarme mientras corro hacia la puerta, pensando que ojalá no me hubiera rendido a la curiosidad. Entro en la habitación siguiente sin pensar en el peligro que podría estar acechando al otro lado. Agradezco que sea otra habitación tranquila y sin exhibiciones de partes corporales. Solo veo a alguien en una camilla debajo de una sábana. También tiene la cabeza rapada, pero con una gruesa incisión en la parte frontal cosida con poca destreza. Examino a esa persona y me fijo en la diferencia de edad entre esta y las otras tres. Tiene los labios hinchados y cosidos, no puedo imaginarme por lo que habrá pasado. Se le mueve el pecho, lo que significa que sigue con vida, pero ¿por cuánto tiempo? Me abrazo el estómago con los brazos y me acerco un paso más. Cuando me muevo, la tenue luz del techo ilumina mi entorno y me ofrece una visión más clara de lo que tengo delante.

Fragmentos de hielo me abren las entrañas, se me tensan las piernas y jadeo con los pulmones vacíos. Veo mis pecas en su cara. Esas son mis pecas.

—Nora —sollozo.

No puede ser mi hermana. Rapada, agredida e inmovilizada. No reacciona cuando pronuncio su nombre. Los ojos no se le mueven debajo de los párpados. Ojos. Veo la forma. Todavía debe de tener los ojos.

–¿Qué te ha hecho?

Apenas puedo tragar saliva con la garganta seca y me apoyo en la camilla deseando que la mente me funcione más rápido. No puedo impedir que me caigan las lágrimas ni que se me escapen los sollozos. Tiene la mano debajo de la sábana y me aterra mirar, pero quiero cogérsela. Necesito cogerle la mano.

–¿Qué hago? –lloriqueo.

Un par de botas resuenan en el pasillo y caigo de rodillas, asustada. ¿Todos saben lo que está haciendo el doctor Mengele? ¿Por eso estamos aquí?

Las pisadas se detienen, pero no sé adónde habrá ido el guardia.

–Tengo que conseguir ayuda. Tengo que sacarte de aquí. Nora, ¿me oyes?

No hay respuesta. Me tiemblan las rodillas y no puedo evitar que los temblores se apoderen de mi cuerpo.

–Estoy haciendo la ronda –oigo decir a alguien.

Respiro de manera entrecortada y superficial, no sé qué hacer ni adónde ir. Alargo el brazo para tocarle la mejilla a Nora y me doy cuenta de que tiene la piel más fría de lo que debería.

–No puedes abandonarme. No puedes. Estamos juntas en la vida. Siempre, tú y yo. Lo de hoy es solo una tormenta pasajera –sollozo–. Solo una tormenta y… –Oigo que vuelven las pisadas y sé que tengo que dejarla aquí–. Volveré contigo en cuanto el camino esté despejado. Nora, no voy a dejarte… Nunca.

Me arrastro por el suelo mugriento hasta quedarme debajo de la ventana de la puerta principal. Atravieso las puertas contiguas de las tres habitaciones siguientes y permanezco de rodillas mientras saco fuerzas que no sabía que tenía. Cuando llego a la última puerta, la que me permitirá salir, me dejo caer hacia delante y presiono la frente contra el suelo.

–No puedo hacer esto. Mamá, papá, no puedo. Ayudadme.

Oigo que se abre una puerta cerca. No sé si está en este lado del pasillo, pero sí sé que esta podría ser mi única oportunidad de salir de aquí sin ser vista. Necesito cada chispa de energía para levantar mi cuerpo, girar el pomo y volver al pasillo, agradeciendo que no haya nadie a la vista. Recorro el camino lo más rápido que puedo, girándome para vigilar la oscuridad. Noto los pies pesados mientras los arrastro hasta la cama. Uso las uñas para agarrarme al colchón cubierto de sábanas sucias y me hago una bola. Me aferro con fuerza a mis rodillas, me las presiono contra el pecho y descubro que, cuanto más fuerte me agarro, menos dolor siento.

Quiero despertarme ya. Por favor, dejad que me despierte. Por favor. No quiero seguir atrapada en esta pesadilla. Preferiría morir. Estoy asustada.

–Mamá… –llamo.

–Calla –contesta alguien–. ¿Te has vuelto loca?

Lloro en silencio entre respiraciones entrecortadas. No saben lo que hay en esas habitaciones. Si lo supieran, no estarían durmiendo. No me dirían que me callara. Todos los gemelos desaparecidos… están ahí, donde está ahora Nora. Debería ser yo la que estuviera en esa camilla. Es culpa mía. Tendría que haber mantenido la boca cerrada. ¿Por qué fui tan estúpida? ¿Por qué castigarla a ella cuando solo hizo lo que se suponía que tenía que hacer? ¿Por qué siempre la castigan a ella? Que me lleven a mí. A mí.

CAPÍTULO 12

Bougival, Francia
NOVIEMBRE DE 1946

NORA

Nunca había visto a nadie agitar una pajita en el cartón de leche con tanta intensidad. Elek está perdido en los pensamientos que una vez intentó enterrar. El comedor parece alterarlo cada día un poco más y no comprendo por qué este sitio en concreto. El olor no debe de ayudar mucho: el olor a azufre de los huevos de la mañana deja un hedor potente que no desaparece hasta la cena. Además, hay muchísima gente. Y no hay ventanas.

Yo no creo que me esté aferrando a la esperanza de que Arina, mamá o papá puedan haber sobrevivido a Auschwitz. No creía que Elek se estuviera aferrando a la esperanza, pero así era. Creo que su optimismo se debía a eso. Algo en su interior dejó de funcionar el día que recibió la carta. Ahora a veces me siento como si fuéramos desconocidos, lo que me duele más que nada, ya que nuestra conexión es lo único verdadero que ambos tenemos en la vida actualmente.

Me duele estar fuera de su mundo. Supongo que así es como debió de sentirse él cuando me negaba a hablarle a menudo. No hace mucho de eso. No estoy segura de que nuestra amistad pueda sobrevivir si ambos nos abandonamos y nos quedamos anclados en el pesado.

—¿*E-e* apetece *paear*? —pregunto, poniendo la mano sobre su cartón de leche.

—No sé si quiero dar un paseo ahora mismo. Puede que después.

Al menos he captado su atención. Ahora me está mirando, pero también es como si pudiera ver a través de mí.

Me acerco su bandeja, retiro el pollo a medio comer y el arroz que ha esparcido por el plato y lo pongo encima de la mía. Luego apilo las dos bandejas y me las pongo en el regazo. He aprendido a empujar la silla con una mano lo bastante bien como para llegar a la papelera.

—No hace falta que me cuides –suelta.

Me acerco a su lado de la mesa y le tiendo la mano.

—A *pa-paear* –declaro firmemente.

Elek echa la cabeza hacia atrás. Emite un gemido, pero me quedo esperando. Tras unos largos segundos, gira la cabeza a un lado y me mira en busca de consuelo. Pone la mano sobre la mía y tiro de ella, sabiendo que va a tener que ceder si quiere que esto funcione, ya que yo no puedo levantarlo.

Aparta la silla de la mesa. Las patas raspan con tanta fuerza el suelo de baldosas que a nuestro alrededor todo el mundo se gira para buscar el origen del ruido.

—Puede que haga frío fuera, no estoy seguro de que tu jersey sea lo bastante abrigado.

Presiono las manos contra el borde metálico de las ruedas y me alejo de él, confiando en que me siga. Al cabo de un instante, oigo sus pisadas tras de mí. Salimos y tomo el primer camino antes de que pueda pensárselo dos veces.

—Ya sé adónde me llevas y no quiero ir porque ese lugar es especial para nosotros.

Su breve comentario me afecta más de lo que esperaba y se me cae el alma a los pies.

—*Etoces*, ¿co-cortas co-conmigo? –pregunto, incapaz de darme la vuelta y mirarlo a los ojos.

Él gira la silla y se arrodilla delante de mí.

—¿Por qué dices eso?

Aunque me resulta más fácil fijar la mirada en los pliegues de mi uniforme, la levanto y siento un tirón en el pecho al ver la desolación en la suya.

—*Emía* que fu-fueras a *ha-hacelo*.

Me coge la mano del regazo y se la lleva al pecho.

—No, no —responde, apretando los ojos y negando con la cabeza—. He oído algunas conversaciones sobre la capacidad del orfanato. He oído que puede que a algunos nos trasladen a otros lugares y uno de ellos está en Estados Unidos. Espero que trasladen a los más pequeños porque tienen más posibilidades de ser adoptados, pero quién sabe qué lógica van a seguir. Después de lo de la carta, enterarme de esto… No estoy seguro de ser lo bastante fuerte para poder soportar más cambios o pérdidas.

Quiero preguntarle por qué piensa que uno de nosotros va a tener que irse y el otro no, pero quizá haya más cosas que no me haya contado.

—No-no-nos *ecaparemo* —contesto, encogiéndome de hombros.

Cuando se me ha ocurrido la idea, no lo creía posible, pero, tras decirla en voz alta, me pregunto por qué no íbamos a hacerlo. Aquí no hay nada para nosotros más allá de una cama, comida y clases a las que no queremos asistir.

Suelta una carcajada silenciosa.

—Se me ha pasado ese pensamiento por la cabeza más veces de las que me gustaría admitir, pero no tenemos dinero para mantenernos. No sé quién iba a darme trabajo con un solo brazo y no puedo llevarte a ningún sitio sin saber si voy a ser capaz de cuidar de ti.

Así que este es nuestro futuro…, la verdad que hemos estado negando. No podemos estar juntos porque no somos capaces de mantenernos el uno al otro. Los dos somos iguales y en estos casos no funciona.

A Elek le tiembla la barbilla y tiene los ojos llenos de lágrimas, pero una sonrisa asoma a sus labios.

—Vamos al estanque. ¿Llevas el cuaderno de dibujo?

—Eh… —murmuro.

—Bien, hoy puedes dibujarme en un nenúfar.

Antes de que pueda replicar, me da la vuelta y empieza a avanzar hacia la abertura del bosque que conduce a ese lugar que desearíamos poder reclamar como nuestro. Eso si Monet no hubiera dejado ya allí su marca, por supuesto.

Se me dibuja una sonrisa en la cara al llegar. Es un pedacito de cielo en la tierra y solo el entorno ya basta para erizarme el vello de los brazos. Las hojas están cambiando de color, principalmente a tonos dorados y rojo cereza. Caen de los árboles al estanque. El aire fresco y los pinos me recuerdan a los inviernos junto al fuego cuando era pequeña. Los dos tomamos una bocanada de aire como si fuera la primera vez que lo hacemos en una semana.

—Este lugar puede curar hasta a las personas más rotas. Estoy seguro —declara.

Me pregunto si yo seré la persona más rota que conoce. Si es así, no quiero ser la que le diga que ni siquiera un lugar tan hermoso tiene el poder del que habla. Sin embargo, sí que sana algunas partes de mi corazón.

Alcanzo la barandilla de madera del puente y le pongo el freno a la silla. Elek se inclina para ayudarme y me mantiene en equilibrio mientras me enderezo.

—Solo quieres besarme —murmura.

Me giro con cuidado, apoyo la espalda en la barandilla y le paso los brazos por el cuello a Elek, quien coloca la cabeza en mi hombro y me envuelve con sus brazos.

—Nunca podría separarme de ti.

Le acaricio las mejillas instándolo a levantar la mirada. Cuando lo hace, me inclino y le rozo los labios con los míos diciéndole con todos los sentidos, aparte de con las palabras, que no permitiré que nos separemos. Me agarra por el vestido y me acerca un poco más a él. Junta la nariz con la mía y luego la frente.

—Siempre te voy a necesitar. Quiero que seas mía —susurra.

—Lo soy —digo sin dudarlo ni un instante.

Le tiembla el aliento y eso me confirma que sabe algo que no me ha contado. Lo cual abre un agujero en mi ya roto corazón.

Auschwitz, Polonia
DOS AÑOS ANTES, OCTUBRE DE 1944

Noto la cabeza como un charco lleno de gotas de lluvia recién caídas. La desconexión entre mi mente y mi cuerpo es devastadora y no sé cómo manejar las emociones que estallan en mi interior. Tengo hambre. Es todo lo que sé, pero tengo la boca entumecida desde la garganta hasta los dientes. No sé si podría comer. No sé si a alguien le importaría.

Una mujer merodea por esta habitación con más frecuencia que nadie. No forma parte del personal médico oficial, ya que lleva un uniforme de prisionera y tiene un número tatuado en el antebrazo, igual que yo. Me pone la mano en la frente a menudo, como si estuviera comprobando si tengo fiebre.

—Hemos reducido la dosis de sedantes que estás tomando. Puede que empieces a ver un poco más claro todo lo que te rodea —me informa.

Hasta ahora, cada vez que he abierto los ojos me he sentido como si estuviera levantando pesas con los párpados y no soy capaz de enfocar durante mucho tiempo. Se me forma un gemido en la garganta, pero, sin modo de liberarlo, no estoy segura de que suene lo bastante fuerte para que lo oiga esta mujer.

—Lo sé —dice, acariciándome la mejilla con el dorso de los dedos—. Si pudiera quitarte esos horribles puntos de los labios, lo haría. Pero son órdenes del doctor...

Sus palabras se desvanecen y el calor de la ira me enciende los nervios. Puntos en los labios. Me ha cosido la boca.

Otro gemido, más fuerte que el anterior, me rasca la garganta.

—Dijo que era necesario para evitar que te mordieras la lengua después del procedimiento.

La perplejidad debe de reflejarse en mi rostro, puesto que prosigue.

—Creo que intentaba corregir tu tartamudez, pero...

Abro los ojos como platos, consciente de que no puedo expresarme de otro modo. Me duele la cabeza por el tirón de los músculos faciales.

—Todavía no me ha dicho nada del resultado de la cirugía. Dijo que primero tu cuerpo necesitaba recuperarse, pero puede que lleve algo de tiempo.

No sé si ese hombre es un médico auténtico o alguien que finge serlo, pero recuerdo vívidamente el intenso dolor en el cráneo antes de que todo se volviera borroso a mi alrededor. Intento tocarme la cabeza preguntándome si encontraré algún indicio de lo que me ha hecho, pero me doy cuenta de que algo me lo impide y recuerdo por qué no pude escapar antes de que me acercara el bisturí. Lucho contra las correas que me mantienen inmovilizada.

—Sé que quieres levantarte y yo quiero ayudarte, pero solo sigo órdenes —declara la mujer mientras la desesperación oscurece sus ojos dorados.

Levanta la fina sábana blanca que me cubre y me coge la mano. Le estrecho los dedos al reconocerla. Es la mujer que ayudó a Arina cuando tuvo fiebre. No sé quién es ni por qué sigue apareciendo cuando necesitamos ayuda, pero me da la sensación de que es un ángel de la guarda, aunque ahora no pueda ayudarme.

—Lo siento mucho. —Las lágrimas le llenan los ojos—. Me intercambiaría por ti si pudiera. Eres muy joven y…

Se detiene cuando las palabras se le atascan en la garganta. Me gustaría poder preguntarle si voy a morir. Me gustaría que fuera a buscar a Arina. Ella sabría exactamente lo que estoy pensando sin necesidad de oír ninguna palabra. Haría las preguntas adecuadas por mí y me contaría la verdad, porque eso es lo que necesito ahora: la verdad. Arina estará preocupada y culpándose por todo. Ojalá supiera si es capaz de pensar siquiera…, si está viva.

Le estrecho la mano con más fuerza a la mujer, deseando que eso signifique algo que ella pueda entender.

Se ha abierto la puerta de la habitación detrás de mí y el ruido de unas pisadas hace que se me tensen todos los músculos.

—Doctor Mengele —dice la asistenta—, esta paciente está consciente y toma una dosis más baja de sedantes, tal y como solicitó.

—Perfecto —contesta el doctor Mengele, y la alegría hace que la voz se le eleve una octava—. Hoy vamos a quitar esos puntos y veremos el resultado de la cirugía correctiva. ¿Cómo te encuentras?

Sabe que no puedo hablar ni mover la boca, ¿por qué iba a hacerme una pregunta?

—Helena, por favor, acércate y mantenle la cabeza firme por mí —le pide.

El rango de movimiento que tengo en el cuello es mínimo, solo me permite ver a quien está sobre mí. Me he familiarizado con la estructura de la luz que tengo sobre la cabeza. Es el único objeto que recuerdo haber visto en mis momentos de claridad. La parte exterior parece el caparazón de una tortuga, pero más redondo. El interior es todo blanco y la bombilla que cuelga emite tanta luz que no puedo distinguir la forma del cristal. Supongo que es como cualquier otra bombilla, aunque la mayoría no son tan cegadoras. Cuanto más la miro, más me duelen los ojos y unos puntos empiezan a nublarme la visión.

Las manos de Helena me tocan ambos lados de la cabeza. No habría sentido el tacto piel con piel si todavía tuviera pelo. Nunca he querido llevar el pelo corto y mucho menos rapado. Me encantaba la sensación de los mechones rozándome la nuca al caminar. El pelo largo me hacía sentir guapa a pesar de cómo me veía a veces a mí misma. Mi madre quiso cortarnos el pelo a las dos muchas veces porque daba trabajo cuidarlo, sobre todo cuando éramos más pequeñas. Se pasaba una hora trenzándonos el pelo solo para que no nos molestara en la cara durante el verano o cuando íbamos a clase. Las dos le suplicábamos que nos permitiera seguir teniéndolo largo y le costaba decirnos que no a ambas.

Ahora debo de parecer un chico. El doctor Mengele abre y cierra un par de cajones antes de inclinarse sobre mí con unas pinzas afiladas. Aprieto los ojos y sigo viendo puntos debajo de los párpados. Ojalá hubiera otra cosa en la que centrarme para bloquear el dolor de los pellizcos y tirones que noto en los labios. Se me humedecen los ojos y no es por las lágrimas, sino por los nervios que toca.

—Tu hermana debería considerarse afortunada por no tener tantos problemas, ¿verdad?

Ojalá pudiera morderle la mano.

La ráfaga de aire fresco que me entra en la boca es como el primer bocado de helado un caluroso día de verano. Me duele la mandíbula cuando la muevo de lado a lado y de arriba abajo.

—Bien, bien —comenta—. Ahora quiero que digas: «El gato está en el árbol».

Me pregunto si una persona puede olvidar cómo se habla, cómo mover la boca del modo correcto. No sé cuánto tiempo he estado sedada, pero me siento como si llevara siglos sin mover la boca.

—Puede que le venga bien un poco de agua —interviene Helena. Se aleja y oigo un grifo al otro lado de la habitación. Vuelve sin que haya habido ningún tipo de confirmación por parte del doctor Mengele—. ¿Podría soltarla para que pueda coger el vaso?

—¿Es que no puedes dársela tú? —replica él.

—Tiene que sentarse —argumenta Helena.

—Supongo que no tenemos que preocuparnos por que vayas muy lejos, ¿verdad? —me pregunta el doctor.

Niego con la cabeza, pero es un movimiento tan ligero que no sé si lo habrá captado.

Helena suelta las correas, primero tirando con fuerza para liberar el clip metálico. Supongo que me habrán dejado marcas en los brazos y las piernas. Helena me ayuda a incorporarme pasándome el brazo por detrás de la espalda y levantándome antes de ofrecerme el vaso. Noto los brazos como si fueran espaguetis demasiado cocinados, pero logro sostener el vaso y acercármelo a los labios resecos. El agua no está fría, pero tampoco tibia. Se me derrama por los labios y se me acumula debajo de la lengua. Noto toda la boca rara y el agua vuelve a salir cuando intento que el líquido me pase por la garganta.

–Cuando estés preparada, ten la amabilidad de decir la frase para que pueda evaluar el resultado del tratamiento.

Siento la primera palabra espesa en la cabeza, pero no se me forma en la lengua. El único sonido que soy capaz de articular es un «ah» breve y entrecortado.

–Continúa –indica, asintiendo agresivamente con la cabeza como si estuviera haciéndole perder el tiempo.

–El ga-gato *etá* en el *ábol*.

El aire se me acumula en la garganta, el miedo hace que me arda la piel y me revuelve el estómago. La punta de la lengua… no la siento.

–Interesante –murmura el doctor Mengele, mirándome con los ojos entornados como si fuera una maravilla del mundo. Se lleva un dedo a los labios y gira sobre sus talones para coger una herramienta que resuena contra las otras. Vuelve a mi lado con un depresor lingual–. Abre y di «ah».

–Ah… –grazno.

–Bien. ¿Puedes sentir esto? –Me toca la parte trasera de la lengua, lo que me provoca una arcada–. Bien. ¿Y esto?

Espero a que me vuelva a tocar, pero veo que frunce el ceño durante la espera.

–Qué curioso…

Se levanta de nuevo, vuelve a los cajones en los que ha rebuscado antes y regresa con un objeto oscuro y afilado. Me retuerzo al verlo.

–No tienes que preocuparte por nada.

Me aprieta la mandíbula de ambos lados para obligarme a abrir la boca. Me alegro de no sentir dolor cuando esa punta metálica afilada se aproxima a mi boca.

–¿Ahora notas algo?

Niego con la cabeza.

–¿Qué pasa, doctor? –pregunta Helena.

El doctor Mengele me suelta la mandíbula y da un paso atrás.

–Ha habido mala suerte. Eso es todo –concluye, encogiéndose de hombros como si no pudiera mostrar más falta de interés.

Me gustaría saber qué es esa mala suerte, pero supongo que será mejor que asuma que la mala suerte soy yo. La sensación volverá. Estoy segura. Tiene que volver. Llevo con la boca cosida…, no recuerdo cuánto tiempo. Noto todo el cuerpo debilitado. Necesito levantarme y moverme para darle a mi cuerpo la oportunidad de recuperarse y para que la sangre vuelva a circular por mis extremidades. El doctor Mengele no tiene paciencia para cosechar lo que siembra, cosa que queda clara cuando coge el maletín y se marcha sin decir una palabra más.

–Solo necesitas algo de tiempo –dice Helena.

¿Me estoy engañando a mí misma si pienso que eso es lo único que necesito?

–*Aina*, mi he-he-hermana.

Helena me mira arqueando las cejas con aire inquisitivo.

–No te entiendo, querida.

Miro a ambos lados en busca de papel y de algo con lo que escribir y veo una carpeta con un cuaderno en un escritorio cercano. Espero que entienda lo que quiero decir cuando lo señalo. Sigue la dirección de mi dedo, corre hasta el cuaderno y me lo trae. A continuación, se saca un lápiz corto y desafilado del bolsillo.

Sostengo el lápiz y presiono la punta contra el papel, pero tengo los músculos tan débiles que lo que escribo parecen trazos de un delicado pincel. Intento escribir varias veces más el nombre de Arina, pero la frustración es abrumadora y sé que Helena no va a poder entender los trazos. Si no recupero la fuerza de la mano, tampoco podré volver a dibujar.

Me duele tanto el pecho que me pregunto cómo puedo sentir esa cantidad de dolor en mi interior mientras que todo lo demás está entumecido.

127

CAPÍTULO 13

Chicago, Illinois, Estados Unidos
NOVIEMBRE DE 1946

ARINA

Se supone que cada día debe ser más fácil que el anterior, o al menos eso dicen los escritos sobre la psique humana. Encontré una estantería entera dedicada a libros sobre psicología en la biblioteca de la escuela. Preferiría perderme en una historia ficticia, pero no sé si debería permitir que mi mente vague tan lejos de la realidad cuando me paso el tiempo sentada, preguntándome sobre el sentido del universo. Estas preguntas seguirán torturándome en bucle mentalmente hasta que obtenga respuestas. No sé si las encontraré en algún libro, pero quizá pueda llegar a entender cómo olvidar, perdonar y seguir adelante. Leí un libro que sugería esta teoría para el crecimiento interno. Me gustaría preguntarle a quien lo escribió si perdonaría a Hitler, a los que lo apoyaron, a los nazis y, especialmente, al doctor Mengele por todo lo que hicieron. Olvidar implicaría dejar a un lado los recuerdos de mi hermana y mis padres, así como las atrocidades de las que fui testigo.

Me coloco la pila de libros debajo del brazo derecho y llamo a la puerta de la señorita Blum, que está lo suficientemente abierta para que la vea concentrada en unos documentos. No obstante, creo que he llegado puntual a nuestra cita. Cambiamos la hora cuando volvieron a empezar las clases, así que ahora nos reunimos los martes a las tres de la tarde.

—Arina —me saluda con una sonrisa.

A medida que hemos ido avanzando con nuestras sesiones, mi curiosidad sobre la señorita Blum ha aumentado. Me escucha hablar y dice que me he vuelto bastante parlanchina en comparación con las primeras reuniones, lo cual es un signo de progreso. Antes de la vida en Auschwitz, nadie tuvo que obligarme a hablar nunca. Más bien al contrario. Ahora me doy cuenta de que quizá no se me daba demasiado bien dejarles a los demás la oportunidad de hablar en mi presencia. Uno de los libros de psicología decía: «Las personas resultan más agradables y dignas de confianza si escuchan más que hablan».

Cierro la puerta, me siento en el sofá debajo de la ventana y dejo la pila de libros junto a mi tobillo.

—¿Qué tal su día? —le pregunto a la señorita Blum.

Inclina la cabeza a un lado y sonríe.

—Qué amable por tu parte preguntar. He tenido un día productivo.

No preguntaba por su trabajo.

—¿Tiene usted novio? —pregunto, consciente de que es una pregunta inapropiada.

Me he fijado en que los demás trabajadores no se acercan a ella muy a menudo. Parecen tener una buena relación los unos con los otros, pero no con la señorita Blum. Me pregunto si se siente sola, ya que ella tampoco lleva mucho tiempo viviendo en Estados Unidos.

Un rubor rosado le tiñe las pálidas mejillas.

—Por Dios, no me esperaba que me hicieras una pregunta así hoy —dice—. ¿A qué viene esa curiosidad repentina por mi vida personal?

Me encojo de hombros, pero noto el parpadeo de sus ojos al considerar lo que le he preguntado. Si alguna vez voy demasiado lejos en las sesiones, toma notas para volver al tema más tarde, pero esta vez no.

—Cuando me miro en el espejo cada mañana mientras me cepillo el pelo, me veo líneas de expresión en las comisuras de los labios. Si no me equivoco, soy demasiado joven para tener signos de edad, y sin embargo cada día los veo más claros. Si tuviera que adivinarlo, pensaría que no tiene ni diez años más que yo, pero también tiene líneas de expresión.

Después de soltar toda esa retahíla de palabras, sé enseguida que ha sido algo… ofensivo, pero ella no reacciona.

La señorita Blum nunca reacciona con sorpresa ante nada de lo que digo. ¿Cómo puede alguien ser tan comprensivo con los horrores que describo? El libro que estoy leyendo dice: «A veces una persona que ha experimentado el trauma describirá la situación con detalles simplistas, a menos que se le solicite lo contrario. Sin embargo, a la inversa, una persona que ofrece demasiada información a la vez sobre una experiencia horrible puede exagerar porque necesita validación». Es otra afirmación que podría demostrar que es incorrecta, pero solo porque no existe un modo sencillo de explicar por lo que he pasado. Sin detalles, los hechos no serían creíbles.

—La vida durante una guerra envejece a las personas —me dice—. No creo que esas líneas, que son demasiado débiles para que pueda verlas desde aquí, demuestren más edad que fortaleza.

—Pues usted también debe de tener una gran fortaleza —respondo.

—No tanta como tú —dice ella—. ¿Qué estás leyendo? Son muchos libros.

Levanto el que hay arriba del todo y examino la cubierta unos instantes.

—*Detrás de los ojos*, escrito por el doctor Adam Alto. Es un libro sobre psicología. Todos lo son. Últimamente, he empezado a sentir curiosidad por saber por qué la gente actúa como lo hace y he pensado que podría encontrar algo de información aquí.

A la señorita Blum se le dibujan arrugas en la frente cuando se fija en la pila del libros del suelo.

—Creo que nunca he oído hablar de ese, ¿puedo echarle un vistazo?

Le paso el libro. Justo antes de soltarlo, me fijo en que se le ha subido la manga de la blusa. La quemadura que lleva tanto tiempo curándose ya no está vendada. Me quedo paralizada, todavía aferrando el libro.

—Tiene un número.

No es una pregunta. Veo los dígitos grabados en su piel.

La señorita Blum se endereza y retira la mano sin coger el libro. Se baja la manga y apoya las manos en el regazo. Baja la mirada.

—¿Has pensado en lo de enviar cartas a la Cruz Roja para buscar información sobre los miembros de tu familia?

Puede que yo, en su lugar, también cambiara de tema.

—¿Lo ha hecho usted? —pregunto, sabiendo que, al fin y al cabo, no somos tan diferentes.

—Arina —dice, aclarándose la garganta.

Estoy muy familiarizada con la incomodidad y la suya ahora es evidente.

—He escrito dos cartas el último mes, pero no he recibido respuesta —contesto.

—Es normal que tarden un poco. No me imagino cuántas cartas recibirán cada día.

No es una excusa…, no para aquellos cuyas vidas han sido desgarradas y destruidas de modos inhumanos. Lo mínimo que pueden hacer es darnos un cierre o esperanza.

—¿Estuvo presa en Auschwitz? —No tiene sentido ocultar mi pregunta. Probablemente, las evite todas, pero estoy segura de que la respuesta es «sí»—. En Polonia, ¿verdad?

Me doy cuenta de que había muchos más campos que los que todo el mundo conocía originalmente y que no importaba de qué país era originario alguien.

—Arina, no puedo hablar contigo de mi vida personal ni de mi historia. ¿Lo comprendes?

—No —respondo—. El mundo es un lugar horrible. No sabía que a veces la soledad puede ser peor que estar presa. Encontrar a alguien que pueda entender una pizca del mismo dolor me parece imposible, sobre todo teniendo en cuenta que estamos en otro continente…, al que, por cierto, no elegí venir. Si todavía estuviera en Europa, tendría más gente con la que hablar que haya pasado por lo mismo, pero aquí… Las posibilidades de encontrar a otra persona que haya sobrevivido a Auschwitz en

Chicago, en uno de los muchos orfanatos que hay en la ciudad, son mínimas.

—Lamento no poder ayudarte a sentirte menos sola.

Las reglas establecidas para proteger a médicos, terapeutas y pacientes se determinaron antes de la guerra. Los libros de psicología tienen una década, puede que algunos incluso más. No todas esas reglas se aplican ahora. La vida ha cambiado y la gente ha tenido que adaptarse. Lo único que he podido aprender de estos libros y de esta sesión con la señorita Blum es que no hay esperanza. No hay posibilidad de perdonar ni forma de olvidar.

Recojo la pila de libros y salgo del despacho sin tomarme un momento para pensar en mis actos. No puedo permanecer cerca de este edificio ni de la señorita Blum.

Mis pasos me llevan a la puerta principal y al viejo roble que hay en mitad del patio que se extiende ante el edificio. Dejo caer los libros y me deslizo por el tronco del árbol hasta que me quedo sentada en el suelo helado. El tercer libro empezando por abajo contiene papeles sueltos en los que he ido anotando cosas. Cojo el libro, me lo pongo en el regazo y saco los papeles. Todavía llevo en el vestido el lápiz de clase, así que lo saco y me dispongo a escribir otra carta a la Cruz Roja. Esta no incluirá frases de disculpa y agradecimiento. Me he cansado de la cortesía.

Las palabras me salen sin mucho esfuerzo, como si estuvieran esperando para ser liberadas. En poco tiempo he llenado una cara entera. Veo a otros huérfanos paseándose y mirándome. Asumo que la mayoría de la gente de mi edad siente curiosidad por mí. Los cotilleos son iguales en todas las partes del mundo.

—Creía que se lo habían inventado —oigo desde detrás del árbol.

Dale.

Deslizo la carta debajo de la cubierta del libro y me lo aprieto contra el pecho.

—¿A qué te refieres? —pregunto mientras me levanto para no sentirme tan pequeña a su lado.

—He oído por ahí que has abandonado el edificio hecha una

132

furia y que te salía fuego de las orejas. Sin embargo, no sé si creerme la parte del fuego.

—Vas a meterte en problemas por hablar conmigo —le digo.

Desde nuestro paseo hasta la ferretería hace un par de semanas, no nos hemos visto más que un par de veces en las que la señora Vallentine tenía la oreja puesta.

—Valdría la pena —dice—. ¿Qué o quién te ha hecho enfadar tanto?

Con una sola frase, ha conseguido que el rostro se me llene de calor y luego que se me ponga más frío que el hielo.

—No puedo confiar en nadie. Todo el mundo miente. O todo el mundo oculta la verdad. Nadie me ayuda. Lo único que hago es gritar a la naturaleza para ver si alguien me oye, pero parece que el mundo se limita a quedarse quieto y observar.

Se muestra sorprendido por mi diatriba y se toma un momento para pensar antes de responder.

—Tienes muchos libros. No sabía que en el instituto dieran clase de psicología —cambia de tema como la señorita Blum.

—Tengo libros de psicología para poder desentrañar lo que sucede en mi cerebro y entender por qué no puedo volver a ser la persona que fui.

—Directa a la fuente —dice—. Muy inteligente.

—No soy inteligente. Si lo fuera, sabría qué hacer para recuperarme. Quizá también habría podido salvar a mi hermana.

—Arina, eso no…

—¿No qué? —pregunto.

No se merece mi ira. Nadie se la merece. O, al menos, nadie de aquí.

—Tengo que irme —declaro.

Cojo los libros en una pila descuidada mientras me alejo con dificultad. En cuestión de una hora, he hecho enfadar a las dos únicas personas con las que he establecido algún tipo de conexión aquí. Sabía que solo era cuestión de tiempo hasta que me diera cuenta de que la soledad no es una enfermedad que se pueda curar. Es una cadena perpetua.

Auschwitz, Polonia
DOS AÑOS ANTES, NOVIEMBRE DE 1944

Los guardias han sido más listos que nosotras. Tampoco es difícil cuando ellos son tantos y tienen el poder de hacer lo que les venga en gana. Noche tras noche, he esperado a que se despejara el pasillo para poder llegar hasta Nora y ver si todavía sigue ahí, viva. Han pasado cuatro semanas desde que la encontré sola en aquella habitación oscura con un aspecto desconocido en muchos sentidos, cuando siempre había sido mi reflejo. Le prometí que volvería y lo he intentado. No he tenido otra cosa en mente que no sea volver junto a ella. Desde hace una semana, ni siquiera puedo asomarme a la puerta. La cierran con llave en cuanto suena la campana a las nueve y así permanece hasta que vienen a despertarnos por la mañana.

La mayoría de las que seguimos en este barracón estamos separadas de nuestras gemelas. Nos hemos convencido a nosotras mismas de que solo las han trasladado a otro barracón para que el doctor Mengele pueda seguir con su investigación, ahora de modo individual. Sin embargo, las nueve que quedamos juntas aquí solo nos contamos un cuento. Si rechazamos que los peores pensamientos se abran paso en nuestra mente, podemos creer que todo irá bien.

–Mentí –lloriquea una de las chicas.

No estoy segura de quién habla, pero está al otro lado de la habitación. A estas horas está demasiado oscuro para ver algo y todas las voces me parecen iguales.

–¿A qué te refieres? –pregunta otra chica.

–Mi hermana no está en otro bloque en este hospital. Murió a mi lado la semana pasada.

A la muchacha se le quiebra la voz y se convierte en un susurro ronco entre respiraciones entrecortadas mientras intenta contener los sollozos.

Bajo los pies de la cama y me dirijo hacia el llanto silencioso.

Me resulta fácil encontrarla. Es Ellie, una de las más jóvenes de la habitación. Tiene doce años. Le paso un brazo por los hombros y le apoyo la cabeza en mi pecho.

—¿Por qué no lo dijiste?

Supongo que es por el mismo motivo por el que yo no le dije a nadie lo que vi cuando fui a buscar a Nora.

—Nos prometimos mutuamente no perder la esperanza y no quería hundir a nadie —dice con la voz temblorosa.

Le paso la mano por el pelo enredado.

—Tener esperanza no es lo mismo que ocultar el dolor. Si sabemos que ha sucedido una tragedia, deberíamos estar aquí para cuidar las unas de las otras.

—Durante las dos semanas que no estuvimos en esta habitación, el doctor Mengele nos infectó a Shana y a mí con tifus para ver si nuestros cuerpos reaccionaban del mismo modo —explica Ellie con voz monótona como si fuera el único pensamiento que ha tenido a lo largo de la última semana.

La consuelo como lo haría con Nora y me doy cuenta de que no me sorprende la noticia…, no me siento diferente respecto a hace cinco minutos. ¿He perdido el corazón mientras espero a descubrir si Nora está bien?

—Sé que te gustaría intercambiarte por ella y que ahora debes de sentir que te falta la mitad del alma.

—Antes de la guerra, recuerdo haber estudiado la mente humana en la escuela. Nuestras mentes no son capaces de procesar la profundidad del mal que nos vemos obligadas a soportar en estos momentos. La esperanza es el modo que tiene nuestra mente de protegernos, pero la protección desaparece cuando la verdad sale a la luz. Nos obliga a encontrar un nuevo nivel de consuelo…, sea lo que sea eso —interviene otra chica desde el otro lado de la habitación.

Ojalá supiera yo tanto sobre el funcionamiento de la mente humana. Quizá así podría entender el retorcido funcionamiento interno del doctor Mengele. Me pregunto qué piensa de sí mismo. En cualquier otro lugar del mundo en cualquier otra época, un hombre como él estaría en la cárcel despojado de sus derechos como humano, al igual que Hitler. No obstante, hoy juegan codo con codo y utilizan a todas las personas de Europa como munición para abrirse camino hacia la victoria.

—Estoy celosa —dice Ellie—. Ojalá haber muerto yo de tifus.

Su cuerpo tiembla contra el mío e intento abrazarla con más fuerza, sin saber si eso la ayudará a sentirse mejor.

—Quiero encontrar a mis padres y eso tampoco puedo hacerlo. Solo puedo quedarme sentada en esta habitación pensando en cuánto me duele el corazón.

Entiendo todo lo que dice y, aunque yo todavía puedo permitirme albergar la esperanza de que Nora siga viva, no soy capaz de convencerme a mí misma. Hay una parte de mí que ya está de luto.

Ahora somos varias consolando a Ellie, que está sentada al borde de la cama. Cuando no queda nada más que decir, nos quedamos calladas. El silencio trae otra oleada de dolor para todas las que estamos perdiendo la última chispa de esperanza.

De repente, un chillido desgarrador se eleva como el vapor de un tren desde otra habitación del hospital. El ruido es tan atronador que hace temblar las paredes. Por instinto, todas corremos hacia la puerta que nos separa del resto del edificio. El grito se repite una y otra vez, lo que me hace preguntarme cómo es posible que todavía le quede aliento a la persona que lo emite. Ninguna se atreve a llamar a la puerta y suplicar que nos digan qué está pasando. Sabemos que no debemos hacerlo.

Ellie tiene razón. La idea de que la muerte es una salida fácil se me ha pasado por la mente más veces de las que me gustaría admitir.

Se oyen más gritos hasta que el estallido de una bala acaba con el escándalo antes de que alguien pueda parpadear.

¿Eso es lo que tenemos que hacer para poner fin a esta miseria?

CAPÍTULO 14

Bougival, Francia,
DICIEMBRE DE 1946

NORA

—¿Dó-dó-dónde *vamo*? —le pregunto a Claire, la chica que ocupa la cama que hay al lado de la mía.

Todas están saliendo de la cama y correteando por ahí. Algunas cogen sus jerséis mientras otras salen sin más al pasillo.

—La señora Cusano acaba de decir que todo el mundo tiene que estar en el comedor en diez minutos —dice Claire, pasándose el jersey por la cabeza antes de sacar dos trenzas rubias despeinadas por el cuello.

No me había dado cuenta de que dormía tan profundamente. Es sábado y por lo general nos permiten dormir hasta las siete antes de que tengamos que ir al comedor, pero solo son las seis y media.

—¡Puede que pase algo emocionante! —grita una niña mientras sigue a otro grupo por el pasillo que pasa junto a mi habitación.

Me siento en la silla y cojo el jersey que está a los pies de la cama. Me ruge el estómago al moverme, pero no creo que sea por el hambre. Como de costumbre, soy la última en salir de la habitación. Prefiero ser la última porque así no hay nadie esperando detrás.

La multitud de niños se mueve lentamente como si alguien estuviera ralentizando la cola, y mantengo las distancias.

—¿Estás pensando lo mismo que yo?

Como salido de la nada, Elek está a mi lado. Conociéndolo, es probable que estuviera esperando en mi puerta hasta que he salido. Para evitar sobresaltarme, me ha dejado unos segundos para que avanzara por el pasillo.

137

–*Pu-pu-pue* claro –contesto.

Hace ya casi un mes que corre el rumor, y Elek y yo hemos estado observando las nubes de tormenta mientras esperábamos a que se rompieran e inundaran nuestro mundo.

Semana tras semanas, han ido llegando más y más niños al orfanato, a pesar de que ya habíamos superado la capacidad. Siguen llegando refugiados de los campos de concentración de toda Europa. Había muchos escondidos. A algunos los habían ayudado desconocidos mientras que otros vagaban solos por las calles mendigando comida. Europa no se ha recuperado de la guerra y a todos les cuesta llegar a fin de mes. No es ninguna sorpresa que las almas bondadosas que acogieron a niños cuando no tenían a nadie más se vean obligadas ahora a entregarlos a orfanatos. Todo el mundo necesita comer.

–Ya hemos hablado de esto –dice Elek–. No tenemos de qué preocuparnos. Vayas a donde vayas, iré contigo. Si tú te quedas aquí e intentan que yo me vaya, no lo haré. Es así de simple.

Pero no es así de simple. Todavía le faltan dos meses para cumplir dieciocho y a mí cinco. No tenemos muchas opciones hasta entonces, ya que seguimos siendo responsabilidad de las autoridades del país.

Cuando entramos en el comedor y buscamos una silla en el extremo de una mesa para Elek, me da la sensación de que ha pasado una hora. Al menos, yo tengo asiento asegurado junto a él.

Aparte de los más pequeños, todo el mundo está callado.

–Silencio, niños. Silencio, por favor.

La señora Cusano está en un extremo del comedor y agita las manos para hacer que todos se callen, aunque los pequeños siguen haciendo ruido.

Si no oigo lo que la señora Cusano va a decir, puede que no me afecte.

–Teniendo en cuenta el número de niños que se alojan con nosotros, tenemos que hacer ciertos cambios que puede que os afecten a algunos. Normalmente, mantenemos estas conversaciones con cada uno en privado, pero, como sois tantos, queríamos asegurarnos de que todo el mundo entendiera los motivos que hay detrás de estos cambios. El personal lleva varias semanas planificando y organizando arreglos para asegurarnos de que se satisfagan las necesidades de cada uno. Todos llegasteis con la certeza de que un orfanato nunca es un lugar de residencia permanente, así que espero que comprendáis que hemos tomado estas decisiones por vuestro bien. Los que os marcháis seréis trasladados a varios orfanatos con los que hemos llegado a acuerdos. Vamos a decir los nombres de aquellos que se quedarán con nosotros y podéis volver a vuestras habitaciones. Empezando por los pequeños, los nombres son los siguientes…

Lo sabía. No sé cómo ni por qué, pero lo sabía. Puede que lo sintiera venir. Hay tantas ubicaciones para los transferidos que, a menos que los dos pudiéramos quedarnos aquí, no había modo de que acabáramos en el mismo lugar.

A él ya lo han enviado de vuelta a su habitación. Puede continuar aquí.

Soy una de las últimas en hablar con la señora Louise, la pobre trabajadora que tiene las respuestas. En lugar de llamarme para que vaya a la mesa en la que está sentada, se levanta y se acerca a mí. Se sienta donde estaba Elek antes de que le dijeran que se fuera a su habitación.

Me pone una mano en la rodilla y me sonríe solo con la mitad de la cara.

—Sé lo que debes de estar pensando ahora mismo, pero te he dejado para el final porque tengo buenas noticias para ti. De todos los niños a los que vamos a enviar a otros lugares hoy, puede que tú seas la más afortunada.

¿Era posible que hubiera olvidado mi historia, mi pasado y la vida y la movilidad que me arrebataron? Me está mirando a los ojos y diciéndome que soy afortunada. Estoy segura de que no saben o no les importa estar apartándome del mejor amigo que tengo aquí, el chico sin el cual no creo que mi corazón pueda soportar seguir adelante. Ambos teníamos agujeros en nuestras vidas cuando nos conocimos y, de algún modo, las piezas encajaron. Ahora los dos volvemos a ser los fragmentos rotos que fuimos una vez.

—Qui-quiero *etar* a-aquí —suelto, sabiendo que probablemente no entienda lo que digo.

—Lo comprendo, Nora. Has establecido relaciones y te has adaptado todo lo bien que podías, pero hemos encontrado a un miembro de tu familia en Estados Unidos. Creemos que lo mejor será que os reencontréis.

—¿Qui-quién? —pregunto, sintiendo que se me forma un nudo en la garganta alrededor de la palabra.

La señora Louise comprueba sus documentos y niega con la cabeza.

—Me temo que no dispongo de esa información, pero nos han dicho que es un pariente de sangre y que esta es la mejor opción para ti.

No tenemos información de fuera del orfanato, más allá de las cartas de la Cruz Roja. A mí no me ha llegado ninguna. No sé nada de mis padres ni de Arina. Y ahora me envían a Estados Unidos para que me reencuentre con un miembro de la familia que no sabía ni que existía. Mis padres nunca mencionaron que tuviéramos familia en Estados Unidos. Deben de haberse equivocado.

—¿Cu-cu-cuándo? —pregunto.

—El lunes por la mañana. Arreglaremos el tema del traslado.

Echaría a correr si tuviera dos piernas funcionales. Diría exactamente qué se me pasa por la cabeza si pudiera articular mis pensamientos.

Mientras voy a reunirme con Elek, me pregunto cuál será su respuesta. Se ha quedado pálido por la devastación cuando lo han mandado de vuelta a su habitación dejándome a mí atrás.

No me sorprende verlo sentado en el pasillo con el codo apoyado en la rodilla flexionada mientras presiona la cara contra el puño. Los chirridos y el traqueteo de la silla de ruedas le avisan de que estoy cerca. Endereza la espalda contra la pared y flexiona el brazo sobre las rodillas, adoptando una postura más casual. Antes de que esté a su alcance, se impulsa con la rodilla y se levanta.

–¿Adónde te envían?

El aluvión de emociones que he intentado contener amenaza con desbordarse, pero he tratado de tragármelo, sabiendo que ambos nos sentiremos mucho peor si pierdo la compostura. Inhalo profundamente por la nariz y soplo frunciendo los labios.

–*Engo* fa-familia en América, pero nunca me lo ha-habían di-dicho.

–¿No te han dicho quién es? –pregunta Elek, y la exasperación se refleja en sus palabras.

Niego con la cabeza.

–No.

–Voy contigo, Nora. ¿Cuándo tienes que marcharte?

Bajo la mirada a mis dedos temblorosos en el regazo.

–El *lu-lu-lune* por la ma-mañana.

Elek respira de manera acelerada y entrecortada. Se lleva las manos a las caderas y aprieta los dientes.

–No. No te enviarán allí sin mí. Voy a hablar con la señora Cusano y me haré cargo de esto, Nora. Te lo prometo.

–No pu-pu…

–Vaya si puedo. Está claro que no entienden que ya hemos sufrido suficiente, así que voy a hacérselo entender.

No quiero discutir, pero tampoco quiero que se meta en problemas por decir lo que piensa cuando ambos sabemos que no tenemos voz en las decisiones que toman por nosotros.

–Te-te *compaño* –ofrezco.

–No. Voy a hacerme cargo de esto. No quiero que te preocupes. ¿Te han dicho en qué parte de América?

–*Etado U-u-nido*…

–¿Estados Unidos?

Asiento con la cabeza. Voy a mudarme a un país cuyo nombre apenas puedo pronunciar.

141

—¿Algo más específico?

—No.

Tampoco lo he preguntado, pero ¿qué importa eso? Parece estar a un mundo de distancia. No saben ni el nombre del pariente con el que me envían, así que dudo que tengan mucha más información… o, al menos, información que estén dispuestos a darme.

Elek gira mi silla para que lo mire de frente, se inclina hacia delante y me presiona suavemente el hombro. Me veo en el reflejo de sus ojos.

—Confía en mí.

—Va-vale.

Se acerca aún más y aproxima los labios a mi oído.

—Cuando se trata de amor, luchamos. Y contigo hay algo más allá del amor.

Me da un beso en la mejilla y me guiña el ojo antes de que pueda pensar una respuesta. Sus palabras zumban en mi cabeza como estrellas en una noche despejada.

Nunca había pensado demasiado en sentir amor por alguien más allá de mi familia y la persona que me salvó la vida en Auschwitz, pero no tengo otra palabra para describir lo que siento por él.

Auschwitz, Polonia
DOS AÑOS ANTES, DICIEMBRE DE 1944

—Tienen que irse todos. Sacadlos —grita el doctor Mengele desde el pasillo.

Los nazis nos han trasladado de los barracones originales del hospital a otra ala. Sin duda, a un lugar lejos de Arina. Lo único que puedo hacer es rezar por que siga viva y de una pieza en alguna parte.

Ahora nos están cambiando de lugar de nuevo. No estoy segura de quién ocupa las habitaciones que hay a ambos lados ni enfrente porque no interactuamos los unos con los otros, sino que nos quedamos tumbados en la cama todo el día como si fuéramos muñecas de trapo, menos los cortos ratos en los que aparece Helena para tomar nota de mis constantes vitales. Me ayuda a moverme, ambas con la esperanza de que recupere la fuerza. También es la única que me habla.

–¿A qué se refiere, doctor? –oigo en el pasillo.

–Ya sabes a qué me refiero –contesta él.

No pasa ni un segundo antes de que la conocida melodía del doctor Mengele llene el aire al otro lado de la puerta.

La puerta se abre y se cierra en dos rápidos parpadeos. Helena tiene la espalda apoyada contra la puerta y respira de manera entrecortada.

–Tenemos que irnos –dice–. Ahora.

–¿Dó-dó-dónde?

Niega con la cabeza, como si intentara reordenar sus pensamientos. Se sube las mangas hasta los codos y pasa las manos por debajo de mi espalda.

–Venga, querida, usa toda la fuerza que tengas.

Las piernas están a punto de caerme por un lado de la cama. Llevo inmóvil mucho más tiempo del que debería. El periodo de recuperación sigue siendo desconocido porque nunca nadie ha llevado a cabo una cirugía como la que me ha hecho el doctor Mengele, así que ha estado observándome, vigilándome y tomando notas. Tengo la punta de la lengua totalmente entumecida. No hay sensación lo bastante punzante, fría o cálida como para atravesar mis nervios rotos. Cualquier palabra que deba articularse con la punta de la lengua sale confusa y casi irreconocible. El doctor Mengele dijo que quizá recuperara la sensación, pero no me estaba mirando cuando lo dijo y apenas prestaba atención a sus notas.

Mis pies desnudos tocan el suelo y Helena me ayuda a levantarme.

–Bien, bien. ¿Cómo tienes hoy la pierna derecha? ¿Un poco más fuerte?

Observo las pecas suaves de sus mejillas mientras mira fijamente mi postura.

—No —contesto.

Cada día la tengo más débil y nadie sabe por qué.

—Me temía que fueras a decir eso… —murmura, y me pasa un brazo por debajo del hombro.

No me duele la pierna, pero noto la rodilla como si fuera de gelatina. No tiene la fuerza suficiente para sostenerme si apoyo todo el peso en esa pierna. Pero la cadera contraria me duele de cargar todo el peso en la pierna buena. No tiene sentido porque tenía las piernas bien antes de la cirugía. Otro efecto secundario desconocido de lo que me ha hecho.

Muevo el pie izquierdo y apoyo el peso en él mientras Helena me arrastra con ella hacia las puertas contiguas.

—¿Adónde vamos?

—A otro sitio.

Se me eriza el vello de los brazos al entender lo que quiere decir. Un escalofrío me recorre la columna vertebral. Si rompemos las reglas, pagaremos las consecuencias. Envían a la gente a la muerte. Los nazis han llegado a disparar a algunos pacientes en el hospital solo por gritar de dolor.

—Tú estate todo lo callada que puedas. Confía en mí, ¿vale?

La miro y pregunto cómo alguien puede pedirme que tenga confianza. Pero ¿qué otra opción tengo?

—Va-vale —resoplo entre mis respiraciones aceleradas.

Si alguien me hubiera preguntado cuántas puertas hay en esta planta, nunca habría dicho que había tantas. Me siento como si lleváramos días andando. No puedo evitar pensar que me estoy alejando cada vez más de Arina. La necesito. Debe de pensar que estoy muerta. La última vez que estuvimos juntas fue cuando intentó convencer al doctor Mengele de que ella tartamudeaba igual que yo. Su imitación fue casi acertada. Sin embargo, cuando él descubrió la mentira, Arina comprendió que había tomado la decisión incorrecta. ¿Cómo íbamos a saber qué era lo más adecuado aquí? No la culpo por intentarlo, solo rezo por que yo haya sido la única que ha sufrido las teorías y procedimientos salvajes de Mengele.

—*Ne-neceito* a mi he-hermana —sollozo suavemente.

Apenas soy capaz de entenderme a mí misma. Me quedaré atrapada siempre en una cámara insonorizada golpeando las paredes hasta que me canse y me rinda.

—Sé que quieres encontrar a tu hermana, lo sé —susurra. Me caen lágrimas por la cara por el simple hecho de saber que me ha entendido—. Haré todo lo que pueda por encontrarla.

Llegamos a una habitación que tiene una puerta diferente. Esta es de metal y no de madera. Estoy convencida de que estará cerrada con llave hasta que la abre y muestra mi equivocación. Helena mantiene la puerta abierta y me ayuda a pasar, todavía soportando mi pecho en su hombro. Es todo piel y huesos. No noto musculatura ni grasa en su cuerpo y no sé cómo tiene fuerza suficiente para sostenerme. Supongo que no le darán de comer. Apenas me han alimentado a mí las últimas dos semanas.

Hay una estrecha escalera ante mis ojos y me aferro a la fría barandilla para no dejarle tanto peso a Helena. Tengo el cuerpo entumecido y se resiste a mis movimientos con cada escalón que bajamos. Descendemos dos plantas hasta llegar al cemento y la oscuridad. El aire helado me acaricia la cara. Si no hubiera visto las paredes a ambos lados, habría pensado que estábamos en el exterior, en mitad de la noche, pero estamos dentro, bajo tierra, bajo el suelo congelado. Esta debe de ser la entrada al infierno.

Seguimos andando y giramos por una esquina en la que se cuela un suave resplandor de luz a través de un panel fino y helado entre el techo y la pared.

—He encontrado más mantas y te traeré comida siempre que pueda. Tienes que quedarte aquí, pase lo que pase. ¿Puedo confiar en que harás eso por mí?

Vuelvo a oír las palabras del doctor Mengele: «Tienen que irse todos. Sacadlos». Helena sabía lo que quería decir con eso. En alguna parte en el fondo de mi mente, había asumido que ya había sufrido las consecuencias de ser una niña judía, pero ahora me doy cuenta de que me he vuelto inútil para él…, un error médico que le gustaría arrugar y echar a la basura.

–Lo *pro-promeo* –le digo.

–Gracias –contesta, rodeándome con los brazos mientras me mantiene en pie–. He encontrado papel y unos cuantos lápices. De día habrá luz aquí, suficiente para que puedas dibujar todas las cosas maravillosas con las que sueñas. Crea imágenes de un mundo mejor y convéncete de que estás ahí en lugar de aquí. Tienes un don mayor que el resto de nosotros…, todavía eres capaz de ver la belleza en tu mente y darle vida.

He tardado tres semanas en recuperar la fuerza de la mano para poder volver a dibujar, pero ha regresado y ahora es todo lo que tengo, debería estar agradecida.

–Mu-muchas *gacia*.

–No me las des. Mantén la esperanza por nosotras y por Arina. Tengo su nombre anotado en el papel que me diste. Seguiré buscándola y volveré.

Me empuja sobre las mantas y me ayuda a sentarme en un espacio mullido. Cuando me suelta para levantarse, la agarro del antebrazo.

–¿Po-por qué yo? –pregunto, reteniendo las lágrimas que desearía que se secaran para siempre.

Se arrodilla y me pone una mano en las mejillas.

–Perdí a mis bebés gemelas cuando llegué. No le fueron útiles a Mengele, así que… –Helena intenta retener los sollozos que se le escapan desde los pulmones–. Las envió lejos el mismo día que aparecí enferma de tifus en el hospital. Cuando descubrió que tenía experiencia en medicina, pensó que le sería útil para mantener los registros. Me entregó documentos mientras yo todavía me debatía contra la fiebre en la cama. Fue entonces cuando vi los nombres de mis bebés tachados en la lista de pruebas fallidas que había llevado a cabo. Mis hijas todavía no tenían ni un año, pero eran lo bastante mayores como para suspender una prueba.

Las lágrimas por fin se detienen. He sido una egoísta todo

este tiempo pensando en Arina y en mí y creyendo que ella solo era una asistenta que disfrutaba de privilegios adicionales. No sabía que ella estaba librando su propia guerra en medio de esta guerra. Sola, igual que yo. Jadeo intentando tomar aire, tratando de encontrar las palabras para hacerle saber cuánto lo siento.

–Me-me *ha alvado* –digo.

–Todavía no estamos a salvo, Nora. Solo tenemos que seguir rezando para estarlo pronto.

Ojalá pudiera decirle a Helena que se quedara. Ha sido mi única ancla, mi única esperanza.

No quiero estar sola aquí abajo, pero entonces le impediría ayudar a otros y encontrar a Arina.

Quiero tomar una decisión.

Quiero una voz y la capacidad de usar las palabras.

Merezco tener voz.

CAPÍTULO 15

Chicago, Illinois, Estados Unidos
DICIEMBRE DE 1946

ARINA

El cartero llega a la misma hora todas las tardes, alrededor de las cuatro. A pesar de las temperaturas gélidas y la brisa ártica, me siento en el banco delante de la puerta principal y espero para ver si tiene algo para mí. Si no lo intercepto antes que la señora Vallentine, acabo teniendo que esperar todavía más para averiguar si la Cruz Roja ha respondido a alguna de las muchas cartas que les he enviado.

Mientras estoy sentada esperando y temblando a pesar de mis intentos por ignorar el viento, sale una pareja joven. La mujer viste un abrigo largo de piel marrón con un sombrero a juego y guantes de terciopelo rojo; sus botas negras parecen nuevas, no tienen ni una arruga. El aspecto del hombre es similar, aunque con pantalones de traje de *tweed* y un abrigo hasta la rodilla; un sombrero de fieltro de color canela y guantes de cuero marrones completan su atuendo. Los futuros padres perfectos.

—Ah, señor y señora Abram —los llama dulcemente la voz de la señora Vallentine a través de una rendija en la puerta.

La pareja se detiene y se gira de nuevo hacia la puerta del orfanato.

—¿Sí? —responde el hombre.

—Alguien ha pedido decirles adiós por última vez.

La señora Vallentine muestra una sonrisa encantadora y observo que lleva un pintalabios más oscuro de lo habitual. Es el tono «adóptalos, por favor», el que solo se pone cuando viene alguna pareja de visita.

—Dios mío, qué adorable —comenta la mujer mientras se cubre la boca con las manos enguantadas—. Nos encantaría despedirnos otra vez.

—Adelante —responde la señora Vallentine.

Angelica, una niña de tres años que llegó con su hermano de seis meses hace solo unas semanas, corre hasta la puerta y abraza las piernas de la mujer con sus bracitos. Estoy segura de que con eso ha cerrado el trato para ella y para su hermano. Un movimiento muy inteligente para una niña de tres años.

—Ha sido un placer conocerte, Angelica. Espero que volvamos a vernos pronto.

Angelica sonríe de oreja a oreja.

—Yo también —responde antes de darse la vuelta y correr de nuevo a los brazos abiertos de la señora Vallentine.

Esa mujer no da abrazos. Es una norma. Nada de muestras de afecto o alguien podría encariñarse.

Como si fuera papel de pared, tanto la señora Vallentine como la pareja me ignoran. No espero que nadie se interese y se apiade de una muchacha de diecisiete años ni quiero que nadie reemplace a mis padres, pero es difícil ver un edificio como un lugar en el que los sueños se hacen realidad para algunos, mientras que representa el cautiverio para otros.

Cuando todos se han marchado, me quedo sola de nuevo esperando a que llegue el cartero. Aparece más tarde de lo habitual y es uno de los días más fríos de la temporada. Muevo las rodillas para calentarme y tarareo la melodía de una canción que se me ha pegado desde hace unos días. No sé qué me ha hecho pensar en *I've Got a Feeling* de Ray Noble, pero puedo oírla perfectamente, a pesar de que hace mucho tiempo que no la escucho. Parece una tontería pensar en esa canción cuando apenas puedo sentir nada con este frío.

Oigo el ruido del motor y los resortes chirriantes del camión del correo antes de verlo. Se detendrá en la acera y cogerá el montón del edificio de una de las cajas y se lo guardará en la cartera.

Cuando sale del camión, me levanto para recibirlo y me llevo las manos al pecho en anticipación.

–Señorita Arina, vas a coger un resfriado si te quedas fuera con este tiempo –dice.

–Hoy no quería perderme la entrega de correo. Tengo un buen presentimiento.

La canción…, por eso la habré estado cantando mentalmente en bucle.

–Ay, Arina, no sé si he visto algo para ti hoy. Voy a comprobarlo por si acaso.

Me froto las manos para calentármelas y me digo a mí misma que puede que se le haya pasado fácilmente una carta entre todas las que lleva. Oigo el movimiento nítido de los sobres dentro de su cartera, papel contra papel, uno tras otro, sin pausa.

–Lo siento, querida. Hoy no hay nada para ti. Puede que mañana.

–No, no, por favor. ¿Puede comprobarlo otra vez? Sé que tiene que haber algo ahí dirigido a mí. Puede que se le haya caído al fondo de la cartera y se haya mezclado con las otras cartas. Por favor, señor, por favor. Tiene que haber algo.

Le he pedido lo mismo al cartero varias veces anteriormente. Siempre es paciente conmigo, lo cual es de agradecer. Tras otra búsqueda por toda su cartera, niega con la cabeza y me mira con compasión.

–Lo siento, Arina. Seguro que te llega algo pronto.

–No me va a llegar nunca nada –contesto–. Están muertos. Todos. Escribí a la Cruz Roja para preguntarles por mis familiares para que puedan confirmarme que están todos muertos. Porque si no lo estuvieran, ya habrían venido a por mí. No me dejarían viviendo sola en este sitio horrible durante más de un año. Así que no, tampoco van a enviarme ninguna carta. ¿Por qué malgastar el tiempo en aquellos que no tienen nada que ganar? ¿Acaso no es así como funciona la vida?

Sé que estoy elevando la voz y dirigiendo mi ira contra un cartero inocente, pero ¿por qué no puede pasarme algo bueno por una vez? Veo a otros conseguir sus finales felices, sus cartas con buenas noticias o un hogar permanente, pero yo no. Nunca soy yo.

—No puedo imaginarme cómo debes sentirte —murmura el hombre.

Ni siquiera sé cómo se llama.

Tampoco es que una explicación vaya a ayudar a encontrar antes la carta, pero a veces no puedo guardarme mis pensamientos.

—Los soldados alemanes y un médico que trabajaba para Hitler me torturaron. Me torturaron a mí y a más de un millón de personas durante un año entero, más incluso para muchos, y, a continuación, acabé en un centro para refugiados. Después, la Cruz Roja me envió lejos de Europa y me obligó a mudarme aquí para dejar sitio a otra gente que necesitaba plaza en los orfanatos europeos. Llevo más de tres años siendo solo un número. ¡Tres años!

Las puertas del edificio se abren y espero ver a la señora Vallentine dispuesta a interrumpir mi arrebato, como lo llamaría ella, pero esta vez no se trata de Vallentine.

—Arina, entra —dice Dale.

Lleva guantes de trabajo y un trapo colgando del hombro.

—No, quiero mi correo —grito, subiéndome el cuello del abrigo.

—Me temo que no hay nada para ella —repite el cartero.

Dale me coloca las manos en los hombros y me aparta a un lado.

—Disculpe —le dice al cartero.

—Me siento fatal.

—¡No es verdad! —exclamo.

—Mis disculpas, señorita —dice el cartero, y se aleja de mi rabieta, mis gritos y mis súplicas.

—Arina, para —dice Dale con un brusco susurro.

—Iré a la oficina de correos. Les diré que se ha perdido mi correspondencia y que necesito encontrarla —declaro, deshaciéndome del agarre de Dale.

Miro en todas direcciones, puesto que no recuerdo dónde está la oficina de correos. Tengo la mente alborotada.

Justo antes de bajar de la acera, Dale me coge de la muñeca y me retiene.

—Vas a acabar otra vez en una habitación de aislamiento. Por favor, escúchame.

—Necesito esa carta —espeto.

—¿De qué carta hablas?

—De la de la Cruz Roja. Les he pedido información sobre mi familia. Podrían estar vivos, aunque sea solo uno. Necesito saberlo…, no puedo seguir esperando. Les he enviado varias cartas y las respuestas deben de haberse perdido en el correo. Son cosas que pasan a menudo.

—Quiero que respires hondo, por favor —dice Dale con aspecto nervioso ante mi ira.

—Respirar no me ayudará a encontrar mi correspondencia.

—Arina, para —insiste.

Tira de mí hacia su pecho y me rodea con los brazos, me abraza con fuerza y transfiere su calidez a mi cuerpo helado.

—Ojalá pudiera decirte que entiendo lo que sientes. Sé que no lo haré nunca, pero puedo ser tu amigo…, puedo estar a tu lado. Ahora no tienes que sentirte sola.

No puedo rebatirle cuando lo que me está diciendo es todo lo que necesitaba oír, así que me apoyo en su abrazo.

—Llevo sola tanto tiempo que no sé cómo dejar que haya alguien a mi lado.

Me agarra por los brazos y se echa hacia atrás para mirarme a la cara.

—Ahora lo estás haciendo. Yo estoy aquí.

Sus palabras me provocan lágrimas y una risa silenciosa, ambas cosas a la vez.

—Vas a meterte en problemas por mi culpa.

—¿Y qué? —pregunta.

—No merezco la molestia —le digo, y no sé cómo no lo ha entendido ya.

—Eso tendré que decidirlo yo, ¿no te parece? —Sonríe ligeramente mientras lo dice.

A decir verdad, me da la sensación de que ya ha considerado lo bueno y lo malo que podría causarle mi presencia.

Bajo la mirada.

—Se te dan bien las distracciones —murmuro—. Por un momento, he olvidado por qué estaba tan enfadada.

—Si lo que necesitas es una distracción…, se me ocurren muchas. Hay un motivo por el que trabajo más de lo que debería y son las distracciones, sobre todo esta tan bonita con la que no dejo de toparme. —Me pone un dedo enguantado debajo de la barbilla y me la levanta, obligándome a mirarlo—. No me da miedo perseguir lo que quiero, al igual que tú. Creo que eso es algo que tenemos en común.

Su sonrisa hace que me sienta como si tuviera el estómago lleno de un líquido efervescente.

—No puedo rendirme —respondo en un débil susurro.

—Yo tampoco lo haré. —Me roza la mejilla con los labios y capto un suave aroma a menta—. Pero primero necesito que vuelvas adentro antes de que acabes congelada.

Con el olor a menta y la calidez de su labios en la mejilla, lo sigo hacia el edificio.

—Será mejor que entre sola para que la señora Vallentine no te arranque la oreja de un mordisco —sugiero.

—Bien pensado. De todos modos, tengo que hacer un recado. Pero… mañana por la noche quiero enseñarte una cosa. ¿Nos vemos en la puerta justo después de la cena?

Noto una repentina oleada de calor en las mejillas congeladas.

—Vale.

—Mantente alejada de los problemas hasta entonces —añade, y me guiña el ojo, lo cual me acelera el pulso.

Vuelvo adentro y me encuentro a la señorita Vallentine con una mirada furiosa y los brazos cruzados sobre el pecho.

—¿Es cierto? ¿Le has gritado al cartero? Me ha dicho que estabas muy enfadada y que le habría encantado poder ayudarte. Con unas pocas preguntas, he comprendido a qué se refería con lo de «muy enfadada». Arina, va contra nuestra política arremeter contra alguien, sobre todo si se trata de un empleado municipal –sisea y pone los ojos en blanco–. Te llevaría a hablar con la señorita Blum, pero está de permiso temporal, lo que significa que no me queda más opción que volver a meterte en una habitación de aislamiento. No puedo arriesgarme a que te comportes de un modo errático con las demás niñas. Lo sabes y aun así eso no te ha detenido.

–¿Por qué está de permiso la señorita Blum? –Es la única parte de todo su discurso que me importa.

–No estoy segura. Me dijo que tenía que atender unos asuntos familiares –responde, agitando las manos como si eso careciera de importancia.

Pero sí que importa, porque la señorita Blum es la persona con la que hablo cuando estoy enfadada y tengo problemas.

–No necesito una habitación de aislamiento –gruño.

–Para esta noche sí. Ya lo hablaremos mañana. Después de cenar lleva lo que necesites esta noche a la habitación en la que estuviste la última vez y prepara la cama tú misma. Pasaré a verte antes de que se apaguen las luces.

Me trago el orgullo, el dolor y las palabras que me gustaría decirle.

–Sí, señora.

Auschwitz, Polonia
DOS AÑOS ANTES, ENERO DE 1945

–Están aquí los soviéticos –grita alguien desde el pasillo.

–¿Han venido a por nosotros? –pregunta otra persona.

Las pocas que quedamos en el barracón salimos de la habitación y nos dirigimos hacia la salida del edificio. Todas las puertas del pasillo están abiertas. Hay otros presos moviéndose en todas direcciones con la esperanza de que haya llegado el momento que tanto hemos esperado.

Llevan días sin alimentar a nadie. Ver a un guardia era raro, a pesar de que este lugar ha estado plagado de nazis durante el último año. Nos preguntábamos qué estaba pasando, pero nadie se había atrevido a pronunciar en voz alta la esperanza de que hubieran llegado aliados de guerra.

Prisioneros judíos, cautelosos, débiles, solo piel y huesos, salen de los edificios cercanos con la misma mirada inquisitiva en los rostros. No hay ni un soldado alemán a la vista. Nadie. Nosotros, los presos, nos convertimos en una multitud, nos miramos unos a otros inspeccionándonos, intentando reconocer alguna cara. Me deslizo entre el enjambre de cuerpos buscando a Nora. Llevamos tanto tiempo separadas que no sé en qué condiciones está, su estado de salud…, si está viva.

–¡Nora! –grito.

La falsa sensación de seguridad que me corre por las venas no me impide alzar la voz. Sé que no debo llamar la atención, pero no me importa. Necesito encontrarla.

Los soviéticos que pasan corriendo nos ven en el camino, pero siguen avanzando uno tras otro, una fila interminable de hombres uniformados que no son tan diferentes de aquellos a los que hemos aprendido a temer. El sonido de su movimiento me recuerda a una bandera agitándose por el viento. Marchan con un propósito, pero no entiendo por qué todos se mueven a través de nosotros, pasan por nuestro lado y no se detienen a preguntar si estamos bien. No estamos bien. Salta a la vista.

Aparto la atención de las tropas y sigo abriéndome paso entre la multitud en busca de Nora. Continúo andando hasta que alguien me dice que pare. Debe de estar aquí. Tiene que estar. Mis padres…, puede que ellos también estén aquí y que simplemente estuviera en otro barracón.

El aire gélido se filtra a través de las capas exteriores de mi ropa y se me pega a la piel como pegamento. El hedor a pólvora impregna el aire. Me arden los pulmones por el sobreesfuerzo y tengo los músculos de la espalda y las piernas tensos como varillas. Usaré mis uñas quebradizas para arrastrarme si es necesario.

Una mano me envuelve el brazo, una sensación desconocida. La tensión se apodera de mis huesos y giro la cabeza para ver quién me ha cogido. Un soldado soviético, sudando a pesar de las temperaturas gélidas. Le caen gotas de sudor por la cara como si fueran lágrimas marrones.

—Ven. ¿Cuántos años tienes? Todavía eres una niña, ¿verdad?

Años. Normalmente, con los años una crece y madura. Sin embargo, este último año solo me he deteriorado.

—Casi diecisiete.

Tampoco es que importe.

—Pobrecilla. Veremos si podemos encontrar a tu familia por ti. Estamos esforzándonos mucho por liberaros a todos a la vez, pero primero tenemos que organizarnos y anotar quién es quién.

—Estoy buscando a mi hermana gemela. Se llama Nora, Nora Tabor. Hace semanas que no la veo. O meses, supongo. Debe de estar por aquí en alguna parte.

—¿Tu gemela? —pregunta el soldado.

—Sí, señor. Es igual que yo. —O lo era. Gemelas, gemelas. Es el único motivo por el que nos quería el doctor Mengele—. En realidad, he cambiado de opinión. No somos gemelas, solo nos parecemos mucho. No tenemos nada que ver con el doctor Mengele. Por favor, no le diga que me ha visto. Por favor.

—¿El doctor Mengele? —pregunta el soldado como si el nombre le resultara desconocido—. No sé quién es, pero si es un soldado alemán, no tienes de qué preocuparte. Se han ido. En cuanto a tu hermana, estaré atento por si la encuentro. —Me observa con solemnidad y se le profundizan las arrugas de la frente—. No te preocupes. Acércate a ese soldado del portapapeles. Él anotará toda la información y té dirá qué hacer a continuación.

Observo el rostro del desconocido, consciente de que lo he conocido hace apenas unos minutos, pero no quiero que me envíe con otra persona.

—Gracias, señor.

—Que Dios te bendiga, jovencita.

–No, que Dios lo bendiga a usted, señor.

El hombre entorna los ojos, pero con un destello de dolor como si no quisiera que le dedicara esas palabras de gratitud. Nos está salvando. Nos están salvando todos.

Mientras camino por zonas de nieve gris y congelada hacia los demás niños y el soldado del portapapeles, no puedo evitar sentirme aturdida por todo lo que está sucediendo a mi alrededor.

No hay muchos más niños, quizá unos veinte o treinta. No me llevará mucho ver si Nora se encuentra entre ellos. Seguro que ella también me está buscando.

La mayoría de los niños tienen peor aspecto que yo y eso me hace preguntarme si sus condiciones de vida eran todavía peores que las mías. A juzgar por sus siluetas demacradas, parece que llevan más tiempo pasando hambre. No conversan los unos con los otros. Están todos quietos, encorvados, mirando hacia la distancia. ¿Por qué no se muestran más felices? Todos deben de estar buscando a alguien también.

Al acercarme al soldado del portapapeles, veo calidez en su mirada, a diferencia de los ojos con los que estoy acostumbrada a encontrarme.

–¿Podrías decirme tu nombre completo y tu fecha de nacimiento?

–Arina Tabor, 12 de abril de 1929…, pero ¿podría decirme si hay algún otro Tabor en su lista? Estoy buscando a mi hermana gemela, Nora.

–Acabamos de empezar a anotar los nombres –dice, pasando el dedo por la hoja–. Me temo que no tengo a ningún otro niño con ese apellido de momento. Eso no significa gran cosa ahora mismo.

Abre más los ojos con aire amable y asiento.

–Gracias.

–Deberías esperar aquí con los demás –dice, señalando al grupo de niños.

Cuando me giro, veo a soldados colocando mantas sobre los

157

hombros de los niños y entregando paquetes de comida envuelta en papel. Nos están salvando. Nos están liberando, pero yo no sé si me sentiré libre alguna vez si no encuentro a mamá, a papá y a Nora.

CAPÍTULO 16

Bougival, Francia
DICIEMBRE DE 1946

NORA

No sé si he sido siempre tan realista, pero me he dado cuenta de que el dolor es más soportable si asumo lo peor. De ese modo, pase lo que pase a continuación, no dolerá tanto.

El orfanato me ha dado una maleta para guardar mis pocas pertenencias. No me ha llevado mucho tiempo meter en ella la ropa y los artículos de tocador donados. He esperado todo lo que he podido para cerrar las hebillas, pero no estoy segura de por qué. No queda nada que guardar. Excepto Elek, quizá. Ojalá pudiera meterlo. Esta mañana ha hablado por tercera vez con la señora Cusano y me sorprende que esta todavía no le haya cerrado la puerta en las narices. No sé de qué maneras le ha estado suplicando, pero de momento no ha funcionado.

Elek no se rinde y sé que luchará para que me quede aquí o para venirse conmigo hasta que me suban al autobús con los otros que se van. No creo que nada pueda ayudarnos. Dudo que me marche de aquí con el corazón contento.

Será como volver a empezar igual que cuando salí del oscuro sótano del hospital de Auschwitz. Fue casi una semana después de que liberaran al resto del campo. Helena estaba conmigo también escondida y no fuimos conscientes de lo que estaba sucediendo arriba hasta que oímos explosiones que hicieron temblar toda la tierra. Seguía esperando a que alguien se aventurara por los oscuros pasillos del sótano y nos encontrara, pero parecía que el mundo se estuviera derrumbando sobre nosotras. Esperamos hasta que no nos quedó más opción que escapar, sabiendo que el edificio que había sobre nosotras podía ser el próximo objetivo y derrumbarse encima de nuestros cuerpos. Seguimos moviéndonos hasta que encontramos un paisaje árido lleno de soldados soviéticos. No había ni un alemán a la vista.

Los soldados nos separaron a Helena y a mí enseguida. Un soldado afirmaba estar registrando a los niños, mientras que otro recogía a los presos adultos. Aquel día, el día que nos liberaron, fue la última vez que vi a Helena y el último momento que albergué esperanzas de encontrar a Arina o a mis padres. Estaba sola sin una mano a la que agarrarme y sin nadie que me dijera que todo iba a ir bien. Solo me tenía a mí.

Hoy probablemente sucederá igual. Una vez más, seré lo único que tengo.

—Los que os vais esta mañana, podéis sacar vuestras maletas. Ha llegado el autobús —informa la asistenta administrativa de la señora Cusano.

Es nueva y todavía no me he aprendido su nombre, pero eso ya no importa.

Elek ya tendría que haber vuelto. Me ha prometido venir a mi habitación antes de las diez, con suerte, con buenas noticias. Sin embargo, ya han pasado cinco minutos.

Cierro las hebillas de la maleta y me pongo el equipaje en el regazo. Estoy sentada en mi silla, al lado de la cama, observando avanzar el segundero rojo del reloj que hay colgado entre las ventanas empañadas. Desde aquí solo veo ramas desnudas, pero el cielo está tan blanco como la nieve y me imagino el frío que hará fuera.

Alejo la silla de la cama y me dirijo a la puerta. No echaré de menos esta habitación ni a la gente que vive en ella, pero mejor lo malo conocido que lo bueno por conocer.

En el pasillo hay corriente y hace frío. El silencio flota en el aire. Hay más niños caminando hacia su próximo destino al igual que yo, pero todos los demás están escondidos. No estoy segura de si lo hacen por su bien o por el nuestro.

He mirado por encima del hombro varias veces mientras recorro el pasillo esperando ver a Elek, pero no hay nadie detrás de mí. Como de costumbre, he sido la última en salir de la habitación.

Tienen que dejar que nos despidamos. Aquí no son tan crueles como los que dirigían Auschwitz.

Me acerco a la puerta principal y me encuentro una fila de niños esperando para subir al autobús. El conductor se ocupa del equipaje y lleva las maletas a la parte trasera del autobús. La señora Cusano está junto a la puerta y les da a los niños un rápido abrazo antes de mandarlos lejos.

Si ella está aquí, significa que Elek no está en su despacho defendiendo su caso. Me giro para mirar una vez más por encima del hombro, pero sigo sin ver a nadie detrás de mí.

La señorita Alice me ve y corre hasta los escalones de la entrada para ayudarme a salir. Es la que menos niños ha perdido hoy, ya que está a cargo de los más pequeños. Las preciosas ciruelas, con el grado de madurez perfecto para ser recogidas. No como yo.

–Deja que te ayude a bajar la rampa, Nora –dice, cogiendo mi silla cuando ya estoy fuera.

Veo el patio de juegos vacío a mi izquierda. De todos modos, hace demasiado frío para estar fuera.

–¿Ha-ha *vito* a Elek? –pregunto, consciente de que se me está acabando el tiempo.

Se produce una breve pausa entre mi pregunta y un sonido que resuena en su garganta.

–Me temo que esta mañana no lo he visto –contesta–. Puede que la señora Cusano sepa dónde está. Puedo preguntarle, si quieres.

Asiento con la cabeza y ella suelta mi silla y se dirige al final de la fila de niños que siguen esperando para subir al autobús.

La conversación entre la señorita Alice y la señora Cusano se produce a plena vista, pero no oigo ni una palabra. Su intercambio es breve y la mirada de la señora Cusano me congela por dentro.

–¡Nora!

161

El corazón me golpea el pecho como una contraventana a la ventana durante una tormenta. Me giro y veo a Elek salir corriendo como si lo persiguiera la misma tormenta.

No lleva ninguna maleta en la mano.

Elek le da la vuelta a mi silla para que lo mire y se deja caer de rodillas delante de mí. Me coge la mano y cierro los ojos. Le cae una lágrima por el lado de la nariz pecosa.

—Lo he intentado —murmura—. Lo he intentado con todas mis fuerzas. Ni siquiera me dicen adónde te llevan.

A mí tampoco me lo dicen y no sé si es porque no tienen la información o porque no quieren que la comparta. Esas reglas no tienen sentido.

—¿Qué-qué-qué puedo hacer? —pregunto, tomando aire entre cada palabra.

Elek niega con la cabeza y abre los ojos lentamente. El brillo de sus lágrimas se vuelve más intenso y se le derraman por las pestañas inferiores, cayendo lentamente como las primeras gotas de lluvia de una nube de tormenta.

—En cuanto llegues, sea a donde sea, tienes que enviarme una carta con toda la información. Y luego, el día que cumpla dieciocho…, no, justo cuando llegue la medianoche, me marcharé de Francia e iré a buscarte. Nada podrá detenerme, Nora. Nada.

Elek siempre es muy apasionado cuando promete algo, pero dice las cosas sin pensarlas antes. No tenemos ni una triste moneda. Nadie va a ofrecernos un pasaje gratis para ir a ninguna parte cuando dejen de considerarnos menores. Viajar a Estados Unidos debe de ser inasequible incluso para la gente acomodada, mucho más para gente como nosotros.

Por primera vez en la vida, me gustaría ser más como Arina y menos como yo. Ojalá pudiera pasar por alto la realidad de la vida para ver solo las posibilidades. Preferiría olvidar la causa y efecto de cada decisión, el riesgo y los posibles resultados fallidos. Quiero preguntarle qué pasará si no le llega mi carta antes de que cumpla los dieciocho. El correo desde el otro lado del charco no es demasiado fiable. Podría tardar semanas. Tal vez incluso más.

Aprieto los labios intentando forzar una sonrisa que solo servirá para enmascarar mi dolor gutural. Elek no creerá ni por un segundo que me parece bien despedirme.

—No tienes que ser fuerte, ni por ti ni por mí —me dice—. Solo tienes que creerme cuando te digo que te encontraré.

Aparta una mano de la mía y me acaricia la mejilla.

—Te quiero. Y no se trata solo del amor tonto e inmaduro de los jóvenes de nuestra edad que lo gritan a los cuatro vientos porque creen que saben lo que significa. Eres el puente de mi mundo, como en los cuadros de Monet…, en nuestro lugar. Tú mantienes unidas las dos mitades de mi corazón. Sin ti, no puedo vivir.

Me arden las lágrimas en los ojos, creo, siento y comprendo cada palabra porque yo siento lo mismo.

—*E* qui-quiero —susurro—. Me du-duele.

—Sé que duele. Duele muchísimo, Nora, pero somos más fuertes que esto. Ya nos lo hemos demostrado a nosotros mismos. Hemos sobrevivido a lo peor, así que podemos sobrevivir a esto. Te prometo…, y es una promesa que no voy a romper, que pronto volveremos a estar juntos.

Elek juntó su frente con la mía. A pesar de que hace mucho viento y frío, nuestra piel emite calor. Me besa suavemente, más rápido de lo que me gustaría, pero soy consciente de quién nos está observando y de que no está permitido.

—Te quiero. —Se mete la mano en el bolsillo, saca algo, me lo pone en la palma de la mano y me hace cerrar los dedos alrededor del objeto misterioso—. Mantén la mano cerrada hasta después.

Tengo un nudo en la garganta y me arde el pecho. La sensación de histeria me revuelve el estómago.

—Agárrate a mi cuello para que pueda ayudarte a subir al autobús.

—No pue-puedo *dejar* —gimoteo.

Resopla y emite un sollozo, pero obedezco y le rodeo el cuello con los brazos, permitiendo que pase uno de sus brazos por debajo de mí. Elek me sostiene contra su pecho y camina hasta el autobús.

–Señor, por favor, ayúdela cuando se detenga y dígale a quien la recoja que haga lo mismo –le pide.

–Así lo haré, jovencito –contesta el conductor.

Elek me deja en un asiento y me pone la mano encima de la cabeza.

–Cuídate, Nora. Hazlo por mí, por favor. –Se inclina con el rostro rojo y contraído, pero está reteniendo las lágrimas, ahogando el dolor. Me besa una vez más–. *Ma chérie.*

Observo la parte trasera de su cabeza mientras me deja atrás, en el autobús, al igual que vi la parte trasera de la cabeza de Helena mientras me dejaba sola sin saberlo en este mundo cruel.

Auschwitz, Polonia
DOS AÑOS ANTES, ENERO DE 1945

La cantidad de dibujos que he hecho podría representar el número de días que he pasado viviendo bajo tierra. Nunca he sido de esos artistas que pueden crear arte a partir del interior de su mente. Solo puedo hacerlo con inspiración. O, al menos, eso fue hasta que toda mi inspiración desapareció y me quedé escondida en una oscura sala cavernosa con apenas luz suficiente para ver más allá de mis piernas estiradas. Tengo treinta y cinco dibujos de mis piernas que describen claramente un cambio de tamaño y forma a lo largo del periodo en que permanecí oculta.

Ahora nada de eso importa. Ya no estoy segura de qué importa.

–¿Dónde estabais vosotras dos? –pregunta un soldado soviético cuando salimos por las puertas del hospital.

El sol, a pesar de que está cubierto por capas de nubes, me quema los ojos. Helena sostiene la mayor parte de mi peso y confía en las pocas fuerzas que le quedan para mantenerme erguida.

–¿Qué está pasando? –le pregunta Helena al soldado.

El hombre parece desolado, pálido y sucio. Su uniforme marrón planchado tiene manchas de hollín por todo el cuerpo. Supongo que proviene de las explosiones que hemos oído desde el subsuelo. Cuanto más tiempo nos quedamos delante del hospital, más puedo observar el entorno. Han quemado algunos barracones hasta los cimientos. La madera está destrozada y apilada por todas partes. No hay ningún alemán a la vista ni tampoco más presos. ¿Adónde ha ido todo el mundo?

—Hemos liberado este campo de concentración. Llevamos unos días ocupándonos de los heridos y los enfermos, intentando reunir a las familias en la medida de lo posible con la ayuda de la Cruz Roja. Las dos necesitáis atención médica. Tendremos que separaros, aunque sea por un corto periodo de tiempo. ¿Sois madre e hija?

Niego con la cabeza sin pensar en mi respuesta. Al decir que no, puede que no se preocupen más adelante por volver a reunirnos. Pero albergo la esperanza de que mi madre siga viva.

—De acuerdo. ¿Cuántos años tienes? —me pregunta.

—Dieciséis —responde Helena por mí, puesto que sabe el miedo que me da hablar, sobre todo después de lo que me ha hecho el doctor Mengele.

El soldado se lleva los dedos a los labios y silba. Le hace señales a uno de sus compañeros.

—Las dos necesitan atención médica. Esta es menor —añade, señalándome.

El otro soldado corre a nuestro lado y agarra con cuidado el brazo de Helena para que lo siga. Sin embargo, ella todavía me tiene agarrada.

—No puede sostenerse sola, tiene un problema en la pierna —informa Helena—. Debería ocuparme de ella.

—Ahora también tenemos que atenderte a ti. Tu joven amiga estará en buenas manos. No vamos a haceros daño.

Hay verdad detrás de sus palabras. Es fácil saberlo cuando llevan tanto tiempo mintiéndonos.

Rezo por que esto sea lo mejor. Al menos, de momento.

—Voy a llevarte a la estación de la Cruz Roja para niños. Ellos sabrán mejor cómo ayudarte.

El soldado me levanta y me lleva a través de escombros, ruinas, pilas de madera y barracones que siguen igual que estaban. No tardamos mucho en llegar a un edificio que no había visto nunca, abierto como un gimnasio. Me colocan sobre una mesa plegable cubierta de sábanas blancas. La mayoría de las mesas están vacías. Supongo que han ido sacando a los presos de aquí todo lo rápido que han podido. Solo quedan unos pocos niños a mi alrededor. Hay uno que parece más o menos de mi edad. Los demás son muy pequeños. Puede que todos estuvieran escondidos también.

—¿Una oculta? —pregunta el chico de mi edad. Le dirijo una mirada inquisitiva solo con mis ojos y mis cejas—. ¿Tú también estabas escondida en algún sitio?

Asiento.

—Í.

—Yo también. Hui después de que me separaran de mi gemelo —continúa—. No creía que fuera a sobrevivir, pero aquí estoy. Y tú también.

Se encoge de hombros e intenta esbozar una leve sonrisa.

—Pe-pe-perdí a mi ge-ge-gemela —trato de decir.

Me abruma la frustración al darme cuenta de que ya no tengo a nadie a mi lado que comprenda mis retorcidas palabras.

Entorna los ojos y me mira fijamente la boca unos instantes.

—¿Perdiste a tu gemela?

Asiento con entusiasmo para hacerle saber que ha acertado. Mientras lo miro del mismo modo, me fijo en que le falta un brazo. Me pregunto si será otro efecto secundario del doctor Mengele.

—Me llamo Elek —dice el chico antes de mirarse el hueco de la manga de su camiseta—. También perdí el brazo. Uno de mis brazos era ligeramente más largo que el otro. A mi hermano le sucedía lo mismo, pero con el brazo contrario. No sé qué planeaba hacer el doctor Mengele después de amputarnos un brazo a cada uno, pero Simon se puso muy enfermo y…, bueno…, ya no está.

—M-m-mi… Arina —digo.

—¿Tu hermana? ¿Arina? —adivina.

Vuelve a asentir.

—Era *pe-pefecta*, yo no.

—¿Quién decide lo que significa «perfecto»? —inquiere Elek—. Todos somos perfectos como nacemos.

Qué modo tan bonito de pensar. Tiene una mentalidad maravillosa después de haber sobrevivido a todo lo que hemos pasado.

—Yo *oy* No-Nora —digo.

Elek sonríe.

—Ya no estás sola y yo tampoco.

Me tiembla la barbilla porque entiendo lo que quiere decir. Probablemente, ninguno de los dos sabemos lo solos que estamos fuera de esta habitación.

CAPÍTULO 17

Chicago, Illinois, Estados Unidos
NOCHEVIEJA DE 1947

ARINA

Otro año de este bucle temporal que se repite una y otra vez. Todos los días ando con pies de plomo. Todos los que están a cargo del Gracia Divina me miran como si fuera un artefacto explosivo sin temporizador. A veces me pregunto si hablan de mi historia en las reuniones de personal. Si pudiera ponerme en su lugar, yo también sentiría curiosidad, pero si viera a una jovencita deambulando por ahí no me quedaría mirándola fijamente como si fuera un monstruo recién salido de un lago. Puede que no se den cuenta de lo que están haciendo. O puede que esté todo en mi cabeza porque es lo que veo cuando me miro al espejo.

Quiero olvidar. Ojalá alguien pudiera borrarme la memoria.

Este edificio antiguo tiene una tercera planta que no usa nadie. Está todo polvoriento y hay un ligero olor a moho, pero también una ventana con un banco al final del pasillo que da a los árboles y desde la que se ven las luces de la ciudad parpadeando en el horizonte. Solo subo aquí cuando es probable que nadie vaya a venir a buscarme y esta noche todos los niños y trabajadores estarán celebrando la cuenta atrás para la medianoche. Un año nuevo debería ser una puerta abierta a las posibilidades y para mí es así. En tan solo cuatro meses, cumpliré dieciocho y me quedaré sola. No tengo ningún plan, a pesar de que es lo único en lo que he pensado desde que cumplí los diecisiete.

La puerta de la salida de emergencia que hay a mi derecha se abre y se vuelve a cerrar. Se oyen unos pasos. Veo la silueta de Dale borrosa mientras sube el escalón hasta el siguiente rellano, el tejado. No suele estar en el edificio a estas horas, pero cualquier otra noche las luces llevarían un par de horas apagadas.

Espero oír otra puerta abriéndose y cerrándose antes de bajar las piernas del banco de madera y buscar el pomo de la puerta. La escalera está vacía, tan solo iluminada por el cartel de SA-LIDA que brilla débilmente sobre la puerta de las escaleras. A diferencia de Dale, intento andar sin hacer ruido y me acerco hasta lo alto de las escaleras de puntillas. Empujo la puerta de metal luchando contra el fuerte viento. Con un rápido vistazo a mi alrededor, veo a Dale todavía con el uniforme y sin abrigo, sentado al borde y con los pies colgando.

No sé si se alegrará de verme, ya que lo dejé plantado la semana anterior cuando me pidió que me reuniera con él. Estaba encerrada en una habitación de aislamiento, castigada por gritarle al cartero. No tenía modo alguno de ponerme en contacto con él y no lo he visto por el edificio desde entonces.

Aunque he tenido cuidado al abrir la puerta, he olvidado sostenerla para que no hiciera ruido al cerrarse. Intento agarrarla justo antes de que se cierre, pero no soy lo bastante rápida.

–¿Arina?

Me giro para mirarlo.

–No pretendía espiarte.

–No te acusaría de ello teniendo en cuenta que acabas de dar un portazo –contesta.

No se ríe de su comentario ni tampoco se levanta o se muestra contento de verme. Me mira como todos los demás y solo puedo ver su expresión gracias al pálido resplandor de la luna llena.

–La semana pasada, la noche que había quedado contigo, no podía salir de la habitación. Y no tenía modo de avisarte.

–Me lo imaginé –responde, aunque suena abatido.

–Pareces enfadado –comento, avanzando de manera vacilante hacia él.

–No estoy enfadado. Solo estoy pensando con claridad.

Puedo imaginarme a qué se refiere.

—Te has dado cuenta de que no deberías relacionarte conmigo —declaro, ahorrándole las palabras que va a decir a continuación.

Dale suspira y se da la vuelta. Vuelve a centrar su atención en la oscura silueta de los edificios del luminoso horizonte de Chicago. O puede que esté observando su reflejo invertido en el agua.

—Solo te causaría problemas y es lo último que necesitas.

Estoy segura de que yo también le causaría problemas a él, pero ha omitido esa parte.

—Si por problemas te refieres a que me encierren en una habitación de aislamiento, no me molesta tanto como crees.

—Eso he oído.

Hace un frío que pela aquí fuera, pero no me había dado cuenta de lo helada que estaba hasta ahora. Me envuelvo el torso con los brazos y enrosco las manos en las mangas de mi jersey de lana.

—¿Qué se supone que significa eso?

—Oí a la señora Vallentine hablando con otra trabajadora. No saben si te sientes más feliz en la habitación de aislamiento o si te comportas peor y actúas más…

Ya estoy casi a su lado y todavía no me mira.

—¿Actúo más qué? ¿Perturbada, chiflada, loca de atar?

No soy capaz de ocultar la ira que me invade.

—Sinceramente, sí. Eso es lo que piensan de ti. Dijeron que estabas cantando y bailando por la habitación. El objetivo del espacio de aislamiento es ejercer un castigo, pero a ti te hace feliz. Consideran que eso es un problema.

—Lo que es un problema es que no quieran que sea feliz. Y no estaba bailando —replico.

Dale sube las piernas hasta la cornisa y se levanta. Suelta un largo y frustrante suspiro y se vuelve hacia mí.

—¿Crees que no estoy de acuerdo?

—No sé lo que piensas ahora mismo. Te comportas como

alguien totalmente diferente de la persona que creía que eras. Solo puedo asumir que, al igual que ellos, consideras que estoy loca.

Me duele el pecho al escuchar mis palabras flotando en el aire. Entorna los ojos e inclina la cabeza a un lado.

—Has pasado por un infierno y Vallentine piensa que tu conducta es perturbadora porque te ha oído cantar y bailar sola en una habitación. ¿Por qué cantabas? ¿Qué te hizo estar lo bastante feliz como para cantar?

Me arden las mejillas ante esa pregunta inesperada de la que no voy a ser capaz de huir. Me avergüenza tener que admitir el motivo por el que me puse a cantar cuando pensaba que estaba sola y que nadie me escuchaba.

—Tú —digo bruscamente—. Estaba impaciente por compartir esa noche contigo, así que me estaba imaginando lo que habría pasado si ella no me hubiera obligado a perdérmela. Las chicas hacemos esas cosas cuando estamos solas y eso no significa que estemos locas.

—Me temía que fueras a decir eso —contesta, reduciendo la distancia que nos separa—. Si yo te hago feliz y eso te causa problemas aquí, ¿qué tipo de persona sería si no me apartara?

—Eso no tiene ningún sentido. No me importa lo que piensen de mí y no me importa que me oigan cantar porque nadie me ha oído cantar en más de tres años. Nadie, ni siquiera tú, sabe que antes me pasaba el día cantando. Soñaba con ser una cantante famosa. Eran sueños estúpidos, pero eran sueños. Dentro de cuatro meses, no tendrán que volver a pensar en mí.

—Ellas deciden si tu estado mental es adecuado para encajar en la sociedad. Si su dictamen es que no, solo Dios sabe lo que podrían hacerte. No puedo formar parte de ese riesgo, Arina. No lo haré.

—Entonces, ¿prefieres que me quede aquí sola y sintiéndome desgraciada? —pregunto.

—¡No! —exclama—. No es eso. Me importas y para mí eso supone hacer lo que es mejor para ti…, es decir, mantenerte alejada de los problemas para que puedas ser libre en unos meses, cuando cumplas dieciocho.

Una oleada de gritos y vítores retumba por toda la ciudad y yo retrocedo.

–Puedo fingir que soy infeliz si eso significa…

–¿Qué significa?

Los rugidos se vuelven más fuertes y me doy la vuelta.

–¿Qué es ese ruido?

–Tres… Dos…

Dale me envuelve en sus brazos y se detiene durante un larguísimo segundo antes de presionar los labios contra los míos. Huele a jabón con un toque de colonia almizclada y la barba incipiente en sus mejillas me roza la barbilla y me toca una fibra sensible. Inhala bruscamente como si quisiera aspirarme y estrecha los brazos alrededor de mi espalda. Tengo el pulso acelerado como si quisiera ganar una carrera y se me llena el estómago de chispas que empiezan encendiéndose una a una y luego todas de golpe.

El cielo se parte y me sobresalta. Necesito tomar aire. Los dos miramos hacia arriba y vemos una exhibición de fuegos artificiales iluminando la oscuridad de la noche.

–Feliz Año Nuevo –murmura con una sonrisa en sus labios brillantes.

–Sí que lo es.

–Entremos antes de que te descubran –dice–. Y finge…

–Finjo que soy infeliz –bromeo.

–Guarda las canciones para mis oídos. –Se inclina y me besa una vez más–. Prométemelo.

–Te lo prometo –digo sin aliento mientras camino hacia la puerta y salgo.

Polonia
DOS AÑOS ANTES, ENERO DE 1945

No importa cuántas preguntas haga, nadie tiene respuesta. La mayoría hemos ido pasando por diferentes pabellones de Polonia. Solo nos rodea el caos y nadie sabe qué hacer a continuación. Me siento como si estuviera en el centro de un tiovivo viendo cómo el mundo da vueltas sin parar a mi alrededor. Todo está borroso. Los voluntarios me han proporcionado comida y mantas, pero eso no es lo que quiero ahora mismo. Quiero a Nora, a mamá y a papá. Y, cuanto más me alejo, menos posibilidades tengo de encontrarlos. No importa lo que preguntemos los cautivos, solos nos dicen que están trabajando para encontrar respuestas.

Somos demasiados para que nos organicen y nos atiendan bien. Cada vez llegan más soldados para ayudar, pero ¿cuál será la solución? Han prometido cuidar de nosotros, pero ¿qué significa eso?

Cada pabellón desierto de gran tamaño en el que nos meten acaba abarrotado en pocas horas. A algunos nos obligan a marcharnos y a ir a la siguiente localización. Otros se quedan. No estoy segura de cuál es el factor determinante, pero a mí me han trasladado las cinco veces que nos hemos detenido. No hay espacio suficiente en ningún sitio. Estamos todos indefensos sin nada más allá que la tela rasgada que apenas nos cubre el cuerpo. En el interior los cuerpos siguen cayendo al suelo y algunos no pueden volver a levantarse.

Me he ofrecido a ayudar a repartir comida y mantas, pero los soldados me han pedido que me quede sentada en un catre. Hay mucha gente tosiendo, algunos vomitan y otros solo lloran. Tengo frío a pesar de que aquí el aire está caliente y húmedo por todo el calor corporal. Lo que tengo helado es el interior. Me duele la cabeza, no dejo de temblar y tengo los músculos débiles como si estuvieran rellenos de algodón.

No reconozco a nadie. La mayoría de los presos están calvos o tienen brotes de pelo que asoman entre el cuero cabelludo venoso. Deben de odiarme porque todavía tengo mi pelo en la cabeza. No sé por qué no me lo raparon. Nunca me lo explicaron. De todos modos, yo también me odiaría.

Todos parecemos iguales con las mejillas hundidas, las mandíbulas prominentes, los ojos saltones y la piel pálida que nos cubre el cuerpo. ¿Sobreviviremos al intento de rescate? ¿Es demasiado tarde para recuperarse? ¿Vale la pena siquiera intentarlo? Somos víctimas de la guerra y la guerra todavía no se ha ganado.

CAPÍTULO 18

North Midwest, Estados Unidos
ENERO DE 1947

NORA

Tras casi dos semanas de viaje desde Francia a Estados Unidos subiendo y bajando de un barco, un tren y varios autobuses, me siento como un paquete perdido. Los demás niños con los que he estado viajando se han bajado en sus paradas designadas a lo largo del camino y me han dejado sola. Incluso el acompañante con el que estábamos me entregó un billete de autobús y me dijo que alguien me esperaría en la próxima parada.

Me he sentado al fondo del vehículo, ya que he sido una de las primeras en subir. No era consciente de cuántas paradas habría. Pensé que tal vez sería como viajar de un país a otro en Europa, pero es más de ciudad en ciudad y he oído poco sobre los estados por los que estamos pasando.

En las dos primeras horas de viaje, el autobús se ha llenado y, según lo que indica mi billete, todavía quedan noventa minutos para llegar. La gente se acumula en el pasillo, se agarran a los pasamanos y miran por las ventanas. Me siento culpable por estar sentada cuando hay tanta gente de pie. El trayecto está lleno de baches y las paredes metálicas hacen ruido al moverse y ese debe de ser el motivo por el que llora tanto ese pobre bebé en brazos de su madre.

El autobús se detiene otra vez. Bajan pocas personas y sube el doble de los que bajan. Todavía queda al menos media hora para llegar a Chicago. La gente del pasillo se apiña todavía más y los llantos del bebé se vuelven más escandalosos. Se me parte el corazón. La madre está cansada, sudorosa y agobiada.

–¿Le *gu-gutaría e-entarse*? –ofrezco.

No estoy segura de que entienda lo que le digo, así que señalo el asiento. Abre los ojos como platos y niega con la cabeza con expresión aterrorizada, como si acabara de preguntarle si puedo secuestrar a su bebé.

Me levanto agarrándome al respaldo del asiento de delante y me cojo a la barandilla, pensando que puedo mantener el equilibrio con la pierna izquierda durante el resto del trayecto. Esta mujer necesita descansar.

Me observa atentamente, ya que debe de parecer que estoy haciendo un número acrobático mientras me voy sujetando a un sitio y a otro.

–No puedo aceptar tu asiento, pero gracias –dice en voz baja y temblorosa.

–Po-po-por favor –suplico.

Se inclina hacia mí y acerca la boca a mi oído ahora que estoy a su lado.

–No soy blanca como tú. Por favor, siéntate otra vez.

No soy ajena a la discriminación, es lo único que he conocido durante mucho tiempo, pero no sabía… Creía que Estados Unidos significaba libertad.

No me sentaré otra vez. Si ella no puede sentarse, yo tampoco lo haré.

–No –contesto.

–Estás herida –dice–. Y no eres de por aquí, lo sé por tu acento. Si no vuelves a sentarte, el hombre del traje caro que nos mira fijamente mientras hablamos se abrirá paso y nos quitará el asiento a las dos. No dejes que se lo quede él cuando tú lo necesitas más.

Me tomo un momento para observar al hombre del que me ha hablado. Parece fuera de lugar en el autobús, vestido de manera tan elegante y con un maletín sujeto contra el torso. Con el sombrero de fieltro bajado, solo le veo la mitad inferior de los ojos, pero sí que nos está mirando. Sintiéndome culpable, me giro hacia el asiento y me dejo caer.

–¿Pu-pu-puedo cogerla? –le pregunto a la mujer con la esperanza de que pueda descansar al menos los brazos.

Me mira a mí y al hombre de clase alta antes de decidirse. Me fijo en que se le clavan las uñas en la palma de la mano mientras se agarra a la barandilla con todas sus fuerzas. Alargo los brazos hacia la bebé y me la pone en las manos.

–Que Dios te bendiga.

Me pongo a la niña en el regazo y la hago rebotar sobre la rodilla buena. El llanto disminuye y balbucea mirando a su madre. Con el rabillo del ojo, veo que el hombre de negocios me fulmina con la mirada, pero puede seguir mirándome durante media hora más.

El chirrido de los frenos me saca del trance y me doy cuenta de que la bebé se ha quedado dormida con la cabeza apoyada en mi pecho.

–*Engo* que ba-bajar aquí –digo.

–Yo también –responde la mujer, y coge a la bebé en brazos–. Eres una joven maravillosa. Muchas gracias, querida.

Asiento y vuelvo a levantarme, consciente de que esta vez nadie me ayudará a bajar del autobús. La cadena de favores que suplicó Elek pareció acabarse en cuanto subí al tren de Nueva York.

Uso los asientos como soporte para ayudarme a avanzar por el pasillo y me agarro con todas mis fuerzas a la barandilla para bajar los escalones. Una mano entra a través de la puerta para ayudarme, pero no veo quién es. ¿Quién iba a saber que soy discapacitada?

En el último escalón tengo que entornar los ojos para protegerme del sol, pero por suerte veo una silla de ruedas esperándome. Cuando por fin consigo bajar del autobús y alcanzo la silla, se proyecta una sombra sobre el rostro de la persona que me ofrece ayuda y consigo verle la cara.

Se me para el corazón. Apenas recuerdo cómo se respira. Es imposible. Me tiembla la barbilla y se me abre la boca.

–¿He-He-Helena? –murmuro. Nunca habría pensado que

podría volver a ver su dulce rostro…, la mujer que me salvó la vida–. ¿Cómo?

–Los caminos del Señor son inescrutables, Nora –dice, y me ayuda a sentarme en la silla antes de envolverme en un abrazo.

Le rodeo el cuello con los brazos y me aferro a ella como si fuera mi última esperanza. Me tiembla todo el cuerpo y los sollozos me atraviesan el pecho.

–¿Me-me *ha* reclamado como fa-familia? –pregunto, intentando calmar mi respiración acelerada.

–Ah, no, no lo he hecho. Quiero decir, que no te he reclamado como familiar porque estoy aquí para llevarte con quien tienes que estar.

–No –digo, negando con la cabeza–. No *pu-pue* dejarme.

–Nora, no te dejaré. Por favor, no te preocupes. –Me pone una mano en el hombro y empuja mi silla hasta donde están apilando el equipaje–. ¿Hay algo tuyo aquí?

Señalo mi maleta y me fijo en que me tiembla la mano.

Helena está preciosa, tiene un aspecto saludable y muy elegante con un vestido granate que le asoma por debajo del abrigo. Lleva medias y unos zapatos marrones tan brillantes que parecen nuevos. Se ha recogido el cabello castaño ceniza hacia atrás para que le descanse sobre los hombros y lleva maquillaje en los ojos y pintalabios. Nadie sabrá por lo que ha tenido que pasar. Siento envidia.

Levanta mi maleta y alargo los brazos para cogerla, sabiendo que puedo apoyármela en el regazo.

–Debes de estar cansada del viaje, pero queda poco.

–¿Dó-dónde vamos? –pregunto.

–Todo tendrá sentido cuando lleguemos.

Voy a despertarme de este sueño en cualquier momento con la cara pegada a la ventanilla de un autobús en el que me he quedado profundamente dormida.

El trayecto nos lleva unos quince minutos, pero solo veo un edificio de ladrillos rodeado por otros edificios más pequeños con una zona de césped nevado y unos pocos árboles en el centro.

—Sé que no parece gran cosa, pero es un lugar maravilloso.

Me acerco la mano al hombro y la pongo sobre el puño enguantado de Helena que sostiene mi silla.

—¿Un *ofanato*?

Mi sueño se ha convertido en una pesadilla. La señora Louise me dijo que tenía familia en Estados Unidos. Supuse que debían de ser parientes lejanos, ya que desconocía su existencia, pero que ese era el único motivo por el que me enviaban tan lejos.

—¿Por qué? —gimoteo.

—Ya verás —dice Helena mientras me empuja por una corta rampa hasta la puerta principal.

Llama al timbre y esperamos un largo momento hasta que se abre la puerta de madera. Aparece una mujer alta y esbelta con el pelo oscuro recogido firmemente en un moño retorcido en la base del cráneo. Baja el cuello para mirarme. Inclina la cabeza a un lado y sigue observándome hasta que arquea las cejas. Parece que está planteando y respondiendo en silencio sus propias preguntas sin compartir una sola palabra con nosotras.

—Adelante. Me alegro de que hayas vuelto —dice, estrechándole el hombro a Helena—. Todas te hemos echado mucho de menos.

—Yo también me alegro de estar aquí —contesta ella.

—Gracias por llamar anoche. Eso nos dio algo de tiempo extra para prepararlo todo.

Una vez dentro, la puerta de madera nos encierra en un cálido pasillo. La mujer que parece estar al mando se agacha y se apoya las manos en los muslos, inspeccionándome.

—Tú debes de ser Nora Tabor —dice con una sonrisa.

El contraste entre sus labios rojo fresa y sus dientes blancos debería proporcionar una sensación de felicidad y comodidad, pero el cabello repeinado le estira la piel confiriéndole un aspecto severo. Su vestido negro de profesora hasta los tobillos no ayuda.

—¿Po-por qué *etoy* aquí? —pregunto.

La mujer aprieta los labios, pero su sonrisa permanece intacta.

—Concédeme un momento y podré responder a tu pregunta.

La mujer levanta el dedo y le guiña el ojo a Helena antes de girar sobre sus talones y desaparecer por la esquina más cercana.

Me llevo la mano al hombro en busca de Helena, pero ella se mueve y se arrodilla delante de mí.

–Confía en mí, ¿vale?

Quiero decirle que me dejó en Auschwitz, pero eso no sería justo. Ninguna sabíamos lo que estaban organizando los soviéticos. No estábamos en posición de discutir, pero esa fue la última vez que la vi. Le había confiado mi vida y de repente también desapareció, como todos los demás.

–Me-me duele el pe-pecho –respondo para ser sincera con ella.

No sé qué está pasando, pero ya he esperado suficiente. Quiero que el dolor interno desaparezca. Estoy harta de sentirme herida.

–Todo irá bien –asegura Helena al tiempo que me quita la maleta del regazo y la deja en el suelo a mi lado.

–¿Y ahora qué? –grita alguien a lo lejos–. No he hecho nada malo, ¿me van a castigar otra vez? Si alguien le ha dicho que he hecho algo, es mentira.

No puedo ver a la persona que habla, pero la voz que llega desde el otro lado de la esquina… la conozco bien. Cierro los ojos y me digo a mí misma que estoy imaginando cosas.

La mujer que nos ha acompañado al interior del edificio vuelve y tiene las manos apoyadas en los hombros de una chica. La muchacha tiene los brazos cruzados sobre el pecho. Tiene las mejillas rojas de ira. Sus ojos son… son mis ojos y su nariz… también es la mía.

En el mismo instante, las dos nos llevamos las manos a la boca y jadeamos.

–Nora –murmura primero ella. Mi nombre se convierte en un sollozo y le cuesta coger aire–. ¿Señorita Blum?

–Arina –susurro antes de tener que coger más aire.

Cae de rodillas y apoya la cabeza en mi regazo. Me rodea con los brazos y tira de mí hacia delante.

–Creía que habías muerto –gimotea.

–Yo-yo *ambién* –consigo decir.

Levanta la cabeza y me toca el pelo.

—Corto. Me encanta.

Es largo, pero no lo suficiente. Incluso después de dos años, el pelo solo me ha crecido hasta los hombros. Antes lo tenía por la mitad de la espalda, igual que ella.

—¿Qué te hizo?

Arina me pone una mano fría en la mejilla y luego me mira las piernas, probablemente preguntándose por qué estoy atada a una silla.

Me encojo de hombros porque todavía no sé qué me hizo.

—Que-quería arreglarme la le-lengua, pero el resultado fue peor y mi pi-pi-pierna de-dejó de funcionar.

—¿Qué? —pregunta, exasperada—. ¿Qué tiene que ver la lengua con la pierna?

Vuelvo a encogerme de hombros.

—Me-me hizo una cirugía *ce-cerebal* —respondo, señalándome la cabeza; no me ha vuelto a crecer el pelo allí donde tengo la gruesa cicatriz.

Arina me mira a los ojos y puedo sentir lo que está pensando. «¿Por qué ella y no yo?». Me toma las manos y me las estrecha.

—¿Mamá y papá están…? ¿Lo sabes?

—He *inentado* co-conseguir *repueta*, pero na-nada.

—Yo también lo he intentado, pero no he sabido nada de la Cruz Roja.

—Nora, soy la señora Vallentine, la directora de este sitio, y ya conoces a la señorita Blum. Trabaja aquí como terapeuta.

Me giro para mirar a Helena y me doy cuenta de que nunca había oído su apellido.

—Helena Blum —me dice con una sonrisa.

—¿Conocías a Nora? —pregunta Arina con la voz ronca.

No sé si está enfadada o agradecida por el secreto.

—En cuanto me dijiste que tenías una hermana gemela llamada Nora, empecé a buscarla. Me llevó mucho más tiempo de lo que esperaba y no podía decirte que la conocía y que había esperanzas de que estuviera bien y viva hasta que la encontrara.

No me rendí porque tenía que entender por qué he tenido el privilegio de conoceros a ambas en momentos distintos y en extremos opuestos del mundo.

–¿Aquí en este sitio? –pregunto, consciente de lo escasas que eran las posibilidades.

–Sí, llegué a Chicago por casualidad, por un primo lejano. Solo uno de los dos parientes que tengo en Estados Unidos me contestó a la carta que envié pidiendo ayuda. Tuve la suerte de que me contestara ofreciéndose a cubrir mi emigración. Él vive fuera del estado, pero cuando llegué a Chicago descubrí que podía haber niños refugiados de guerra en este orfanato. No dudé en consultarle a la señora Vallentine si había alguna vacante. Si existía algún modo de expresar mi gratitud por haber tenido la suerte de llegar hasta aquí, no se me ocurría un modo mejor de pasar el tiempo que ayudando a niños como vosotras.

La señora Vallentine se aclara la garganta.

–No quisiera interrumpir, pero tengo una reunión en unos minutos. Arina, me aseguraré de trasladarte a una nueva habitación con Nora. Puede que ella sea una buena influencia para tu comportamiento. Si todo sale bien, podremos dejaros salir a las dos con una nota positiva cuando cumpláis los dieciocho en unos meses.

Arina resopla y se gira. Si pudiera hablar bien y rápido, soltaría un comentario sarcástico diciéndole que también ha sido un placer conocerla, pero entonces se daría cuenta de que ahora tenía dos Arinas con las que tratar. Mi hermana nunca ha sido problemática, pero usa la boca para expresar sus pensamientos, incluso cuando estos no son bienvenidos. Ya siento que no le agrada demasiado la señora Vallentine.

–Dios mío, sois idénticas.

–Por dentro y por fuera –declara Arina, apoyándose en mi silla para levantarse. Abraza a Helena–. Sé que aquí no podemos mostrar afecto, pero es que le estoy muy agradecida por todo.

Helena le coloca la mano en la cabeza a Arina con aire maternal y me hace pensar en mamá.

—Arina, muéstrale el sitio a tu hermana —sugiere Helena.

Miro a la mujer otra vez y veo una expresión estrangulada en su rostro, como si estuviera esforzándose por contener algo.

—*Gra-gracia*, Helena —le digo—. Po-por *odo*.

—Es un placer, chicas, de verdad. —Se le fruncen las cejas y parece estar a punto de echarse a llorar—. Vendré pronto a por vosotras para ayudaros a instalaros. Nora, de momento dejaré tu maleta en el despacho para que no tengas que preocuparte por ella.

Helena levanta la maleta del suelo y se marcha. La observo alejarse mientras me pregunto qué le ha robado la felicidad momentánea. En cuanto abre la puerta del despacho, recuerdo las palabras que me dijo una vez: «Perdí a mis bebés gemelas cuando llegué».

No todos tienen tanta suerte. No tanta como Arina y yo en este momento.

Polonia
DOS AÑOS ANTES, FEBRERO DE 1945

El último sitio en el que esperaba acabar era en otro hospital. Este no me asusta ni huele a formaldehído o carne podrida, pero las batas de los médicos, el instrumental y la gente corriendo por los pasillos se puede confundir fácilmente con el lugar en el que estuve recientemente.

Una mezcla de personal militar médico atiende a los que necesitan cuidados. Elek, el muchacho del último centro de refugiados, también está en el hospital. Está al final del pasillo, a solo un par de habitaciones de distancia. Es el único rostro familiar que veo.

Médicos y enfermeras entran frecuentemente en la habitación que comparto con otras cuatro personas. Una cortina de lino atada a una varilla de metal separa las camas. Delante de la mía hay otra pared. He visto muchas paredes el último año y medio y todas son diferentes. Esta está cubierta por una pintura blanca brillante que tapa los gruesos bloques de piedra. Si intentara dibujar lo que veo, se asemejaría a una esponja.

La cortina se mueve hacia la izquierda y un médico se acerca a mí con un portapapeles. Fija la mirada en los documentos que lleva. Pasa la punta del lápiz por la página y se detiene para estudiar lo que está leyendo. Lleva las gafas hacia la mitad del puente de la nariz. Parece más un profesor que un médico.

—Nora Tabor, dieciséis años, de Debrecen, Hungría…, ¿es correcto?

Asiento con la cabeza.

—Soy el doctor Markov.

Su acento parece ruso, como el de todos los médicos que me han examinado. Ni siquiera sé qué buscan, ya que no me dicen mucho más aparte de «sé fuerte». Me he dado cuenta de que cada vez llega más personal médico y de enfermería para ayudar a los refugiados. En términos de atención, todos parecen centrarse más en la nutrición y en la hidratación que en cualquier otro de los problemas importantes contra los que luchamos. No sé si alguien podrá hacer algo para revertir lo que hizo Mengele, pero preferiría oírlo yo misma que asumir que es lo que todos están pensando.

El doctor Markov acerca un carrito con ruedas y una reluciente caja plateada de herramientas que me revuelve el estómago.

—¿Pa-para qué *e eto*?

Me mira y se le llena la frente de arrugas. No ha entendido la pregunta. Señalo la bandeja, esperando que pueda ver la interrogación reflejada en mis ojos.

—Necesitamos una muestra de sangre. Queremos asegurarnos de estar tratándote del modo adecuado, eso es todo.

Me han clavado más agujas de las que podría contar. No les tengo miedo, pero me han robado sangre. Mucha sangre. Y sin mi consentimiento. En Auschwitz, cada día me sacaban más y más.

Una enfermera entra en la pequeña estancia con una sonrisa afectuosa en los labios. Me ata una goma alrededor de la parte superior del brazo y me gira suavemente la muñeca a un lado. Observa las pequeñas ronchas que me han quedado tras tantos meses buscándome las venas. Los moretones han desaparecido, pero las cicatrices siguen ahí. Algunas de las personas que se hacían pasar por enfermeras eran presas como yo y no sabían sacar sangre. No era culpa suya, pero ya tuve suficiente.

Inhalo bruscamente y exhalo justo antes de cerrar los ojos para bloquear la imagen de la aguja perforándome la piel. La enfermera me coloca una mano cálida en el brazo.

—Puede que si respiras profundamente más veces dejes de temblar. No quiero hacerte más daño de lo necesario, querida.

Los recuerdos de los intentos diarios de robarme sangre se me pasan por la cabeza y desearía poder correr una cortina sobre mi memoria. Pero ahora no tengo dónde esconderme de ellos.

—¿El médico de Auschwitz llevó a cabo una cirugía cerebral para intentar corregirte la tartamudez? —pregunta el doctor Markov.

—*Í* —respondo, chillando como un ratón.

—Los documentos dicen que tienes dañados los nervios de la pierna. ¿Eso es resultado de la cirugía?

Asiento para confirmarlo.

—Sin más pruebas, tus síntomas parecen ser un efecto secundario de una lesión en el sistema nervioso a la que llamamos «monoplejía», la parálisis de zonas específicas del cuerpo afectado por el trauma. Sin otra intervención para examinar si la lesión cerebral es curable, es imposible saber si hay solución. Me temo que ahora estás demasiado débil para resistir cualquier tipo de cirugía. Sin embargo, hay ejercicios terapéuticos que puedes hacer tú sola para mejorar tu movilidad, pero tendrás que trabajar cada día en tu recuperación. Me aseguraré de que tengas una copia de estos expedientes médicos para llevarlos encima.

—¿Có-cómo voy a mo-moverme?

—¿Puedes buscar una silla de ruedas para esta joven? —le pide el doctor Markov a la enfermera que está sellando el vial con mi sangre.

–Sí, doctor.

–Voy a firmar los papeles para que puedan trasladarte a un lugar más cómodo que una cama de hospital.

–¿Adónde me-me envían?

–A un refugio juvenil cercano. Habrá más gente allí que ha sufrido lo mismo que tú, así que no estarás sola.

–¿Elek? –pregunto sin saber si sabrá quién es.

Hace pocos días que lo vi por primera vez, ni siquiera lo conozco, pero es un amigo.

–Elek –repite, rascándose los cortos mechones de cabello blanco que tiene encima de la oreja–. ¿El muchacho que hay a un par de habitaciones?

–Í –respondo.

Inclina la cabeza a un lado con una leve sonrisa.

–Pues sí, en efecto. He ido a verlo justo antes que a ti y he firmado los papeles para que lo envíen al mismo refugio. ¿Es amigo tuyo?

–Í, *gra-gracia* –respondo.

–No tienes que dármelas. Solo te deseo lo mejor, jovencita. Buena suerte.

Me han regalado un momento de felicidad agridulce. Podría irme sola a cualquier otra parte, pero esta vez conoceré a alguien y puede que no sea tan horrible. Puede que tenga menos tiempo para pensar en Arina, mamá y papá mientras espero a descubrir qué ha sido de ellos.

CAPÍTULO 19

Chicago, Illinois, Estados Unidos
ENERO DE 1947

ARINA

Creo que podría estar en estado de *shock*. No encuentro mis emociones, mis sentimientos ni mis pensamientos. Ha sucedido todo muy rápido. Estaba segura de que Nora, mamá y papá estaban muertos. No hay otro modo de explicar por qué estoy aquí en Estados Unidos cuando mi casa está al otro lado del charco.

¿Por qué me siento como si estuviera mirando a una desconocida que tiene exactamente el mismo aspecto que yo? Debería querer cantar a todo pulmón, levantarla y darle vueltas por la habitación como hacía antes, pero ella no puede moverse y yo tampoco.

Tenemos una habitación nueva con dos camas. Cada una tiene su escritorio idéntico al de la otra. Ojalá tuviéramos también la decoración de nuestros joyeros, jarrones llenos de flores, ositos de peluche y marcos con las reconocidas obras de arte que le gustan a Nora, como teníamos en nuestra casa en Debrecen. Pero la habitación de mamá y papá no está al otro lado de la pared. El delicioso aroma del pollo asado no llenará nuestra habitación cuando bajemos porque mamá nos ha llamado para cenar. Papá no estará silbando el charlestón cuando vuelva de trabajar y entre por la puerta de atrás.

Esa vida ha desaparecido y yo sigo en pie, pero Nora no. No sé cómo puede soportar mirarme después de todo lo que le he causado. Es culpa mía.

–¿Po-po-por qué no *ha-habla*? –pregunta Nora mientras mete la sábana de su cama por debajo del colchón.

–Puedo hacerte yo la cama, tú relájate. Me acuerdo de lo cansada que estaba del viaje cuando vine.

–Pu-puedo ha-hacerme mi propia ca-cama.

Como yo ya he metido los bordes y he alisado las arrugas de la almohada, solo puedo quedarme sentada mientras la observo hacer lo mismo. Atravieso la habitación y le quito la sábana de la mano.

–¡No! ¿Qué *etá* ha-haciendo? –espeta.

–Necesitas ayuda. Déjame ayudarte –insisto.

Me arrebata la sábana.

–Yo pu-puedo, Arina.

Me aparto, sintiendo que se está poniendo nerviosa. Nora nunca ha tenido mal genio, solo yo, pero reconozco las señales de un arrebato inminente.

Mi colchón es más firme que el anterior y lo noto cuando me dejo caer en silencio mientras Nora sigue haciendo su cama. Me aliso los pliegues de la falda por encima de las rodillas y observo la cabeza de mi hermana mientras se esfuerza. Cuando se mueve, el pelo se le balancea a un lado y revela la cicatriz que intenta ocultar con una raya a la izquierda.

–¿*Ienes* pa-papel? –inquiere.

Dirijo la mirada a las dos cajas marrones llenas hasta arriba con mis pertenencias. Sé que tengo algún cuaderno de sobra de la escuela.

–Sí, creo que sí –contesto.

Me acerco a las cajas y rebusco en la de arriba hasta que lo encuentro entre los libros de psicología que he estado leyendo últimamente. También querrá un lápiz. Cambio a la caja de abajo y escarbo hasta que toco la punta afilada con la yema del dedo. Con ambas cosas en la mano, me acerco a ella y se las dejo encima de la cama.

–Aquí tienes.

–¿Y un *obre* y un *ello*?

–¿A quién vas a escribir?

Creía que querría el papel para dibujar.

–¿*Ienes?*

Vuelvo a las cajas, levanto la de arriba y la dejo al lado de la otra. Tengo los sobres en la caja de zapatos, al igual que los sellos que tengo escondidos. Dale me los trajo hace unas semanas cuando el personal de administración empezó a ponerme mala cara cada vez que pedía otro sello. Evidentemente, había sobrepasado mi asignación semanal.

Abro la tapa de la caja de zapatos que robé del aula de arte y saco un sobre y los sellos. Arranco uno y vuelvo a dejar los otros en la caja.

–¿Estás enfadada conmigo? –pregunto.

–¿Po-por qué lo *preuntas*?

–Te noto bastante borde.

Nora suspira pesadamente y gira la silla para mirarme.

–Me du-duele.

–¿Físicamente?

–No –responde.

–¿Te duele verme?

Se apoya la mano en la cabeza.

–Arina, ve-venga…

–¿Qué? No lo entiendo –gimoteo.

–*Olo ne-neceito* adap… –intenta decir.

Me lleva un minuto ubicar las consonantes.

–Necesitas…

Aprieta los puños, ofendida.

–Pa-para, por favor.

–Me partes el corazón, Nora. Habría dado cualquier cosa por volver a estar contigo y ahora estás aquí…, pero me odias.

–¿Qué?

–No pasa nada, yo también me odio.

El corazón me late con tanta fuerza que se me encoge el estómago de dolor. Me siento atrapada en esta habitación y no puedo hacer nada más aparte de marcharme y dejarle el espacio que quizá necesite tan solo una hora después de habernos reencontrado.

—¡Arina! —oigo mientras la puerta se cierra detrás de mí.

Corro hacia la puerta principal esperando que nadie me detenga. «Creo que es mi día de suerte», pienso para mí misma mientras salgo al exterior a la lluvia mezclada con el fuerte viento. No me extraña que nadie me haya parado.

Oigo un golpe a un lado del edificio y me protejo los ojos para ver de dónde proviene el ruido.

—¿Qué estás haciendo aquí? —grita alguien.

Es Dale, cubierto con un chubasquero negro. Está en cuclillas al lado de una tubería con un martillo en la mano.

—Necesitaba aire fresco —respondo.

Se quita la capucha y se acerca a mí con sus pesadas botas de agua.

—Arina, vas a resfriarte. No llevas ni abrigo. Hace muchísimo frío.

—No tanto como en mi nueva habitación —murmuro.

—¿A qué te refieres?

—¿No te has enterado? La señorita Blum ha encontrado a Nora, mi hermana. Es un milagro, un auténtico milagro. Ni en mis mejores sueños me había atrevido a imaginar que volvería a verla. Ahora mismo está dentro del edificio en la habitación que vamos a compartir, como antes de la guerra.

Dale se queda boquiabierto y abre los ojos como platos, claramente sorprendido.

—¡Es increíble, Arina! Me… me alegro muchísimo por ti. Te mereces esto más que nadie —dice—. Pero ¿por qué pareces tan enfadada?

Me envuelvo el cuerpo con los brazos, sintiendo finalmente que la lluvia helada me empapa el jersey.

—Como todos los demás, ella también me odia. Le arruiné la vida. Es una historia muy larga.

Aparto la mirada, incapaz de mirarlo a los ojos mientras me digo a mí misma que soy un monstruo que no merece vivir.

Dale mira hacia la ventana que hay junto a la puerta y luego me abraza.

—No me imagino por lo que habréis tenido que pasar tanto separadas como juntas, pero seguro que las dos necesitáis algo de tiempo para adaptaros. Supongo que es lo normal después de todo lo que ha sucedido.

—Adaptarnos. Eso es lo que intentaba decir.

—No lo entiendo —dice Dale.

—No importa.

Me pone una mano debajo de la barbilla y observo las gotas de lluvia que le caen por el pelo hasta el abrigo.

—Ten paciencia con ella. Por dentro sigue siendo tu hermana y no hay nada, absolutamente nada en este mundo que pueda romper ese vínculo.

Parpadeo para quitarme las gotas de lluvia y las lágrimas de las pestañas. Ojalá pudiera ver la vida como la ve él.

—Le he arruinado la vida, Dale.

—Imposible —responde.

Aprieto los labios y los ojos reprimiendo el sollozo que me sube por la garganta.

Los labios fríos de Dale rozan los míos y me roba el aliento inesperadamente. Tira de mí hacia él y me rodea la espalda.

—Dale tiempo.

Cuando vuelvo a abrir los ojos, veo la sinceridad que expresan los suyos y deseo creerme cada palabra.

—Vuelve ahí dentro y sécate. Por la mañana habrá dejado de llover. Reúnete conmigo mañana por la noche en la azotea. Seguiremos hablando entonces.

Asiento y lo miro una vez más.

—No sé qué haría sin ti —declaro antes de darme la vuelta y volver corriendo hasta la puerta.

Polonia
DOS AÑOS ANTES, FEBRERO DE 1945

Este catre negro, como todos los que he usado temporalmente las últimas semanas, está hundido en el centro, lo que me dificulta sentarme erguida. No obstante, no soporto estar tumbada todo el día y el suelo de cemento está demasiado frío para sentarme durante mucho tiempo. Creo que ahora mismo estamos en el sótano de una gran iglesia a la que los soldados nos trajeron hace dos días, cuando el último refugio en el que estuve sobrepasó su capacidad. Al llegar nos hicieron subir una empinada escalera de piedra hasta otro gran espacio lleno de cientos de catres, como todos los últimos sitios en los que he estado.

A través de uno de los muchos anuncios de esta mañana, me he enterado de que formo parte de un grupo al que van a enviar hoy a un orfanato cercano. La idea de permanecer en un lugar durante más de un par de días me resulta muy agradable, pero ahora no podemos asumir que habrá un destino permanente. Sigue habiendo demasiado trabajo administrativo pendiente para organizar a toda la gente que busca a su familia. La frustración nos invade a todos, no solo a mí. Se ve fácilmente en los hombros arqueados, en las cabezas gachas, en los brazos sobre los rostros y en la gente que se niega a sentarse y mirar a su alrededor. La idea de huir de la multitud de judíos indefensos es tentadora, a pesar de saber que el mundo todavía está en guerra. Deberíamos sentirnos agradecidos porque los países aliados hayan ganado poder en suelo alemán, dándonos la esperanza de la seguridad. Si siguiera a algunos de los demás, tendría que mendigar y probablemente dormir al raso pasando frío, pero no puedo evitar preguntarme si sería mejor eso que ir pasando de un sitio a otro como un grupo de soldados cansados que se pasa el último cigarrillo.

Ninguno de los demás parece hablar mucho, lo que hace que la situación sea todavía más solitaria, con tanto tiempo para lamentarse y pensar. Aunque tampoco es que yo me haya esforzado mucho por hablar con nadie. Parece un desperdicio de energía cuando trasladan a todo el mundo de un sitio a otro con tanta frecuencia.

—Si hay alguien emparentado con familiares con el apellido Goldmann, originarios del Transdanubio Meridional, en Hungría, que se acerque a la línea de servicios familiares para ver si es posible reencontrarse con miembros de su familia desplazados, por favor.

Ojalá me apellidara Goldmann. Es difícil seguir el ritmo de la cantidad de anuncios que suenan a través de los megáfonos, pero sé que voy a tener que prestar atención cuando lleguen a los niños cuyos apellidos empiezan por T, U o V.

Día tras día, observo mi entorno buscando un rostro conocido, alguien sonriendo por primera vez en años o alguien con su propio reencuentro. Si les suceden cosas buenas a los demás, hay una posibilidad de que me sucedan a mí también. Aunque esos momentos son los más escasos aquí.

—Los jóvenes cuyos apellidos empiecen por la letra T, U o V que se acerquen a la fila juvenil, por favor. Coged vuestras pertenencias.

Cojo la bolsa de lino con un par de mudas de ropa donadas y arrastro los pies cansados por la larga hilera de catres. Hay poca gente más que se mueva. No he visto tantos niños como adultos esta última semana. No estoy segura de qué significa eso.

Cuando me acerco a la corta fila detrás de algunos niños que están recibiendo instrucciones, me fijo en la cola de servicios familiares, que es mucho más larga. Parece que algunos miembros de una familia acaban de reencontrarse. Lloran abrazándose unos a otros. Es difícil saber si son parientes cercanos o lejanos, pero cualquier familiar es una bendición y ahora mismo daría lo que fuera por estar en esa fila.

—¡Dios mío! —grita alguien—. ¡Mordi!

Un hombre que se estaba acercando a la línea familiar levanta la mirada del periódico que tiene delante, boquiabierto.

—Gerti, hermanita…, estás viva. Dios nos ha bendecido. ¡Estás viva!

Deja caer el periódico y echa a correr para acto seguido levantar a su hermana en brazos y dar vueltas.

A pesar de que me alegro por ellos, se me vuelve a partir el corazón. Quiero eso. Solo una bendición más después de haber sobrevivido a un auténtico infierno. Es lo único que quiero, nunca volveré a pedirle nada más a Dios.

CAPÍTULO 20

Chicago, Estados Unidos
ENERO DE 1947

NORA

He estado observando la puerta de nuestra nueva habitación desde que Arina se ha marchado hace un cuarto de hora dando un portazo. Los contornos tallados del marco de madera en varios tonos de marrón son preciosos en contraste con el tirador y la cerradura de bronce. Es algo nuevo que observar y podría venirme bien si Arina planea mantenerse alejada de mí después de todo este tiempo.

Está conmocionada. Y yo también. También estoy cansada y tengo el corazón roto. Ninguna de las dos esperábamos un reencuentro y nada parece ser como debería. Tendríamos que estar abrazándonos, sonriendo, riendo, dándole las gracias a Dios. Pero no lo hacemos. Yo no entiendo sus sentimientos y ella no entiende los míos. Y lo que es peor, tampoco parece que ninguna entendamos nuestras propias emociones. Antes estábamos completamente sincronizadas la una con la otra.

Es probable que la silla de ruedas la perturbe, además del hecho de que mi capacidad para hablar haya pasado de pobre a horrorosa. Arina siempre ha sido un rayo de sol y nunca ha podido soportar que alguien se lastime o se ponga enfermo. Se encerraba en sí misma y se quedaba completamente callada. Se escondía de quienes sufrían, pero no lo hacía por malicia..., era un rasgo de debilidad. Si alguien vomitaba en la escuela, salía corriendo hasta la mitad del pasillo y se cubría las orejas antes de que la persona se diera cuenta de lo que le estaba pasando. Supongo que es muy sensible.

Hemos hablado cuando me ha enseñado el edificio, pero nuestra conversación ha sido sobre el cambio de temperaturas que experimentó al llegar a Chicago y un poco sobre la señora Vallentine. Arina se ha quedado callada cuando he mencionado el nombre de Helena Blum porque le cuesta asimilar que estuvo con nosotras en Auschwitz; no la recuerda. No recordaba que fue Helena quien la ayudó cuando tuvo esa fiebre tan alta y estaba inconsciente. Me pregunto si Helena recordará ese momento.

Me duele el pecho por la ansiedad de haber llegado a un nuevo sitio desconocido y por el torbellino de emociones que he sentido al ver a Arina. No sé qué hacer ni qué pensar. Me he subido a la cama, tras dejar la silla, esperando encontrar algo de comodidad tras haber estado sentada en tantos asientos diferentes a lo largo del viaje.

Después de colocar bien la almohada y recostarme, veo el papel y el lápiz que Arina ha dejado en mi cama y los cojo. Sin embargo, no tengo nada en lo que apoyar el papel. Echo otro vistazo a mi alrededor y veo una pequeña estantería entre las dos camas. O bien Arina se ha entretenido mucho leyendo, o bien ya estaban aquí antes de que trasladaran sus cosas a la habitación. Nunca fue una gran lectora. Recuerdo que me decía que no le encontraba ningún sentido a leer si tenía imaginación suficiente para inventarse ella misma las historias. Su argumento no se sostenía bien cuando le decía que cantaba canciones de otros en lugar de componer las suyas propias.

Me agarro al somier de metal y alargo el brazo sobre la mesita de noche hasta la estantería. Pongo un dedo sobre el libro más cercano y lo deslizo hacia mí para poder cogerlo. La tapa dura es perfecta para apoyarse y escribirle una carta a Elek. Necesito que mi mensaje le llegue antes de principios de marzo, cuando cumplirá los dieciocho. Después de eso, quién sabe dónde acabará. Espero que llegue aquí más rápido que yo, pero supongo que eso no tiene mucho sentido.

En cuanto escribo el nombre de Elek en el papel, se abre la

puerta de golpe y aparece Arina empapada, goteando y sin aliento.

Entra y cierra rápidamente la puerta tras ella.

—¿Dó-dónde *etabas*? —pregunto.

—Fuera.

—¿Por qué? —inquiero.

—Para huir de mí misma.

—¿Ha fu-funcionado?

Rebusca en una de las dos cajas y saca una toalla. Baja la cabeza, se envuelve el pelo y vuelve a levantarla para enroscar la toalla.

—No.

—*O* la-lamento.

Arina me mira un momento, intentando comprender el sonido entrecortado de las dos palabras.

—Lo lamento —repite—. Lo lamentamos todo. ¿Cómo podríamos ser felices? Mamá y papá no están con nosotras, probablemente ni siquiera estén el uno con el otro. Te quiero con toda mi alma, pero nada es como creía que sería si alguna vez nos reencontrábamos, lo cual me parece horrible. Y lo que es peor… Mira qué te pasó. Fue culpa mía, Nora. Estás así por mí.

—No, no. ¿Có-cómo *pues* de-decir eso?

—Es cierto. Si no hubiera intentado imitar tu tartamudez o si lo hubiera hecho mejor, nada de esto habría pasado.

—*Ienes* ra-razón. No nos ha-habría *neceitado* y *e* habría ma-matado.

—No mató a todos los demás —replica—. Aunque solo sobrevivieron un par de gemelos.

—Co-como *ú* y yo —contesto, intentando que entienda que no había opción buena para ninguna de las dos.

Seguimos vivas gracias a la suerte. En mi caso, a la suerte y a Helena.

—Te buscaremos un buen médico. Tal vez alguien pueda ayudarte —me dice.

Me encojo de hombros, consciente de que ya lo he aceptado.

Si así es como se supone que tengo que vivir, al menos seguiré viva. Es mejor que lo que podría haberme pasado.

Arina se acerca a mi cama, todavía goteando por la ropa empapada, y me pone una mano en el brazo antes de darme un beso en la frente.

Una gotita de agua cae en el papel, lo que hace que la tinta azul se emborrone.

–¿Quién es Elek? –pregunta, dando un paso atrás y llevándose la mano al pecho con aire dramático al más puro estilo Arina.

Echo la cabeza hacia atrás y cierro los ojos. Nunca he sido de las que volvían del colegio hablando de chicos ni me llegaban notitas en clase pidiéndome ir a un baile o una feria. Tampoco tuve que preguntarle a ella nunca por los chicos que la cortejaban porque lo anunciaba a la hora de la cena y nos informaba a todos de quién era su novio del día. Así es como se refería mamá al pobre chico al que le hubiera tocado. Arina no tenía ninguna intención de tener novio y menos a los catorce o quince años, pero disfrutaba coleccionando las notitas.

–Un a-amigo –contesto–. *E* de mi *ofanato* y *ambién enía* un ge-gemelo en *Auviz*.

Arina arruga la frente.

–¿Un amigo de tu último orfanato que también estuvo con su gemelo en Auschwitz?

Una sonrisa me inunda la cara porque, aparte de mamá y papá, Arina era la única otra persona de mi vida que no notaba mi tartamudez como el resto del mundo. Incluso con lo mucho que ha empeorado, todavía es capaz de encajar mis palabras como si no les faltara ninguna letra.

–*Í* –contesto.

Froto la gotita de agua del papel.

–¿Tiene un aspecto de ensueño?

Se da cuenta de lo que ha preguntado en cuanto las palabras le salen de la boca. Nadie que haya escapado de Auschwitz puede tener un aspecto de ensueño. Tenemos suerte de seguir respirando.

Se me sonrojan las mejillas al pensar en sus preciosos ojos y en las motitas doradas que flotan en ese río azul.

—¿Le gustas?

Arina sonríe como una niña que acaba de recibir una piruleta gigante.

—Le qui-quiero y él *ambién* me qui-quiere a mí.

Arina abre los ojos como platos y me mira fijamente.

—Te obligaron a separarte de él para venir aquí. Eso también ha sido culpa mía, ¿verdad? —Se deja caer de rodillas entre sus dos cajas—. Deberías odiarme. Tienes todo el derecho del mundo a odiarme eternamente. Pero te ayudaré a encontrarlo y a traerlo aquí o a volver nosotras allí. Como sea.

Nunca nada es tan sencillo como ella lo hace parecer y nunca podría odiar a mi hermana. Jamás.

Rebusca en la caja y saca un par de pijamas. Tal vez habría sido más fácil guardar la ropa en la cómoda, pero puede que la parte de Arina que no ha cambiado sea su habilidad de procrastinar en todo.

—*E* qui-quiero y *empre o* ha-haré.

—Yo también te quiero —responde mientras se quita el jersey—. Pero acaba de escribir esa carta para que pueda enviarla por ti enseguida.

Cuando su jersey cae al suelo, me enfrento a la realidad de lo que nos ha sucedido a ambas, a pesar de mis discapacidades. Nunca estuvo así de delgada antes de la guerra y, aunque probablemente no esté tan delgada como cuando salió de Auschwitz, al igual que yo está cubierta de cicatrices y marcada con un número tatuado que siempre nos recordará lo único que desearíamos olvidar.

CAPÍTULO 21

Chicago, Illinois, Estados Unidos
ENERO DE 1947

ARINA

Coloco la última pila de ropa doblada en los cajones de la cómoda y pateo las dos cajas vacías hacia la puerta. Espero que esta sea la última vez que me toca deshacer el equipaje antes de salir de este sitio para siempre.

–Ha pasado casi un día entero y sigues escribiendo la carta. Creía que tenías prisa por enviarla –comento.

Aparte de dormir y comer, mi hermana no se ha movido de la cama desde la cena de anoche. Tampoco es que haya mucho más que hacer aquí los fines de semana, pero creía que hoy querría explorar el entorno. Supongo que aquí el invierno es como en cualquier otro sitio. Hace frío, llueve y está todo lleno de barro. No hay mucho que ver, y hacer nuevos amigos nunca ha sido una prioridad para Nora. En mi caso ha sido igual, excepto por Dale.

–Ya ca-casi he acabado –responde.

Me observo la cara en el falso espejo dorado que tengo sobre el escritorio y me giro a ambos lados buscando imperfecciones.

–¿Qué-qué *etá* buscando? –pregunta Nora desde detrás de mí.

Abro el cajón superior y saco el cepillo para el pelo, una lata pequeña y una caja de cerillas. Todos los artículos personales que he organizado meticulosamente hace menos de una hora.

–Mi cara –contesto–. Creo que la he encontrado en el espejo.

Casi puedo sentir cómo Nora pone los ojos en blanco a mi espalda. No ha tardado mucho en volver a sus viejas costumbres.

Tengo dos horquillas sujetándome dos mechones enroscados

a los lados que se meten en un moño bajo, pero los saco y me paso el cepillo para alisarme el pelo. Echo los rizos a un lado por encima del hombro derecho y me paso los dedos por las raíces. Se me hace raro llevar el pelo completamente suelto, pero me gusta. Me confiere un aspecto más maduro. Quito la tapa de la lata y dejo los trozos rotos de pintura roja a un lado.

—Arina…

—¿Sí?

Cojo la caja de cerillas y saco una.

—¿Qué e-es…?

—Ahora verás —la interrumpo.

Paso la cerilla por la caja y levanto la latita para calentarla por debajo, esperando que la cera se derrita rápidamente.

Necesito tres cerillas para ablandar la cera lo suficiente como para untarme el dedo en ella y pasármelo por los labios, pero una chica necesita pintalabios antes de quedar con un chico en una azotea. Me subo un poco la falda y me aprieto el cinturón.

—¿*Va-va* a algún *itio*? —pregunta Nora.

Me he pasado todo el día sin mencionar a Dale. No quería que pensara que la había olvidado por algún chico y ella se ha mostrado tan feliz al hablarme de Elek que no quería robarle el momento. Sin embargo, su momento se ha convertido en horas escribiendo una carta, así que creo que puedo escaparme para mi cita con Dale.

—A la azotea. Es un buen sitio desde el que observar las luces de la ciudad. Te pediría que vinieras, pero…

—No pu-puedo andar —termina.

—No, no, no es eso. Yo te subiría hasta allí, pero he quedado con alguien para vernos a solas.

Nora deja el libro de psicología que sostiene como rehén junto con la carta de cuatro páginas a su lado y se endereza más recta que una flecha.

—¿Co-con quién *ha* que-quedado? —pregunta, inclinándose hacia delante, intrigada—. ¿Un chi-chico?

—Podría ser —bromeo.

–*E* he hablado de Elek, ¿po-por qué no me *cuenta* lo de *u-u* chico?

Me encojo de hombros sin dejar de mirarme en el espejo.

–No quiero que te sientas mal porque Elek no está aquí. No es justo.

–Me a-alegro por *i* –contesta con la honestidad reflejada en sus palabras–. Qui-quiero conocerlo.

Me doy la vuelta y me acerco a su cama.

–Lo harás. Te lo prometo. Después de lo de esta noche, buscaré una ocasión para presentaros.

–¿Vi-vive aquí?

Niego con la cabeza esperando la mirada maternal que estoy a punto de recibir como respuesta.

–Trabaja aquí como encargado de mantenimiento, pero solo tiene diecinueve años. De hecho, es un chico encantador. Se llama Dale.

Nora no arquea una ceja tal y como había supuesto que haría. Aprieta los labios y sonríe..., es una sonrisa pequeña y firme.

–*E* mu-muero de *gana* de co-conocerlo –contesta.

Me agacho y le doy un beso en la mejilla.

–Yo también quiero que lo conozcas. No tardaré mucho. No vendrá nadie a buscarme, así que no vas a tener que preocuparte por cubrirme.

Parece que Nora tiene algo más que añadir, pero se lo guarda, lo cual puede que sea lo mejor para ambas ahora mismo, ya que no quiero llegar tarde después de no haberme presentado la última vez.

Saco el abrigo del perchero, lo sostengo debajo del brazo y abro la puerta para asomar la cabeza. Está despejado. El nuevo pasillo en el que nos han ubicado es mucho más tranquilo que el anterior. Es incluso más tranquilo que el de las habitaciones de aislamiento y la escalera de emergencia está a solo dos puertas a la izquierda.

En cuanto salgo al frío, veo a Dale sentado en el mismo sitio que la noche de fin de año con las piernas colgando por el lado.

La niebla se acumula sobre el horizonte de la ciudad, difuminando las luces de debajo. Sobre la capa de nubes hay una vista clara del cielo nocturno y se pueden vislumbrar las estrellas que normalmente quedan eclipsadas. Me pongo el abrigo sobre los hombros, me acerco a él y me siento a su lado.

—Esta noche no me has dejado plantado —comenta con una sonrisa.

—La última vez no te dejé plantado, Vallentine me retuvo en contra de mi voluntad.

—Bueno, si no fueras tan problemática…

Su broma provoca que el calor me caliente las frías mejillas.

—No habría cedido a la tentación de escabullirme para quedar contigo —termino su frase.

—Tienes razón —responde, y me pasa un brazo por los hombros—. ¿Cómo va todo con tu hermana? ¿Mejor?

Observo las luces parpadeantes de la ciudad y las nubes iluminadas por la luz de la luna que atraviesan el cielo advirtiendo de una tormenta inminente.

—Tenías razón. Las dos necesitábamos algo de tiempo para adaptarnos, pero ahora parece que todo va mejor y casi me atrevería a decir que es como cuando estábamos juntas. Por supuesto, quiere conocerte.

—Me encantaría —dice Dale—. Podría ser algo raro ver a dos Arinas una al lado de la otra.

Su risa es adorable, pero se detiene en seco cuando se percata de que yo no reacciono. No es la primera vez que oigo un comentario así, pero Nora y yo parecemos tan diferentes ahora que no estoy segura de que la gente fuera a reconocernos como gemelas idénticas si no lo supieran de antemano. Somos idénticas, pero nuestros gestos no podrían ser más diferentes y todo lo que le ha pasado reduce nuestras similitudes.

—Nora va en silla de ruedas y tiene dificultades para hablar. Prefiero advertirte ahora para que no te sorprendas cuando la conozcas.

—¿Nació así? —pregunta con la curiosidad reflejada en la mirada.

–No. Bueno, sí, pero no. Nació con tartamudez, pero en Auschwitz fuimos objeto de experimentos médicos y se centraron en ella por la tartamudez. La cirugía le provocó daños neuronales que le afectaron a la pierna derecha y a la punta de la lengua. No tiene mucho sentido, pero…

–¿Por eso te culpas? –pregunta Dale, mirándome fijamente.

–Sí. No era culpa suya tener un rasgo distintivo, pero como yo no era tartamuda como ella la sometieron a un experimento horrible.

–Y tampoco es culpa tuya por nacer como naciste. Lo que os pasó a ambas no es por nada que vosotras hicierais. Y lo sabes.

–Es fácil decirlo.

–Con cada nueva conversación que mantenemos, me intrigas más. Me dejas a menudo como el punto álgido de un libro: preguntándome qué pasará a continuación y deseando saber más.

Cruzo los brazos sobre el pecho, bloqueando el viento e intentando ralentizar mi pulso acelerado.

–¿Y qué hay de ti? Tú sabes mucho sobre mí, pero yo apenas sé nada de ti.

–Mi historia es mucho más sencilla. He vivido toda la vida en Chicago. Mi madre falleció de neumonía cuando tenía cinco años y mi padre me crio desde entonces. Fui a la escuela y empecé a trabajar aquí mientras me tomaba un tiempo para decidir qué quería hacer a continuación.

–¿Y qué quieres hacer a continuación? –pregunto.

–Todavía no lo sé y puede que nunca lo sepa. Quizá sea un manitas toda la vida, como mi padre, y eso me parece bien.

–Siempre y cuando eso te haga feliz, ¿verdad? –inquiero.

–La felicidad es lo único que debería importar.

Sale vaho de sus labios cuando habla y me mira con ojos brillantes. Parece estar luchando contra sus sentimientos por mí y nunca estoy segura de qué bando está ganando. Uno puede ser problemático, como él mismo dijo, y el otro nos mantendría a ambos por el buen camino.

Tras haber estado prisionera, soy imparcial a la hora de seguir las reglas. El mundo necesita ser más comprensivo. De lo contrario, ¿qué sentido tiene todo?

Dale se aleja de la cornisa y me acerca a él.

—¿De dónde has sacado el pintalabios? —pregunta.

—Una chica tiene sus secretos —contesto con aire juguetón.

—El color te queda muy bien. —Lo miro y una sonrisa asoma a mis labios—. Quiero verlo más de cerca…, ¿dirías que es más bien escarlata o cereza?

—Escarlata —respondo sin aliento.

De algún modo, he olvidado respirar cuando me ha mirado a los ojos. Me pone una mano en la mejilla y me acaricia el labio inferior con el pulgar. La sensación me envía descargas eléctricas por los nervios. Dale tira de mí y me roza suavemente los labios con los suyos, prolongando el momento. Ahora no puedo respirar y no estoy segura de que me importe. Parece que mis brazos se mueven por sí solos cuando se los paso por el cuello. El mundo podría dar vueltas a mi alrededor y yo no me daría cuenta, porque estoy atrapada por su hechizo. Se levanta y me eleva con él y parece que bailamos en círculos hacia la puerta de la azotea, pero nos detenemos cuando mi mirada se encuentra con un muro de piedra. Dale me desliza las manos por el cuello hacia abajo, siguiendo un camino que nunca ha recorrido ningún hombre. Le clavo las uñas en la nuca, justo debajo del nacimiento del pelo, sintiendo tantas cosas a la vez que no sé cómo moverme ni que hacer.

—Por el amor de Dios, ¿qué está pasando aquí?

Una voz estridente suena por encima del chirrido de las bisagras de la puerta.

—¿Dale? ¿Arina?

Vallentine ha llegado de nuevo para arruinarme la vida.

—¡Separaos inmediatamente! No me importa quién sea tu padre, jovencito, tu tiempo aquí se acabó. Y en cuanto a ti, Arina, esta vez has llegado demasiado lejos.

Dale me sostiene por los hombros como si fuera a caer por un lado del edificio si me soltara.

—Tenemos casi la misma edad. En dos meses será lo bastante mayor para salir de aquí. Esto no es necesario, señora Vallentine —replica Dale.

—Mientras esta niña esté a mi cuidado, seguirá mis reglas. Y tú también. Aquí existen reglas explícitas que prohíben relacionarse con los niños. Eras consciente de esta regla y la has ignorado. La desobediencia tiene consecuencias.

—No soy ninguna niña —exclamo—. He experimentado más cosas en diecisiete años de las que usted vivirá en toda su vida. Hitler y su ejército destruyeron, desarraigaron y trastocaron nuestras vidas para siempre. ¿Por qué no nos permite vivir con una pequeña sensación de normalidad? Prefiere confiar en un puñado de normas. Tiene un deseo desproporcionado por el control. El control no hace a una persona fuerte, ni siquiera buena, solo roba a los inocentes para alimentar a los agresores. Nadie la recordará por proporcionarnos un techo bajo el que vivir, la recordarán por hacer que el interior del edificio sea más frío que el viento en una noche de invierno como esta. ¿Para eso trabaja aquí?

Tengo la garganta áspera de gritar contra el viento gélido, pero me niego a seguir callada. Lo peor ya ha sucedido. ¿Qué más puede arrebatarme?

CAPÍTULO 22

Chicago, Illinois, Estados Unidos
ENERO DE 1947

NORA

Arina se preguntará si le he contado a la señora Vallentine dónde está. La confianza es algo insignificante cuando a nosotras nos la robaron hace tanto tiempo. Por tercera vez en la última hora, miro el reloj. Hace veinte minutos que se han apagado las luces y todavía no ha vuelto. No estoy segura de si es algo que hace a menudo o si los encuentros en la azotea son una cosa nueva. Hace dos horas que me he enterado de la existencia de Dale.

Cierro el sobre después de pasar la lengua por la tira de pegamento insípida. Al menos, creo que lo he hecho. Podría haberme cortado la lengua con el papel y no me habría enterado. La solapa se pega, así que supongo que lo he hecho bien. Hago lo mismo con el sello con la esperanza de que la carta llegue hasta Elek.

Un ruido al otro lado de la puerta desvía mi atención del sobre sellado que tengo en el regazo.

—¿Eres consciente de que tu comportamiento es de muy mal gusto? —dice una voz.

—No, pero tal vez usted pueda mirarse en el espejo y descubrir algo.

Arina está discutiendo con la señora Vallentine en el pasillo, lo cual no me sorprende en absoluto.

—Si no te quedaran solo dos meses aquí, te trasladaría a un reformatorio. No tienes decencia ni respeto por tus mayores y es agotador. El único motivo por el que no te meto en una habitación de aislamiento esta noche es porque tu hermana necesita tu compañía más que esas paredes a las que te gusta cantarles.

Sin embargo, esa mujer apenas me ha hecho un par de preguntas desde que he llegado.

–Si pudiera marcharme en este mismo instante, lo haría –replica Arina–. Puede que piense que soy yo la que necesita expiar mis pecados, pero algún día se dará cuenta de cuánto perdón necesita suplicar usted.

Nunca había oído a Arina hablarle a nadie como le habla a la señora Vallentine. Debe de tener un buen motivo para comportarse de ese modo. O puede que ya no conozca a mi hermana tanto como antes.

–Basta. Luces apagadas.

La puerta se abre de golpe y veo a la señora Vallentine tan roja que me sorprende que no le salga humo de las orejas. Tiene los ojos inyectados en sangre, los puños apretados y los labios fruncidos.

Arina entra pisando fuerte y pasa junto a mí hacia su mesita de noche. Mira fijamente la lámpara y la luz le ilumina la cara mientras se quita la pulsera que le he regalado cuando estaba deshaciendo mi equipaje. Me miro la muñeca y veo la pulsera gemela.

La puerta se cierra cuando la señora Vallentine abandona la escena en silencio y me quedo con la intriga de qué ha pasado.

–¿Por qué me has hecho esto? ¿A tu propia hermana? ¿Sangre de tu sangre? ¿Tanto me odias? –sisea.

–¿Ha-ha-hacer qué?

Sabía que me echaría la culpa.

–Nora, le has dicho a Vallentine que estaba en la azotea. Eres la única persona que sabía que estaba ahí. Si no querías que fuera, podrías habérmelo dicho en lugar de mandarme al monstruo.

–Yo-yo-yo no le he dicho na-na-nada –replico.

Yo nunca la delataría.

–¿Qué le has dicho?

–Me ha *pre-preguntao* dónde *etaba* y le he dicho que no-no lo *abía*.

–¿Te ha creído? –pregunta Arina.

–¿*Acao* importa?

Gimo frustrada por tener que seguir hablando cuando no tiene sentido. Odio oírme a mí misma.

–¿Qué? –pregunta Arina.

–He di-dicho que no *o abía* –repito.

–Bueno, no te preocupes. Ha despedido a Dale, así que no voy a tener que escabullirme de esta habitación otra vez para encontrar la felicidad hasta que nos echen a la calle. Pero al menos estaremos juntas, ¿verdad?

Sus palabras son muy crueles. Antes no era tan borde y hostil. Me esfuerzo por no tomármelo como algo personal, pero es complicado cuando me mira directamente y descarga toda su ira sobre mí. Me duele el pecho y me arde el estómago. Sé que ninguna le haría daño nunca intencionadamente a la otra, lo que significa que no debe de ser consciente de lo que me está haciendo. O peor, ha perdido la capacidad de preocuparse por ello, lo cual también sería comprensible.

Yo ya llevo el pijama y, por suerte, estoy preparada para dormir, así que alargo el brazo hacia la lámpara y la apago, dejando que Arina tenga la última palabra, como ella siempre ha querido.

No intenta cambiarse de ropa ni abrir y cerrar los cajones en silencio. No tarda mucho en apagar la luz ella también y le lleva menos tiempo aún echarse a llorar sobre la almohada.

–*Econtará* un mo-modo de estar *co-conigo* –digo, intentando consolarla con la esperanza que necesita ahora mismo.

–Necesita este trabajo y Vallentine se cree que puede controlar las vidas de todos como si fuéramos interruptores insignificantes.

Si Arina no estuviera tan irritable en este momento, quizá le diría que los interruptores no son insignificantes. No soy ajena a la gran cantidad de reglas que tienen todos los orfanatos, pero depende de nosotras cumplirlas y no meternos en problemas. Arina no parece muy preocupada por eso.

–Ma-mañana puedo *inentar* a-ayudar. *Po-podemo* hablar *co* Helena Blum.

209

—¿De verdad que no le has dicho a Vallentine dónde estaba? —pregunta Arina entre sollozos.

Hay una pizca de remordimiento entre sus palabras.

—No. Era *omo i ya o upiera.*

—¿Como si ya lo supiera? —repite Arina—. ¿Cómo iba a saberlo?

—*Í* —respondo con un suspiro cansado—. ¿Y *o* qué sé?

—Probablemente, solo estuviera buscando un buen motivo para deshacerse de él. Siempre ha sido muy grosera con Dale y estoy segura de que tiene algo que ver con el poder que tiene su padre como director del terreno. Pero no sé qué tipo de poder es.

—Pu-puede que *etonce* no pi-pierda el *abajo.*

El poder puede ser un motivo para que a alguien no le agrade una persona.

—No lo sé. Por favor, déjame llorar hasta que me duerma. Nadie ha tenido problema con que lo haya hecho el último año y medio. —Arina gira la almohada y gime—. Perdón por acusarte. Perdóname por todo. Sé que tú no me harías daño. Es el resto del mundo el que quiere atraparme.

—Lo *e-etiendo.*

Antes habría sido un problema oírla llorar hasta quedarse dormida. Me habría metido en su cama y la habría abrazado hasta que el dolor hubiera desaparecido. Es lo que hacíamos cada vez que teníamos un mal día. Por supuesto, por aquel entonces no sabíamos lo que era un auténtico mal día.

CAPÍTULO 23

Chicago, Illinois, Estados Unidos
ENERO DE 1947

ARINA

Su cabeza es muy suave, no se parece a nada que haya visto antes y tiene la incisión hinchada y llena de puntos negros. No tendrían que habérselos dejado expuestos sin venda, podría contraer una infección. Cuando observo fijamente los pliegues de su piel, veo un líquido oscuro que sube hacia la superficie y se le derrama por la cabeza como si la incisión estuviera emanando lágrimas de sangre. Doy vueltas en busca de gasas o una toalla, algo para aplicar presión en la herida, pero la habitación está vacía más allá de la luz que ilumina el cuerpo de mi hermana. Rasgo la parte inferior de la sábana y me envuelvo la mano con ella para presionarle la cabeza. Cuanta más fuerza hago, más rápido parece salir la sangre y empapa la sábana en pocos segundos. Mi madre me dijo que para cortar el sangrado de una herida había que aplicar presión. No funciona.

—¡Nora! —grito—. Nora…, ¡no te mueras! No deja de salir sangre. ¡Nora!

La parte superior de su cabeza cae sobre mis manos como si alguien le hubiera cortado el cuero cabelludo. Grito a todo pulmón y la bilis me sube por el estómago.

Una mano me agarra el brazo y me entra luz por los ojos.

—Arina —dice Nora, sacudiéndome.

La habitación está oscura alrededor de la única fuente de luz, pero el rostro de Nora es lo bastante claro para que lo vea y distinga su precioso cabello que le llega hasta los hombros. No está desangrándose. Está aquí. Me incorporo en la cama y noto que el sudor me empapa el pecho y la espalda.

—*Eaba eniendo* una *pe-peadilla.*

—No era una pesadilla —gimo.

—¿A qué *e refiere?* —pregunta Nora, mirándome desconcertada.

—Mis pesadillas son recuerdos, sobre todo de ti después de la operación.

—No me *vi-vite depué* de la o-operación.

A medida que pasan los segundos, la oscuridad opaca de nuestra habitación se vuelve más fácil de penetrar con la mirada y veo que Nora está a mi lado en la silla de ruedas.

—Sí que te vi. Fui a buscarte y te encontré sola en una habitación oscura en una cama con la cabeza afeitada y una gran incisión. Y había sangre…, o eso creo. Parecía que estuvieras muerta. Creía que el doctor Mengele te había matado durante la intervención y que no despertarías.

—¿Mu-muerta? No me *a-acuedo…,* no mu-mucho.

La respiración de Nora se acelera y tira de la sábana de debajo de mí como si intentara rasgarla.

—Nora, quiero matarlo. Pienso en ello y a veces sueño con que sucede. Quiero torturarlo como él te torturó a ti. Se supone que escapó y se libró de todo lo que hizo en Auschwitz.

—Mu-muévete —dice Nora.

Me deslizo hacia el lado, acercándome a la pared, y ella se impulsa para bajar de la silla y meterse en la cama. Balancea primero la pierna buena y luego levanta la otra con la mano. Nos cubre a ambas con la sábana y me rodea con el brazo.

—*Etoy* vi-viva.

—¿Y si Mengele sabe dónde estamos? —pregunto.

Nora no contesta. En lugar de eso, me pasa los dedos por el pelo y tararea la canción de la tormenta, arrullándonos a ambas. Se acuerda.

Los despertadores me taladran los oídos. Me doy la vuelta y me encuentro a Nora retorciéndose, pero todavía medio dormida. Me estiro sobre ella para apagar mi despertador y luego escalo por encima de su cuerpo para apagar también el suyo. En cuanto lo golpeo con la mano, me abruman los pensamientos sobre lo que sucedió anoche con más fuerza que el sol que entra por las persianas. Dale. Tengo que encontrarlo, pero tenemos que ir a clase. Puede que esta tarde me espere delante del colegio como hace a veces. Supongo que todo dependerá de cómo haya tratado el tema Vallentine con su padre.

–*U* ca-cama *e* cómoda –grazna Nora.

–No me merezco estar cómoda después de cómo te traté anoche. Perdón otra vez por pensar que me habías delatado. En el fondo, no creía que hubieras sido tú. No podías. No lo harías. Lo sé.

–*Odo* i-irá bien –dice.

–Eso espero –contesto con un sollozo–. Tenemos que prepararnos para ir a clase o nos perderemos el desayuno.

La culpa me come viva. No merezco tenerla como hermana. Y ella tampoco merece la desgracia de tenerme a mí.

Normalmente, no me siento en el comedor a desayunar porque prefiero comer de camino a clase, pero puede que Nora quiera sentarse y desayunar tranquilamente antes de su primer día en un colegio nuevo.

–¿Quieres que te ayude a bajar al baño?

Sé que dirá que no, como todas las veces que se lo he ofrecido, pero no sé de qué otro modo puedo demostrar mi remordimiento.

–No, *etoy* bien –contesta.

Sí que lo está. Ha organizado toda su ropa en la cómoda y está sacando un uniforme escolar que se pone sobre el regazo. Tiene incluso la cesta para la ducha preparada. La coge a continuación y se va al baño sin necesidad de ayuda. No sé si lo hizo así siempre porque no sé cuánto tiempo necesitó para recuperarse. Solo sé que la señorita Blum la salvó ocultándola en el sótano del hospital. La noche anterior tendría que haber girado alrededor de Nora y no de Dale. Mis actos no concuerdan con lo que siento por dentro, estoy descontrolada y no tengo ni idea de cómo puedo dominarme.

Cojo mi pulsera de la mesita de noche y me dejo caer sobre la cama. La noche que llegó Nora, antes de acostarnos, sacó esta pulsera de nudos roja y azul y me la entregó. Me dijo que ella tiene una a juego. La miré igual que ahora, preguntándome si sabía que me acabaría encontrando. Cuando le pregunté por ellas, me dijo que no sabía si volvería a verme alguna vez ni si estaba viva, pero que se las regalaron y se guardó una con la esperanza de que volviéramos a estar juntas. No me ha dicho quién se las regaló, o al menos no quiso decírmelo cuando se lo pregunté. Solo me respondió que era una larga historia. Puede que Helena tenga algo que ver con esas pulseras. Me encantan. Cuando voy a la ducha, me la vuelvo a poner en la muñeca.

No me cruzo con Nora en el pasillo ni la veo en el baño. Espero que Vallentine no haya vuelto a interrogarla.

Al volver, miro el lavabo vacío y los pasillos cercanos, que también están vacíos. Hay algunas personas caminando, pero no Nora.

Tampoco está en nuestra habitación y su mochila ha desaparecido. Puede que me esté evitando después de lo de anoche, pero estaba bien cuando nos hemos despertado. Al menos, eso me ha parecido. Dudo que quiera ir sola a la escuela el primer día. Eso es algo que no le desearía a nadie. Todos se nos quedan mirando hasta que creen que han llegado a una conclusión sobre nuestra historia.

Ha cogido mi libro de psicología de su mesita y lo ha vuelto a dejar en la estantería. Tampoco está la carta que había encima. Le dije que yo la enviaría. Por supuesto, iba a pedirle a Dale que la llevara a la oficina de correos porque así llegaría mucho antes a donde tenía que llegar, pero quizá esa ya no sea una opción ahora que también le he arruinado la vida a él.

Cojo la mochila del suelo y salgo al pasillo, rezando por evitar a todos los trabajadores que probablemente estén hablando de lo que pasó anoche conmigo.

La puerta de la señorita Blum está cerrada y me pregunto si ya habrá llegado al orfanato. Puede que Vallentine esté ahí dentro con ella hablando sobre mí. Es como si los pasillos tuvieran ojos y todos me miraran, como en aquel horrible laboratorio de Auschwitz.

—Arina Tabor —dice alguien débilmente cuando atravieso la puerta por error.

Sacudo la cabeza para ahuyentar los pensamientos de globos oculares inmóviles y me giro.

—¿No me has oído cuando te he llamado tres veces? ¿Dónde tienes la cabeza esta mañana?

Tendría que haberme imaginado que Vallentine estaría esperando a que me despertara para poder darme otra paliza verbal.

—Estoy cansada porque no he dormido bien.

—Seguro que tu amiguito Dale tampoco —dice intencionadamente—. Bueno, te espero en mi despacho hoy después de clase.

—¿Por qué? —pregunto.

—No preguntes. Lo averiguarás después de clase.

Me esfuerzo por evitar poner los ojos en blanco y, en lugar de eso, aprieto los dientes.

Me encojo de hombros antes de darme la vuelta y salir a la fría niebla.

—*Va-vamo* a llegar *arde*.

Miro a la derecha y veo a Nora esperándome con la mochila en el regazo y con nubes de vaho saliendo de sus labios.

—No llegaremos tarde. Conozco un atajo. Además, creía que ya te habrías ido sin mí.

—Que-quería *omar* el a-aire *freco* —responde.

Me cuesta entender algunas palabras, pero sé lo mucho que le afecta que no entienda lo que intenta decirme. Ya le pasaba cuando tenía una simple tartamudez, con su condición actual será mucho peor.

—¿Aire fresco? Más bien gélido.

Nora ríe y creo que es la primera vez que la veo hacerlo desde que llegó al orfanato. Cuando alcanzo el respaldo de su silla, se aleja del edificio de ladrillos dejando claro que no necesita mi ayuda para moverse.

Se agarra a los soportes de metal que hay alrededor de las ruedas y la pulsera le cuelga por debajo de la manga del abrigo. No me había dado cuenta de que la suya era ligeramente diferente a la mía.

–¿Qué hay en tu pulsera?

Tira de la manga de su abrigo y niega con la cabeza.

–No e na-nada.

CAPÍTULO 24

Chicago, Illinois, Estados Unidos
ENERO DE 1947

NORA

Estoy enfadada, furiosa, en realidad, pero ¿de qué serviría explicarle mis sentimientos a Arina cuando parece tan perdida en sus pensamientos? La imagen de un buzón alto azul y oxidado con la palabra CORREO en la parte superior me distrae de mi frustración. Acelero, paso junto a Arina y cuando la ligera pendiente de la calle me ofrece un descanso momentáneo de tener que impulsar las ruedas de la silla, me meto la mano en el bolsillo y saco el sobre. Rezo para que le llegue a Elek.

—Hay una oficina de correos a una manzana de la escuela, por si prefieres llevarlo allí —sugiere Arina.

En lugar de responder, freno delante del buzón de metal y bajo la palanca para abrir la rendija. Dejo caer el sobre dentro y oigo un suave golpe cuando llega al fondo. Debe de ser la primera carta del día en el buzón.

—Ahora ya me *iento me-meor* —digo.

—Me alegro —responde Arina—. Me has hablado muy poco sobre Elek, pero me dijiste que también era gemelo, ¿ha encontrado a su hermano o hermana?

No debió de entenderme cuando dije que su hermano no sobrevivió.

—Murió —respondo.

—¿Murió... por culpa de Mengele? —presiona.

—Í.

—¿Y qué hay de sus padres? Sé que estaba en un orfanato, pero ¿averiguó qué fue de ellos?

—*Odos mu-muetos* —confirmo, recordando el día que Elek recibió la carta de la Cruz Roja.

—¿Cómo se enteró? Yo he escrito más veces a la Cruz Roja de lo que puedo recordar por si sabían algo sobre mamá y papá, pero no he recibido ninguna respuesta.

—Re-recibió una *cata* de *a* Cruz Roja.

Oigo un nudo formándose en su garganta.

—No se me ocurre nada peor que perder la última brizna de esperanza que nos queda —dice Arina.

—Arina —la llama alguien desde detrás.

Es una voz masculina grave que no reconozco. Me giro para mirar por encima del hombro y me encuentro a un joven de hombros anchos con pantalones de color canela, un abrigo de lana negro y una bufanda y gorra de vendedor de periódicos a juego. Tiene las mejillas rojas por el viento y los ojos vidriosos por debajo de la visera de la gorra. Es bastante guapo y muy sofisticado.

—Dale —contesta ella con aire sorprendido.

Puede que tuviera dudas de si volvería a buscarla después de lo de anoche. Sé poco de él, más allá de todos los problemas causados.

—¿Estás bien? —le pregunta Dale mientras ella se lanza a sus brazos y apoya la cara en su pecho.

—Sí. ¿Y tú? ¿Te ha despedido Vallentine?

—La pierden las palabras. Mi padre ya ha tenido una discusión con ella esta mañana. Evidentemente, no está muy contento con lo que le ha contado Vallentine, pero no permitirá que me quite un trabajo que tengo desde antes de que llegara ella.

Su padre debe de tener mucho poder para ser capaz de decirle a la señora Vallentine lo que puede hacer y lo que no. Me pregunto si Arina es del todo consciente de la posición de su padre.

—Es una mujer horrible —dice Arina, llevándose las manos enguantadas a las mejillas—. Dale, esta es Nora, mi hermana.

Giro la silla y levanto la mano para saludarlo.

—Mis disculpas —dice él—. He estado tan preocupado toda la

noche y esta mañana que he olvidado mis modales. Es un placer conocerte. Me alegro muchísimo de que os hayáis encontrado la una a la otra en circunstancias tan excepcionales. Me ha contado cosas maravillosas sobre ti.

No estoy segura de creérmelo, aunque puede que antes de mi llegada aquí sí que le contara maravillas.

—Yo-yo *ambién* he o-oído hablar de *i* —digo, mirando a Arina con el rabillo del ojo y preguntándome si alguno de los dos ha entendido lo que acabo de decir.

—Espero que hayan sido solo cosas buenas —contesta rápidamente antes de que Arina pueda intervenir e indicarle las letras faltantes.

—*Í* —contesto con una sonrisa amable.

Me pregunto si sabía lo de mis discapacidades antes de esta mañana. No parece sorprendido por lo que ha visto.

—Os parecéis muchísimo, es impresionante —comenta.

—No vayas a confundirnos —bromea Arina—. Yo te encontré primero y Nora tiene novio en Francia.

Está embelesada. Me alegro de que Dale haya venido a verla esta mañana, así no se pasará el día preguntándose si volverá a verlo alguna vez. Sin embargo, yo no tengo ninguna promesa así. Es bastante probable que no vuelva a ver nunca a Elek y ese hecho me pesa en el pecho.

El comentario de Arina parece incomodar a Dale y cambia el peso de un pie al otro.

—Arina…

—Solo era una broma —responde ella, sonrojándose como una tonta.

—Bueno, no quiero haceros llegar tarde a clase —declara, levantando la muñeca para comprobar la hora—. No podéis quedaros más aquí.

—¿Y qué hay de nosotros? —inquiere Arina.

—Nos veremos aquí después de clase. Ya hablaremos entonces.

Seguro que Arina se está preguntando de qué tienen que hablar. A mí me parece evidente. Puede que él no quiera volver a tentar a la suerte, sobre todo ahora que su padre está involucrado. No pasará nada en ocho semanas. Cumpliremos dieciocho años y ya no tendrá que preocuparse. Si yo solo tuviera que esperar ocho semanas para ver a Elek, aceptaría con los ojos cerrados.

—¿Hablar? —cuestiona.

—Intenta no preocuparte demasiado. Tenéis que iros, no quiero que lleguéis tarde —insiste él, poniéndole una mano en el hombro—. Ha sido un placer conocerte, Nora. Seguro que nos vemos pronto.

—*Iguamente* —contesto, levantando la mano para despedirme. Arina se tensa y mueve los pies con la mirada fija en el suelo—. *Odo* i-irá bien.

—En nuestra vida no es así, Nora. Tú más que nadie deberías saberlo.

CAPÍTULO 25

Chicago, Illinois, Estados Unidos
ENERO DE 1947

ARINA

—Niños y niñas, me gustaría que leyerais todos de la página doscientos a la doscientos veinte en silencio. Este capítulo cubre hechos sobre la guerra austro-prusiana, que tuvo lugar en 1866. Mañana por la mañana os preguntaré sobre el tema. Si tenéis alguna duda, tomad notas y lo hablaremos cuando acabéis de leer.

La pizarra verde que hay detrás de la señora Pelp contiene hechos históricos sobre la guerra de Crimea que estudiamos la semana pasada.

—La guerra es una batalla que nadie puede ganar —le digo a la señora Pelp—. ¿Qué más hace falta saber?

—Señorita Tabor, ¿hay algo más que quieras compartir con la clase? —La señora Pelp cruza las muñecas en la espalda y camina hacia mí con una ceja arqueada—. Si sabes más que este libro, aplaudiré tus esfuerzos por educarnos a todos.

—Las guerras son todas iguales. Muere gente inocente mientras los líderes luchan por el control. Parece que no hemos aprendido mucho los últimos ochenta años, ¿verdad? —pregunto, sabiendo que estoy tentando a la suerte.

—No te lo puedo discutir, pero eso no significa que no debamos aprender sobre estos hechos de la historia —declara la señora Pelp.

—¿Qué sentido tiene si esos hechos se van a repetir?

La señora Pelp parece abatida.

—¿A qué te refieres, Arina? —pregunta.

—Este libro solo recoge una perspectiva de la historia, lo cual significa que este capítulo es una mentira descarada. ¿Qué hay de la gente inocente que se ve atrapada en una guerra? Son solo bajas. Si a nuestra juventud se le enseñaran las auténticas atrocidades a las que puede enfrentarse, la conversación sería muy diferente. Nadie bostezaría si estuviéramos discutiendo sobre el estado actual de los acontecimientos.

Una ronda de aplausos me sobresalta. Todos mis compañeros me aplauden y apoyan mi argumento.

—Me gustaría hablar contigo en el pasillo, señorita Tabor.

La señora Pelp ha sido una profesora muy agradable. Mundana. Nada cruel, a diferencia de los profesores de otras asignaturas.

Los aplausos se apagan rápidamente.

—Uy…

Sigo a la señora Pelp al pasillo y espero a que cierre la puerta detrás de nosotras.

—Alzar la voz en clase es inaceptable. El aula no es lugar adecuado para resistirse a los hechos de la historia ni para protestar por la materia impartida.

—Señora Pelp… —interrumpo.

—No, déjame hablar —dice con un gesto severo—. Entiendo que has visto y has vivido mucho más que el estudiante promedio y respeto mucho tu fortaleza, pero tus compañeros no son emocionalmente capaces de entender la veracidad de tus experiencias personales.

No puedo evitar entornar los ojos al mirar fijamente a la cara a la señora Pelp.

—Es mejor la ingenuidad. Entiendo. ¿Me disculpa, por favor? Hoy no me encuentro muy bien.

—Claro. Informaré a la enfermera de que te encuentras mal y de que te marchas.

Paso junto a ella y vuelvo a la clase para recoger mis pertenencias. Evito mirar a los otros alumnos y vuelvo rápidamente al pasillo.

—Señorita Tabor —dice la señora Pelp cuando paso junto a

ella–, algún día que tengas tiempo después de clase me gustaría escuchar tu historia, si te interesa compartirla conmigo.

Noto un nudo en el pecho.

–Aprecio su curiosidad.

No puedo decir mucho más. El aire húmedo de la escuela me agobia, necesito marcharme antes de ponerme a gritar.

En el camino de regreso al Gracia Divina voy acumulando más ira y resentimiento. Como una bola de nieve bajando por una montaña blanca, estoy destinada a convertirme en una avalancha que romperá todo lo que le rodea en un millón de pedazos.

No soporto la idea de atravesar la puerta y explicar por qué he vuelto del colegio antes de la hora del almuerzo. Sé que hay un acceso por la salida de emergencia y es mi única oportunidad de encontrar la calma que necesito para tranquilizar el torbellino de mis pensamientos. ¿Qué sentido tiene esta vida si me he quedado más tiempo en ella del que era bienvenida?

CAPÍTULO 26

Chicago, Illinois, Estados Unidos
ENERO DE 1947

NORA

El horario que me ha dado la administración del colegio esta mañana es como el que tenía en Francia y, por suerte, las aulas están cerca y en la misma planta. Aparte de preocuparme por Arina, he tenido un primer día decente.

No la he visto ni en la comida ni en los pasillos entre clase y clase y tampoco estaba en la puerta cuando ha sonado la última campana. Tengo un nudo en el estómago mientras pienso dónde podría estar.

En cuanto atravieso las puertas del Gracia Divina, la señora Vallentine me ve por la ventana de su despacho y sale corriendo hacia mí.

—Nora —me dice con una sonrisa forzada—. ¿Podemos hablar un momento en privado?

Se me hace un nudo en la garganta.

—¿Va-va *odo* bien?

—Sígueme —me dice, ignorando mi pregunta o no queriendo molestarse en contestar.

La obedezco y la sigo por el pasillo, pero no hasta su despacho, sino a otra sala que tiene la puerta cerrada. La placa de la puerta me recuerda que es el despacho de Helena. Solo la he visto alguna vez brevemente por los pasillos desde que llegué hace unos días. Ha estado ocupada poniéndose al día con todo el trabajo que no pudo hacer durante sus días de permiso.

La señora Vallentine llama a la puerta antes de girar el pomo y entrar. La luz de sol sale por el marco de la puerta e ilumina el sombrío pasillo.

—Aquí tienes a Nora —dice la señora Vallentine.

Me tranquilizo, aunque solo ligeramente, ya que no sé de qué va todo esto. Al entrar en la habitación, me encuentro a Arina sentada en una silla a mi derecha y a Helena detrás de un escritorio. La señora Vallentine entra y cierra la puerta, de manera que nos quedamos las cuatro.

—¿Cómo ha ido el día, Nora? —pregunta Helena.

Parece que le pesan los párpados y que está luchando contra la gravedad para poder sonreír.

—Bi-bien —contesto, mirando a Arina, que ni siquiera levanta la mirada para observarme.

—¿Te gustaría decírselo a tu hermana o prefieres que lo haga yo? —le pregunta Helena a Arina.

Arina levanta la cabeza y dirige la mirada al techo.

—Me he marchado de la escuela porque no me encontraba bien y he subido a la azotea para despejarme y tomar un poco de aire fresco. Alguien me ha visto y ahora la señora Vallentine cree que tenía otros motivos.

Frunzo el ceño con aire confuso.

—Alguien del personal la ha visto al borde de la azotea con los brazos extendidos a los lados. Cuando la ha llamado para preguntarle qué estaba haciendo ahí, ha soltado ciertas amenazas preocupantes…, unas amenazas que no podemos tomarnos a la ligera.

—¿Qué?

—Estaba gritando: «¿Qué sentido tiene todo esto?». «¿Qué hacemos todos aquí?» —prosigue la señora Vallentine.

Eso son preguntas, no amenazas.

—No lo *etiendo*.

—No son amenazas —interviene Arina—. Son preguntas totalmente razonables.

—¿Pensabas saltar? —pregunta Helena, y sus palabras me suenan más afiladas que cualquier cuchillo.

No sé por qué Arina hace una pausa antes de contestar. La respuesta debería ser un sencillo «no».

–Si dijera que no estoy segura o que sí, me enviaríais a un centro psiquiátrico, pero, si dijera que no, me creeríais, ¿es correcto? –Arina juega con las palabras creando una situación imposible para todas las presentes.

–¿Po-por qué *ere an egoíta*? Lo ú-único que *queríamo* la *emana* pa-pasada era *ecotrarnos* y *econtrar* a ma-mamá y a papá. *Uvimo uerte*. Mu-mucha *uerte*. Y *qui-quiere irarte* desde el *ejado* como *i* na-nada. Mira *odo* lo que *he-hemo* pasado y *hemo obrevivido*.

No sé cuánto habrán entendido, sobre todo Arina, pero espero que, al menos, entienda más que la señora Vallentine.

Arina gira la cabeza para mirarme, pero no a la cara. Me mira el cuello, casi como si no pudiera soportar establecer contacto visual conmigo.

–No sé cómo vivir así…, en este mundo en el que todos nuestros recuerdos están llenos de dolor y de un vínculo familiar que puede que nunca volvamos a tener.

–Lo entiendo –responde Helena.

Se permite decirlo porque es verdad, puede que incluso más que nosotras, ya que ella perdió a sus dos hijas y a su marido. No le queda nadie. Nosotras todavía no sabemos qué pasó con mamá y papá.

Helena se sube la manga y el número tatuado demuestra que lo entiende de verdad. Arina no puede discutírselo. Sin embargo, la señora Vallentine parece incómoda.

–No iba a saltar –murmura Arina–. Sé que se supone que tengo que vivir si sobreviví a Auschwitz, pero me gustaría saber por qué y buscar ese significado me parece un viaje interminable.

–Y será un viaje interminable, pero quizá sea un viaje en el que puedas elegir el camino –dice Helena–. Te creo cuando dices que no ibas a saltar, lo cual es una suposición peligrosa porque, si me equivoco, tendré que vivir con esa carga, además del dolor que ya soporto cada día.

Arina me mira a mí primero. La vergüenza se refleja en sus ojos enrojecidos. Levanta la mirada hacia Helena y asiente con la cabeza.

—No iba a saltar ni a hacer nada que pudiera causarme más dolor a mí o a los demás —declara.

La sonrisa forzada de Helena se relaja hasta parecer más natural.

—De acuerdo. Hemos recibido una carta de la Cruz Roja para vosotras dos y he pensado que lo mejor sería que la leyéramos juntas.

Mi corazón deja de latir y mis brazos entran en un estado de entumecimiento. Se me seca la garganta como si no hubiera probado una gota de agua en semanas.

—¿Cuándo ha llegado? —pregunta Arina con la voz casi inaudible.

—Con el correo de hoy —contesta la señora Vallentine. Hay empatía en sus palabras.

—¿Puede leerla? —le pide Arina a Helena.

—Por supuesto —dice ella, tragando saliva para aliviar la sequedad de su garganta.

Arina alarga el brazo y espera mi mano. Muevo la silla para quedar a su lado y le tomo la mano.

Ninguna de las dos estamos preparadas para lo que hay dentro de ese sobre y todo el mundo está en silencio. Supongo que todas contienen el aliento igual que yo. Cuando Helena abre el sobre, suena como si despegaran una pegatina, y al extraer la carta me invade una oleada de nervios por la espalda y se me tensan los hombros. Hay otro sobre más pequeño que cae del papel y aterriza boca abajo sobre el escritorio de Helena.

—Me temo que no es una carta informal —murmura Helena, llevándose una mano a la cara.

Se produce una larga pausa y un tenso silencio entre todas hasta que ella traga saliva con dificultad para continuar.

—Dice así…

HENRIK TABOR

Fecha de nacimiento: 2 de octubre de 1904.

Origen: Debrecen, Hungría.

Parientes: Marido de Danica Tabor y padre de Arina y Nora Tabor.

Estado: Fallecido. Henrik Tabor fue declarado muerto el 23 de noviembre de 1944 por una septicemia tras sufrir una lesión debido a trabajos forzados.

Certificado de defunción: Se enviará a los herederos supervivientes en los próximos meses.

DANICA-BEYLE TABOR

Fecha de nacimiento: 12 de febrero de 1905.

Origen: Debrecen, Hungría.

Parientes: Esposa del fallecido Henrik Tabor y madre de Arina y Nora Tabor.

Estado: Fallecida. Danica Tabor murió a causa de una intoxicación letal con Zyklon-B mientras estaba confinada en un campo. La fecha de la muerte anotada es el 16 de mayo de 1944.

Certificado de defunción: Se enviará a los herederos supervivientes en los próximos meses.

Un chirrido agudo resuena en mis oídos cuando miro a Helena. Tiene los ojos llenos de lágrimas. Deja caer los papeles en el escritorio y se lleva las manos a la boca. Arina me aprieta la mano, pero todavía no puedo mirarla. No puedo mover la cabeza ni parpadear. Mamá murió un día después de nuestra llegada a Auschwitz. Papá estuvo a punto de salir con vida, pero no lo consiguió. Intentaba no albergar esperanzas, pero está claro que sí lo hice durante todo este tiempo, porque ahora siento que los huesos se me desmoronan dentro del cuerpo, que tengo los músculos entumecidos y que me duelen todos los órganos. Puedo sentir el dolor de la pérdida con cada célula de mi cuerpo.

Me esfuerzo por girar la cabeza y, al hacerlo, me encuentro

con una mirada fija que no parpadea en el rostro pálido de Arina. Tiene los hombros hundidos hacia delante y se agarra el estómago con la mano libre como si estuviera sosteniendo juntas físicamente las dos mitades de su cuerpo.

La señora Vallentine no ha dicho ni una palabra y Helena también sigue en silencio. Supongo que no queda nada que decir.

Miro el escritorio de Helena y veo un cuaderno pautado junto a un lápiz. Apoyo todo el peso en la pierna izquierda, me levanto y cojo el cuaderno y el lápiz antes de dejarme caer de nuevo en la silla. Garabateo el nombre de Elek. Necesito contarle lo que acabo de descubrir. Él sabría cómo me siento. Puede que incluso supiera qué decir. Ojalá estuviera aquí.

Nadie me interrumpe mientras escribo con toda la rapidez que me permite la mano. No pasa mucho tiempo hasta que lleno una cara de la página con palabras y lágrimas y luego hago lo mismo en el dorso. Arranco la hoja, la doblo en tres y me la dejo en el regazo.

—¿Quieres que la envíe a algún sitio? —pregunta Helena.

Levanto la mirada y veo que la luz de la estancia se refleja en sus ojos llorosos. Se levanta y se inclina sobre el escritorio para tenderme la mano y que no tenga que levantarme de nuevo. Anoto la dirección y el nombre de Elek en la página siguiente del cuaderno y se lo doy todo a Helena.

—Po-por favor —le digo.

La señora Vallentine se coloca entre Arina y yo y nos pone una mano en el hombro a cada una.

—Me gustaría volver a nuestra habitación —dice Arina con la voz ronca.

—Claro —responde la señora Vallentine.

—Pasaré en un rato a ver cómo estáis —añade Helena.

La señora Vallentine se aparta y me permite girar la silla. Abre la puerta y nos observa mientras salimos. No puedo verla detrás de mí, pero siento que nos está observando mientras nos alejamos por el pasillo.

El minuto que tardamos en llegar a nuestra habitación parece una hora. Los pensamientos no se procesan. Tengo la mente vacía y no sé cómo llorar. Han pasado más de dos años desde que murieron, pero para nosotras ha ocurrido hace cinco minutos.

CAPÍTULO 27

Chicago, Illinois, Estados Unidos
FEBRERO DE 1947

ARINA

Guardamos *shiv'ah* durante una semana, la tradición judía de seguir el luto en un lugar tras la muerte de un ser querido. Cuando terminó la semana, coincidimos en que sería apropiado alargarlo una semana más, ya que habíamos perdido a dos seres queridos. La señorita Blum ha estado trayéndonos la comida y los deberes de la escuela para que no nos quedemos atrasadas. Pedimos que no viniera nadie más aparte de la señorita Blum, a pesar de que a estas alturas las dos necesitamos un abrazo de otra persona. Todavía no sé qué quería decirme Dale aquel día después de clase hace dos semanas, pero sé que este periodo de tiempo solo debe girar alrededor de Nora y de mí. Si vamos a sufrir, que sea juntas, nunca solas. Le hice esa promesa silenciosa durante mi tiempo de reflexión.

Nora ha escrito varias cartas y yo también he escrito algo, aunque no han sido misivas. He estado reflejando mis pesadillas sobre el papel, un método terapéutico destacado, según varios de los libros de psicología que he leído. Puede que algún día queme esos papeles.

Mañana volvemos a la escuela y no creo que ninguna de las dos estemos preparadas, pero si prolongamos el luto nos hundiremos todavía más. Mañana habría sido el cumpleaños de mamá y sabemos que ella habría querido que fuéramos a clase, lo cual es el impulso que necesitamos.

—¿Todavía quieres levantarte pronto para poder…?

—*Í* —responde Nora antes de que pueda terminar la pregunta.

El sobre en el que venía la carta de la Cruz Roja incluía también pertenencias que habían encontrado en la ropa que habían obligado a mamá a dejar atrás. Hay dos notas dobladas, cada una con uno de nuestros nombres escritos con su perfecta caligrafía. Acordamos abrir las notas en su cumpleaños, el día en que este mundo fue bendecido con la madre más maravillosa que cualquiera podría desear. Puede que ambas encontremos un cierre con sus palabras. Sería otra cosa que a ella le gustaría.

No estoy segura de que alguna de los dos durmiera anoche. Cada vez que miraba a Nora, tenía los ojos abiertos reflejando la pálida luz de la luna que entraba en la habitación. Seguro que estaba imaginándose qué pondría en la carta, preguntándose qué sabía mamá cuando la escribió o cuándo tuvo tiempo de escribir.

El sol todavía no ha salido, pero estoy segura de que ninguna va a poder pegar ojo a estas horas. Giro el despertador y me cuesta ver la hora.

—Son las cinco —susurro.

Nora se incorpora y enciende su lamparita. Yo hago lo mismo.

Simultáneamente, alargamos la mano hasta las mesitas de noche y cogemos las pequeñas notitas dobladas. La habitación parece cerrarse a mi alrededor, oscurece cada objeto y difumina el rostro de Nora mientras intento relajar las manos para abrir la notita. Solo puedo imaginarme por cuántas manos ha pasado, en cuántos lugares ha estado encerrada en una caja o bajo qué escombros debieron de encontrarla. Dudo que la mayoría de los que sobrevivimos a Auschwitz o a cualquier otro campo hayamos tenido la suerte de recibir algo tan especial como la carta de uno de nuestros padres.

Todavía me tiembla la mano mientras desdoblo el papel. Me fijo primero en las doce cuadrículas en las que está doblado y luego en las delicadas letras escritas a lápiz.

Tomo una larga bocanada de aire y la mantengo en los pulmones durante varios segundos antes de empezar a leer. Dice así:

Querida Arina:

Mi primogénita por quince minutos. Nunca pensé que tendría que buscar las palabras adecuadas para ponerle fin a nuestra historia. Los libros que te leía antes de dormir y que acababan con la palabra «fin» en la última página nunca me habían tocado la fibra sensible hasta este momento.

Ojalá esta nota pudiera parecerse más a un cuento de hadas, pero si lo último que puedo hacer en esta tierra es prepararos para la cruda verdad de la que me gustaría haberos protegido, debo hacerlo. Quiero proporcionarte la fuerza que puedas necesitar para seguir adelante sin mí.

Ahora mismo estoy en una larga fila formada sobre todo por mujeres y llevo haciendo lo mismo desde que nos despedimos ayer. Delante y detrás de mí hay más madres con sus niños pequeños. No sé si la decisión que tomé para ti y para Nora estuvo bien o mal y tendré que irme sin saberlo hasta que volvamos a encontrarnos. Rezo por que mi intuición fuera correcta. Esta cola serpentea alrededor de hileras de edificios que parecen no acabar nunca. Nadie sabe qué hay más adelante, qué nos espera o adónde nos dirigimos. No he visto a nadie volver de esa dirección, lo cual solo puede significar dos posibilidades y nos estamos alejando de donde nos dejó el tren.

Cuando intento escuchar las conversaciones a mi alrededor, solo puedo centrarme en algunos silbidos amortiguados de origen incierto. La misma intuición que he tenido contigo y con Nora cuando os he entregado a ese hombre me dice ahora que podría estar encaminándome a mi final…, sea lo que sea lo que eso signifique.

No tengo miedo y quiero que lo sepas, porque si he aprendido algo en esta vida es que no hay garantías ni promesas de un mañana. Estoy agradecida por la vida que he tenido con vuestro padre y con mis dos preciosas niñas. Si este es el cúmulo de los regalos de mi vida, puedo sentirme afortunada.

Quiero que sepas lo increíble que eres y me temo que no te

233

lo he dicho lo suficiente. Has sido una mejor amiga para tu hermana, para tu padre y para mí. Has bendecido nuestras vidas con canciones y alegrías incluso en los días más grises. Ver la luz de la esperanza a través de la oscuridad es un don que espero que no pierdas nunca. Iluminarás este mundo y ayudarás a los demás a ver días más soleados después de que ellos también hayan estado bajo una nube negra. Tu coraje implacable para liderar en lugar de seguir y la valentía de atreverte a buscar lo que muchos no han buscado es algo de lo que podría haberte retenido de pequeña, pero creo que tu fuerza y tu deseo por conquistar te llevará a la cima de la montaña, donde los problemas no puedan alcanzarte.

Rezo por que Nora y tú podáis seguir juntas y cuidar la una de la otra. Puede que tengáis suerte y que papá os encuentre a las dos. Sé que él luchará tanto como yo y hará todo lo posible por protegeros de los tiranos de esta guerra. Solo la muerte podrá detenernos y espero que lo tengas claro.

Cuando se despeje la tormenta, y lo hará, encontrarás tu camino. El amor será el sol en el horizonte y la vida te traerá felicidad en abundancia como la que has proporcionado tú a otras personas.

Búscame en las gotas de lluvia, en los rayos de sol o en la letra de una canción que te encante y me encontrarás observándote al otro lado.

Te quiero, Arina. Espero que no pierdas lo que te ha convertido en la persona que eres, una que puede superar cualquier mal con una gran sonrisa.

Hasta siempre, con amor, besos y abrazos,

Mamá

Con los ojos llenos de lágrimas y un alivio de la presión que siento en el pecho, miro a Nora. Sigue leyendo su carta, reflejando cómo me siento por dentro. Mamá sabía que era el final, aunque en realidad no lo supiera. Probablemente esté decepcionada por mi comportamiento del último año, o tal vez no.

He seguido buscando lo que necesito y el dolor y los problemas solo son baches en el camino. Sin embargo, debo seguir hasta que alcance la cima de lo que sea que esté destinada a encontrar. Ahora una parte de mamá está conmigo.

Nora se deja caer en la almohada y sostiene la carta sobre su rostro, mirando fijamente las palabras como si fueran a cobrar vida y llenarle el alma.

CAPÍTULO 28

Chicago, Illinois, Estados Unidos
FEBRERO DE 1947

NORA

Mi querida Nora:

Mi bebé, la pequeña por quince minutos…, mientras esperaba a que te unieras a tu hermana en este mundo, supe que te estabas tomando tu tiempo para asegurarte de que lo que estabas a punto de hacer fuera correcto, perfecto y extraordinario. Y tenía razón.

Eres la que más se parece a mí, mientras que Arina es más como tu padre. Cada uno tenemos nuestro pequeño reflejo y eso ha hecho que nuestras vidas sean hermosas. Nunca has huido de la realidad, sino que te preparas para lo que te espera. Cuando ves un obstáculo en la distancia, planeas con qué velocidad correr para saltar lo bastante alto, pero luego aterrizas delicadamente sobre tus pies. Ves el mundo como si estuviera hecho de detalles y fracciones de verdades, algunas de las cuales engañan al ojo y aparecen como fuentes de belleza. Tu don es tener la habilidad de ver a través de los engaños y pasar por delante de las ilusiones que atraen a la mayoría de la gente. Creo que tu percepción te llevará a las puertas correctas de la vida.

Dicho esto, querida, he estado sentada en un rincón del apartamento del gueto de Munkács, temiendo lo que nos espera. Rezo para que no estemos yendo a un destino del que nadie vuelve, pero tengo el horrible presentimiento de que se acerca la última página de mi historia. Espero equivocarme, pero, si no es así, necesito que sepas que no estoy asustada y que no importa lo que suceda a continuación, no estaré afligida porque he tenido una vida llena de bendiciones contigo, con Arina y con papá. He tenido todo lo que podría desear, y, si eso es todo lo que voy a recibir en esta vida, me parece bien.

Quiero que tu hermana y tú cuidéis la una de la otra para siempre. Sé que, si papá consigue sobrevivir a esta guerra, hará lo mismo, pero si sois lo único que queda de la familia podéis homenajearnos a papá y a mí y vivir con lo que tenéis.

Ya te has enfrentado a obstáculos en la vida y los has barrido como si fueran polvo. Y sé que cualquier cosa a la que te enfrentes tendrá un aprendizaje vital.

Búscame: un signo de esperanza en los reflejos de los charcos, en las mariposas... Y, cuando dibujes, formaré parte de cada detalle y de la luz que enfoca tus obras maestras.

Enseña a los demás a ser tan amables y generosos como tú. Muéstrale al mundo que la capacidad de ser única es poco común y muy valiosa, como un diamante en bruto. Pon a prueba tus límites, confía en la mirada de los demás y, si encuentras a alguien como tú, aférrate a esa persona y comparte la rara belleza de lo que veis juntos.

Mi único deseo para ti es que entiendas siempre los significados más profundos de la vida y que aprecies el pasado mientras usas cada lección como un trampolín a un lugar mejor que el anterior.

Te quiero, mi pequeña.

Hasta siempre, con amor, besos y abrazos,

Mamá

—¿*Etá* bi-bien? —le pregunto a Arina, que me ha estado mirando fijamente mientras leía la carta por segunda vez.

—Creo que sí —me dice—. Tenía un deseo o esperanza...

—Yo *ambién*.

—Supongo que lo mejor será que nos esforcemos por cumplir sus deseos.

CAPÍTULO 29

Chicago, Illinois, Estados Unidos
MARZO DE 1947

ARINA

—He estado pensando —le comento a Nora mientras dejamos la bandeja del desayuno en el comedor. Nora coge un plátano y empieza a pelarlo mirándome fijamente, esperando a que continúe—. Hay un club de *jazz* a un par de calles de aquí. Puede que estén buscando músicos. Podría acercarme y ver si les interesa hablar conmigo. No dejamos de hablar de modos de ganar dinero y no se nos ha ocurrido todavía un buen plan. Por ahora creo que podría ser un buen sitio por el que empezar.

Estoy segura de que no le gustará la idea de que cante en un club, pero entre las dos se nos han ocurrido pocas ideas sobre lo que vamos a hacer cuando nos echen de aquí dentro de poco.

—*¿Etá egura?* —pregunta.

Solo puedo encogerme de hombros.

—No he hecho nada así nunca, pero me encanta cantar y esta zona es segura, así que supongo que no será peligroso.

Aunque me imagino que podría ser peligroso volver sola a casa por la noche, pero es un riesgo que tendré que asumir. Si Dale estuviera por aquí, me acompañaría, pero desapareció de la faz de la Tierra hace casi dos meses sin decir ni una palabra. Incluso en este momento, está claro que todavía pienso en él con demasiada frecuencia.

—Buenos días, chicas. —La señorita Blum se acerca a nosotras con una manzana en la mano y el profundo color rojo combina casi a la perfección con sus uñas arregladas—. Me preguntaba si podríais pasar por mi despacho hoy después de clase.

238

Nora y yo intercambiamos una mirada de confusión. Nos hemos estado reuniendo con ella con frecuencia, tanto juntas como separadas, para hablar. Sin embargo, no solemos verla los lunes.

–Claro –respondo–. ¿Va todo bien? ¿Tenemos problemas?

Y con «tenemos» me refiero a mí, como suele ocurrir. Aunque últimamente he pasado desapercibida sin acercarme a la azotea y quedándome callada cuando estoy cerca de Vallentine. Con Dale desaparecido, no tengo demasiados incentivos para romper las reglas, lo cual me ha dejado más tiempo para leer libros de psicología mientras Nora dedica el tiempo libre a dibujar objetos aleatorios de nuestra habitación.

–Sí, todo va bien –dice, tranquilizándonos con una auténtica sonrisa–. Nora, ¿a ti también te va bien?

–Í –dice mi hermana.

–¿Seguro? Pareces distraída.

–Hoy Elek cumple dieciocho años –le explico a la señorita Blum–. No ha recibido respuesta de las cartas que le ha enviado.

Nora sigue comiéndose el plátano como si no estuviera hablando de ella. Seguro que piensa que no volverá a tener noticias de él, pero yo no estoy de acuerdo. Mi corazón no está preparado para renunciar a la esperanza por ella.

–Ya veo –murmura la señorita Blum–. El retraso con el correo es claramente frustrante, pero yo no me desanimaría todavía. Puede que te haya escrito hace dos semanas y que todavía esté de camino. No se sabe. –Le pone una mano en el hombro a Nora y se lo estrecha amablemente–. Nos vemos esta tarde.

–É que-que *iene eperanza* po-por mí, pero ahora no *podemo itercambiar* co-correspondencia –declara, dejando la piel de plátano en la bandeja.

–Todavía puedes escribirle notas y, cuando tengas una dirección, se las envías.

–¿Y si no le-le llegó mi *o-ota*?

–No pienses eso –le digo, sosteniéndole la mano entre las mías–. Al menos, él no se está escondiendo de ti como Dale.

–Él *ampoco* e *eá econdiendo* –replica Nora.

–Eso no lo sabes.

Me mira durante un largo momento y no sé si está mirando a través de mí o intentando hacerme entender la expresión de su mirada.

La jornada escolar ha transcurrido lentamente mientras revisaba la lista de temas que querría tratar la señorita Blum con nosotras. Ha mencionado varios métodos de terapia para el trauma, pero normalmente lo saca a relucir en sesiones programadas. También ha estado preguntándonos sobre lo que nos gustaría hacer cuando cumplamos los dieciocho, pero ambas expresamos varias ideas sin tener un modo de ponerlas en práctica. La señorita Blum no se ha mostrado preocupada por nuestra falta de planificación sobre lo que haremos el mes que viene.

Al salir al suave aire de marzo, me encuentro a Nora esperando en su lugar habitual junto a la rampa.

–¿Qué tal tu día?

–A-aburrido –responde ella con un bostezo.

Nos aburrimos mientras el resto de los alumnos de diecisiete o dieciocho años están emocionados con el baile de primavera y la graduación. Es fácil oírlos hablar efusivamente sobre sus esperanzas de futuro. Nosotras nos quedamos calladas. Me pregunto si Nora y yo habríamos sido así si hubiéramos seguido en casa en Debrecen. Estaríamos en el último año de colegio, impacientes por vivir nuestra próxima aventura y por hacerlo con nuestras amigas. Se acercaría el verano y estaríamos soñando con pasar días enteros en el lago, donde una simple cuerda colgando de una roca alta nos proporcionaría horas de entretenimiento balanceándonos como animales de la jungla sobre las azules aguas cristalinas. Aquí es diferente. Si los demás tienen un lago al que van a divertirse, no nos han invitado a ir con ellos, pero la culpa es tan nuestra como suya. Nos refugiamos en nosotras mismas, lo cual es un rasgo nuevo sobre mí misma que no me gusta nada.

Miro a la izquierda de la acera como hago todos los días,

esperando ver aparecer a Dale con el rabillo del ojo. Cada día que pasa sin él se vuelve menos doloroso, pero más frustrante. Sabía que necesitaba un amigo. Sabía todo lo que he pasado.

—*Iento* que no-no *haya* vuelto a *erlo* —murmura Nora.

—Yo también.

El camino de regreso se hace más corto cuando vamos hablando. También ayuda que el sol sea lo bastante fuerte para calentarnos las mejillas. Este año el invierno se me ha hecho más largo.

—Deberíamos dejar las mochilas antes de ir al despacho de la señorita Blum.

—Va-vale.

La entrada huele a recién limpiada y la fragancia a pino y limón nos envuelve.

—Nora —me llama la señora Kesler. Es nueva y ayuda con la administración—. Espera un momento, querida.

Nora me mira con el ceño fruncido, seguramente preguntándose lo que yo me pregunto. ¿Qué podría querer la señora Kesler de ella y no de mí?

Sus tacones cortos y robustos hacen ruido cuando sale del despacho. Lleva una pila de sobres. Casi puedo sentir los latidos de Nora dentro de los míos, cada vez más acelerados, como si estuviera entregando un mensaje urgente en código morse. Espera que haya una carta de Elek. Yo también lo espero, y que, si es así, contenga buenas noticias. Ambas las necesitamos, pero me conformaría con que solo una de nosotras recibiera una hoy.

La señora Kesler le entrega a Nora la pila de sobres con una sonrisa apretada.

—Quizá deberías volver a comprobar la dirección. Parece que han tenido problemas en la oficina de correos. Puedo volver a enviarlas cuando averigües las señas correctas —dice con tono animado, como si todo fuera a salir bien.

La señora Kesler vuelve a meterse en el despacho con el sonido de los tacones resonando una vez más. Nora sostiene los sobres frente a su rostro con las manos temblorosas. También le tiembla la barbilla y se le estira la piel del cuello cuando intenta tragar saliva.

Deja caer los sobres en su regazo y empuja la silla por el pasillo más rápido de lo habitual. Apenas puedo seguirle el ritmo. Llego a la habitación justo a tiempo para parar la puerta antes de que se cierre.

—¿Qué ha pasado?

—No e han lle-llegado *mi catas* —responde con dificultad.

—¿Todo eso es lo que le has escrito?

Nora pasa el pulgar por la pila. Se detiene para observar el sobre superior con los ojos entornados mientras sacude la cabeza con evidente desdén.

—*Í* –dice, arrojando la pila sobre la cama–. Ha *ido* una pér-pérdida de *iempo*.

—No ha sido una pérdida de tiempo. Escribir es terapéutico —aseguro, hablando más como el libro que he estado leyendo últimamente que como una hermana.

La mueca que Nora me dirige en respuesta me lo confirma.

—Lle-llegaremos *arde* –dice con un gemido.

No se detiene para tomar un respiro o recomponerse. Simplemente sigue moviéndose como si no hubiera sucedido nada. Este es nuestro mayor problema. Seguimos adelante como si no hubiera pasado nada. ¿Quién soy yo para impedírselo cuando hago lo mismo que ella?

Abre la puerta y se aleja por el pasillo a toda velocidad hacia el despacho de la señorita Blum. La sigo, pero le dejo el espacio que parece necesitar ahora.

La señorita Blum suena alegre cuando entro.

—Espero que hayáis tenido un buen día en el colegio hoy —saluda.

Cierro la puerta detrás de mí y me siento al lado de Nora.

—Ha sido un lunes lento —contesto.

Nora se refugia en los pliegues de su falda y tiene los nudillos blancos cuando se agarra las rodillas con las manos. La señorita Blum se da cuenta.

—Me parece que quizá este no sea un buen momento para hablar —sugiere, centrando la atención en Nora—. Podemos buscar otro día que os venga mejor, si queréis.

Nora niega con la cabeza.

—No, estoy bi-bien.

Los ojos de la señorita Blum reflejan un destello de preocupación. Se aclara la garganta, levanta una pila de documentos de su escritorio y los golpea desde abajo para enderezarlos.

—Hoy me gustaría mantener una conversación con vosotras fuera de lo común y no quiero hablar de un tema delicado si ya tenéis otra cosa con la que lidiar —declara.

—¿*De-deliado?* —cuestiona Nora.

—No es nada malo ni nada de lo que tengáis que preocuparos. Es solo que…, bueno, he pasado mucho tiempo considerando vuestra situación.

Me rebota la rodilla mientras me pregunto qué dirá a continuación la señorita Blum. Debe de notar la incomodidad que me transmite Nora porque sacude la cabeza y coloca las palmas de las manos hacia abajo sobre el escritorio.

—He estado investigando y he hablado con varias personas para que me ayuden con lo que me gustaría conseguir. Tras reunirme con la junta estatal de atención al menor y plantear muchísimas preguntas, he descubierto que me harían falta otros tres años en el país para poder pedir la naturalización y convertirme en ciudadana estadounidense. Esperaba que mis dos años aquí y una declaración de intenciones bastaran para convertirme en vuestra tutora legal, pero en tres años tendréis casi veintiuno y ya no os hará falta una tutora —reflexiona con un suspiro—. Con dieciocho tampoco os hace falta tener tutor legal, por supuesto, pero no soporto la idea de soltaros a las dos en el mundo sin que tengáis a nadie más en quien apoyaros. Quiero estar ahí para vosotras y hacer lo que habrían hecho vuestros padres cuando cumpláis los dieciocho.

La sangre me recorre la cara, el calor me llena el cuerpo. La mente me da vueltas y no estoy segura de qué decir, pensar o sentir. Nora mira a través de ella como si fuera una ventana.

–¿Quiere ser nuestra tutora? –pregunto–. ¿Qué implicaría eso?

–Bueno, legalmente no significaría gran cosa, ya que ninguna de las tres tenemos la ciudadanía completa por ahora, pero… –La señorita Blum inhala profundamente y cierra los ojos–. Perdí a mis hijas pequeñas. Vosotras perdisteis a vuestros padres. Hay algo en mi interior que me dice que deberíamos seguir juntas. No puedo hacerme a la idea de que las dos salgáis por esa puerta en un par de semanas y no veros cada día. No se me permite deciros que os quiero mucho, pero, Dios me libre, lo hago porque no hay mucha gente en este mundo que entienda por lo que hemos pasado exactamente y sin qué estamos sobreviviendo. Nunca sustituiré a vuestra madre ni vosotras a mis hijas, pero creo que podríamos ser exactamente lo que unas y otras necesitamos hoy, mañana y mientras estemos sobre la faz de la Tierra.

Me caen las lágrimas por las mejillas y, cuando me giro para mirar a Nora, veo que ella está igual.

–Me *alvó* la vi-vida –murmura Nora–. Le da-daría el mundo *i puiera*. La *ne-neceitamo*.

Asiento enérgicamente, mostrando que estoy de acuerdo con mi hermana.

–Sí. La necesitamos como necesitamos a mamá y papá. Sin usted, la vida sería muy diferente para ambas. Si nos está pidiendo que seamos lo que ha sido usted para nosotras, no hace falta que nos lo diga dos veces. Y nadie puede decirnos a quién debemos querer y a quién querremos siempre.

La señorita Blum tiene las mejillas rojas. Sus lágrimas se unen a las nuestras y se lleva las manos al corazón.

–Nuestras familias querrían esto para nosotras y tengo un apartamento lo bastante grande para que las dos viváis allí hasta que estéis listas para vivir de forma independiente algún día. No hay cuenta atrás. Si os queréis quedar hasta que seáis ancianitas, estaré encantada. Quiero que disfrutéis de la oportunidad de tener una buena vida, la que os merecéis, y haré todo lo

posible por ayudaros a llegar a donde queráis llegar. Os lo prometo.

Nora me coge la mano del regazo y se la lleva a la mejilla caliente y húmeda.

–*Etaremo* bi-bien –solloza.

–Todas lo estaremos, sí –confirma la señorita Blum.

–Gracias –gimoteo suavemente.

CAPÍTULO 30

Chicago, Illinois, Estados Unidos
ABRIL DE 1947

NORA

Esperábamos que llegara este día, nuestro decimoctavo cumpleaños, el día que nos convertimos en adultas legalmente. Ahora nos sentimos como si alguien estuviera a punto de cortar los cables de nuestro ascensor. Estoy muy agradecida con Helena por su oferta. Los formularios que estamos rellenando en la oficina del Gracia Divina esta mañana plantean preguntas sobre adónde vamos a ir y qué vamos a hacer. Acordamos proporcionar la información mínima y no dejar reflejado el nombre de Helena en los documentos. No queremos que su trabajo corra peligro en caso de que a Vallentine no le parezca bien.

Tanto a Arina como a mí nos preocupaba encontrar trabajo, pero las últimas dos semanas hemos conseguido empleos que no interferirán en nuestras clases en la escuela ni en las del verano.

Las dos rellenamos los documentos al mismo tiempo y miramos a la señora Vallentine al otro lado del escritorio mientras le entregamos los documentos.

—Pues bien, señoritas, eso es todo, ¿no?

Puede que Arina esté a punto de estallar y de decir algo inapropiado, pero me ha prometido que no lo haría.

—Gracias por admitirnos —dice Arina.

—Í —añado—. *Gracia*.

La señora Vallentine deja los papeles sobre el escritorio, entrelaza los dedos y apoya las manos sobre los documentos.

—Señoritas, me gustaría decir una cosa… —No consigo imaginarme qué no ha dicho ya. Sus párpados parecen pesados cuando continúa–. Ha habido noticias sobre los juicios de Núremberg que terminaron en octubre. Por mi parte, he sido una ingenua respecto a la veracidad de lo que sucedió durante la guerra. Estados Unidos temía por nuestros hombres y por si tenía lugar otro ataque como el de Pearl Harbor, pero a menudo era difícil determinar qué era propaganda y qué era real, sobre todo con respecto al pueblo judío. Tendría que haberte escuchado más, Arina. No está bien que haya esperado hasta ahora para decirlo, pero me avergüenza mi comportamiento. No estoy segura de que puedas perdonarme ni espero que lo hagas, pero me ha parecido necesario decírtelo antes de que os marcharais.

Arina ha sido una persona indulgente durante la mayor parte de su vida, pero no estoy segura de que ninguna de las dos podamos perdonar como lo hicimos en otro momento.

–Me alegro de que por fin crea lo que le contamos –responde Arina–. La perdono por ser una ingenua…, todos lo somos en algún momento de nuestras vidas. Hasta que aprendemos a ver todos los lados de una historia, es complicado ver la imagen completa.

Las palabras de Arina son tan prácticas y conmovedoras que retrocedo y me sorprende ver que la señora Vallentine asiente con la cabeza.

–Nora –empieza la señora Vallentine–. No te conozco desde hace tanto tiempo como a Arina, pero tu espíritu y tu determinación han sido una inspiración para todos. Me alegro mucho de que os tengáis la una a la otra y creo que lograréis cosas maravillosas en vuestras vidas.

–E mu-muy amable por u pa-parte –respondo.

–La señorita Blum se ha ofrecido a acompañaros a la estación de autobuses que hay al final de la calle –anuncia la señora Vallentine, mirando los formularios–. Acabará de trabajar enseguida.

–Gracias. La esperaremos fuera –dice Arina–. Buena suerte, señora Vallentine.

–También para vosotras. Feliz cumpleaños.

Arina coge nuestras dos maletas y sale del despacho. Cuando el sol del final de la tarde nos ilumina la cara al salir del edificio, lo siento como un cálido mensaje desde el cielo.

–El futuro parece brillante, hermana –declara Arina.

Bajamos la rampa y vamos hasta el árbol que proyecta una sombra sobre la acera.

–Justo a tiempo –dice alguien desde atrás.

Giro la silla hacia la voz y me encuentro a Dale. Tiene las manos juntas detrás de la espalda. Han pasado más de dos mes desde que Arina lo vio por última vez y el asombro que se refleja en sus ojos y en su boca abierta explica lo mucho que le sorprende verlo.

–¿Por qué…? ¿Qué haces…?

–Es una larga historia, pero podría decirse que hice un pacto con el…

–Diablo –completa Arina.

Dale esboza una sonrisita y baja la mirada como si le avergonzara admitir lo que ha hecho.

–Si trabajaba en turnos diurnos durante la semana y me mantenía alejado de ti hasta que te soltaran, conservaría el trabajo y tú no tendrías que volver a enfrentarte a la ira de Vallentine. Me preocupaba menos mi trabajo que el tormento que supondría estar bajo el escrutinio de esa mujer. Mi padre concretó los detalles con ella y yo tuve que aceptar los términos del acuerdo. Me disculpo por haber desaparecido, pero cualquier otra cosa nos habría causado demasiados problemas. Por supuesto, si no quieres perdonarme lo entenderé, pero quería que supieras por qué me esfumé. Tenía planeado explicártelo todo después de clase el último día que te vi, pero…

–Le di-dije que *i* te pensaba ro-romper el co-corazón, que *meor e* dejara en paz.

–¿Tú lo sabías? –pregunta Arina con el rostro crispado por la confusión.

–No sabía que había hecho un trato que acabaría cuando cumplierais los dieciocho. Solo sabía que no nos veríamos y le pedí que no te dijera que habíamos hablado porque temía empeorarlo todo.

—*Eaba* preocupada *or* ti. *Se* día *upimos* lo de ma-mamá y papá.

—Cuando hay tormenta, se supone que no tiene que durar demasiado —contesta Arina—. ¿Y ahora qué?

Dale da otro paso hacia ella.

—Bueno, la señorita Blum me lo ha explicado todo y me ha invitado a cenar con vosotras tres esta noche, si te parece bien.

Arina se ruboriza aún más. No es algo común en ella, pero, cuando sucede, es sincero.

—Me encantaría —contesta.

Dale parece aliviado, a juzgar por cómo relaja los hombros y suelta las manos que tenía agarradas detrás de la espalda.

—Tenemos mucho que celebrar esta noche. Feliz cumpleaños a las dos. Nos vemos en un par de horas.

Se inclina hacia delante y le da un beso breve en la mejilla a Arina. Se gira para dedicarme un asentimiento antes de salir del edificio.

Arina viene hasta mí abanicándose el rostro colorado.

—Tendría que habértelo preguntado primero. ¿Te parece bien que se una a nosotras esta noche? Sé…

—No *e ienta* mal por mí.

Arina asiente. No tiene por qué sentirse mal. Aprieto mi pulsera con la otra mano y me las llevo al corazón. Todavía tengo esperanzas.

CAPÍTULO 31

Chicago, Illinois, Estados Unidos
ABRIL DE 1947

ARINA

El piso es más bonito de lo que me habría imaginado, con una ventana que da a la calle adoquinada. Por suerte, estamos en una planta baja y hay mucho espacio para que Nora pueda moverse. Helena ha dado calidez al pequeño espacio con un papel de pared adornado con rosas de un amarillo pálido y largos tallos verde esmeralda. El sofá y la mesa redonda son verdes y las sillas totalmente amarillas. Con cortinas blancas en todas las ventanas y una alfombra blanca debajo de la mesita de café de color castaño, parece una estancia sacada de una revista para amas de casa.

La cocina está abierta al comedor, aunque separada por una estantería repleta de libros. El baño está en el rincón más alejado, junto a las puertas de los dos dormitorios.

—Espero que seáis felices aquí —nos dice la señorita Blum.

—¿Cómo no íbamos a serlo? —exclamo.

—Os he comprado algo de ropa que está en los cajones. También he traído artículos de baño adicionales y he llenado la despensa y la nevera. Si necesitáis cualquier otra cosa, no dudéis en pedirlo.

Habrá gastado mucho dinero con todo lo que ha hecho por nosotras y espero poder compensárselo algún día.

—Debe de haberte costado una fortuna —murmuro—. La semana que viene canto en el club de *jazz* y te entregaré todo lo que gane.

—Yo i-igual. La *emana* que vi-viene *entego* mis *pi-pimeros dibuos*.

—Chicas, guardaos vuestro dinero. Si algún día tengo problemas, os lo haré saber. Además, podéis considerar que es vuestro regalo de cumpleaños. Os merecéis más, pero quería que tuvierais cosas nuevas para vuestro nuevo comienzo.

Dejo el equipaje y me acerco a la señorita Blum.

—Tienes que dejar que te ayudemos. Pagaremos la comida y una parte del alquiler.

—Ya hablaremos de todo eso cuando estéis instaladas y tengáis todo lo necesario para empezar de cero aquí.

La envuelvo con los brazos y la estrecho con fuerza. Nora alarga el brazo hacia la señorita Blum. Cuesta creer que todo esto sea real.

La señorita Blum se desata el abrigo y se lo desliza por los hombros para colgarlo en el perchero vacío que hay junto a la puerta.

—Voy a preparar la cena. Vosotras podéis deshacer el equipaje, cambiaros y refrescaros. Vuestra habitación es la que está más cerca del baño.

La habitación está limpia, con dos camas y una mesita entre ellas. Hay una cómoda a la izquierda y un armario con puertas de espejo a la derecha. Las sábanas de las camas son de color melocotón y blanco y cada una tiene un cojín decorativo sobre el cabecero. También hay ositos de peluche apoyados en los cojines. Me pregunto cuánto tiempo hará que tiene la habitación preparada así para dos chicas. Debía de sentirse muy triste viviendo sola después de haber formado parte de una familia de cuatro.

Dejo la maleta de Nora y la mía en la cama que queda más alejada de la puerta. Suelto las hebillas y levanto la tapa. Encuentro la estrella amarilla sobre la pila de ropa.

La tomo en las manos y la acaricio con el pulgar antes de apoyármela en la mejilla. Mamá. La dejo en el cajón superior de la mesita como hago cada vez que llego a un sitio nuevo.

—¿Qué-qué *ha* dejado en el ca-cajón? —pregunta Nora, inclinándose para abrirlo de nuevo—. ¿*Iene* un pa-parche amarillo?

—Mamá lo cosió a mi jersey. Lo arranqué tras la liberación y lo guardo como recuerdo de ella y de dónde empezó todo. Puede ser de las dos.

Sé que Nora no recuperó las pocas pertenencias que tenía en el campamento porque estaba escondida. Salió con la ropa que llevaba puesta, que era un simple pijama holgado. Nora coge el parche y acaricia la tela con el pulgar. Pasa otro dedo por los puntos todavía parcialmente sueltos.

—Me a-alegro e que lo *enga*.

Lo deja de nuevo en el cajón.

Coloco mi pequeño montón de ropa en uno de los cajones de la cómoda.

—Estaba pensando que… quizá la señorita Blum sepa cómo podemos localizar a Elek. ¿Has pensado en preguntarle?

—He-Helena ya ha hecho mucho por *no-nosotras*. No po-podría.

—Quizá podría indicarnos el camino. No tenemos que pedirle que lo haga por nosotras.

—Pu-puede *er*.

—Además, creo que deberíamos buscar médicos de la zona y ver si alguno puede tratarte.

—Arina, no *puede* arreglarme la vida en *u* día —contesta, dejando la maleta sobre la cama.

No recuerdo cuándo fue la última vez que me sentí tan guapa. Me coloco la última horquilla en el pelo y vuelvo a pasarme el cepillo por los mechones sueltos. Las señorita Blum nos ha comprado unos cuantos vestidos a cada una, dos para el día y dos para la noche. He elegido el de rayas verdes con el dobladillo blanco y volantes en los hombros, ajustado por encima y con vuelo por debajo como si fuera una campana. Nora ha elegido uno similar, pero de cuadros rojos y blancos.

Oigo unos golpes en la puerta que aumentan mis nervios. Debe de ser Dale.

—Adelante —oigo que dice la señorita Blum—. Vaya, qué adorable.

Voy a la sala de estar con Nora siguiéndome de cerca. También están aquí Dale y otro hombre. Ralentizo el paso preguntándome de qué me suena esa cara, pero no logro ubicarlo.

—Vaya —exclama Dale mientras me acerco a él—. Estás preciosa. Las dos lo estáis, por supuesto. Felicidades otra vez —dice con una sonrisa y me tiende un ramo de rosas rojas.

A continuación, le da un ramo de rosas amarillas a Nora, lo cual me parece el más dulce de los gestos.

—Eres muy amable, gracias —le digo.

Ambos llevan pantalones marrón oscuro, Dale con una camisa blanca y el otro hombre con una azul claro.

—*Mu-mucha gracia* —añade Nora.

—Este es Mitchell, mi padre. Puede que lo hayáis visto por ahí, pero la mayor parte del tiempo prefiere permanecer oculto en las sombras.

Dale se ríe y le da un codazo. Su padre, claro. Tienen rasgos parecidos, la misma sonrisa brillante, el cabello oscuro y unos pómulos definidos. Su padre también lleva bigote.

—Es un placer conoceros, chicas. Sois tan encantadoras como me había dicho Dale.

Observo cómo Mitchell mira a la señorita Blum, el rubor que aparece en los mofletes de ella y la sonrisa que se expande en los labios de él.

—Me alegro de que hayas podido venir esta noche —dice ella.

—El placer es todo mío, señorita Blum.

—Helena, por favor.

—Helena, algo huele de maravilla. No sé cómo has podido sacar tiempo para preparar la cena después de haber estado todo el día trabajando. ¿Cuál es tu secreto?

—Por algo es secreto —responde ella, guiñándole el ojo.

Los hombres siempre quieren conocer nuestros secretos. Deberían saber que nos gusta aportar un poco de misterio a la mesa.

Helena nos quita los ramos de las manos y se encamina hacia la cocina.

—Voy a poner estas preciosas flores en agua, chicas.

—¿Puedo ayudarte a servir la comida, Helena?

No me sale fácilmente llamarla por su nombre tras tanto tiempo refiriéndome a ella como la «señorita Blum».

–No, por favor, siéntate. Es tu cumpleaños, deberías relajarte.

–No es mi cumpleaños, así que yo sí que te ayudaré –interviene Dale.

–No, de verdad –replica Helena.

–Sí, de verdad –insiste él, y la sigue hasta la cazuela humeante.

–Seguro que os alegráis de dejar atrás a la señora Vallentine –comenta Mitchell mientras se seca el sudor invisible de la frente–. Esa mujer es…, si me dieran un centavo cada vez que me saca de quicio sería…

–Papá, por favor –interrumpe Dale de fondo.

–Bueno, seguro que estáis muy contentas de estar aquí con Helena. No hay nadie más dulce con quien vivir.

–Sí que estamos contentas –respondo–. Y muy agradecidas por lo que ha hecho por las dos. Si no hubiera sido por ella, ni siquiera nos habríamos encontrado.

–Pu-puede que ni *iquiera euviera* vi-viva –añade Nora.

–He oído que habéis pasado por cosas horribles. Me cuesta imaginármelo –comenta él, llevándose una mano al pecho.

Helena y Dale sacan un montón de platos y los dejan sobre la mesa. Helena vuelve a la encimera para coger el último plato que quedaba y se une a la mesa con todos. Levanta su vaso de agua y sonríe.

–Por Nora y Arina, que este cumpleaños sea el comienzo de un montón de aventuras para las dos.

–¡Eso, eso! –exclaman Dale y Mitchell.

–Estáis guapísimas con esos vestidos –alaba Helena–. Y también me gusta mucho que llevéis pulseras a juego.

–¿Las pulseras son tuyas? –pregunto, rodeándome la muñeca con la otra mano.

–No, lo siento… –responde Helena.

Nora se aclara la garganta y levanta el tenedor.

–*Iene* muy bu-buena pi-pinta.

–¿De quién son las pulseras? –inquiero.

–De na-nadie –declara antes de meterse un trozo de pollo en la boca.

Observo el movimiento de su pulsera, preguntándome que será ese pequeño adorno que lleva en la suya. Tiene una forma extraña y no distingo qué representa.

–Evidentemente, esa persona es alguien. ¿Por qué no me dices quién te las dio?

Nora observa su pulsera durante un largo instante con el fantasma de una sonrisa en los labios.

–Un *er pe-perfeto*…, me pregunto *i* me lo i-imaginé.

CAPÍTULO 32

Chicago, Illinois, Estados Unidos
MAYO DE 1947

NORA

Ha pasado un tiempo desde que me senté en el escalón de la entrada con lápiz y papel. Una sonrisa se dibuja en mi rostro cuando veo un charco en la calle con el reflejo de una bicicleta azul turquesa. Hoy sopla un viento suave y hay una hoja verde flotando sobre el charco. Observo fijamente las sutiles ondas que la rodean, imaginándome que ese charco es un reflejo del lago que hay bajo el puente de Monet. Ojalá pudiera llevarme hasta Elek. He llamado a operadores en Francia buscando un número que me permita contactar con él. Lo he intentado incluso con operadores de Estados Unidos, pero no he tenido éxito. Eso no significa que vaya a renunciar a la esperanza, pero es difícil imaginar que podamos encontrarnos después de tanto tiempo.

Con tan solo las sombras del charco dibujadas en el papel, oigo la risa de Arina resonando por la calle como la mayoría de los días antes de la hora de la cena. Dale viene a recogernos a la escuela con el coche que no sabíamos que tenía. Me deja amablemente en casa y luego ellos dos se alejan como tortolitos que no soportan estar separados. Me alegro de que Arina tenga a alguien como Dale. Ha vuelto a cantar todos los días en la ducha, a veces antes de acostarse y, lo más molesto, antes de que me despierte por las mañanas. Insiste en que es necesario practicar siempre que pueda por su trabajo en el club de *jazz*. Helena, Dale y yo vamos a verla las dos noches que canta cada semana. A veces Mitchell también se une a nosotras, pero creo que es por Helena.

Dale se detiene en una plaza de aparcamiento al final de la manzana y Arina salta y corre hacia mí.

—¡Nora! —grita.

Me llevo un dedo a los labios para avisarla de que no grite. Alza la voz más de lo que cree, sobre todo cuando está emocionada y, últimamente, eso es casi siempre. Dale viene detrás de ella.

—¿Qué? —pregunto.

Mira por encima del hombro hacia Dale, esperando a que llegue hasta nosotras. Sostiene un periódico, pero con ambas manos, como si estuviera hecho de oro.

—Es el *Chicago Tribune* —anuncia Arina.

—Ya ve-veo —contesto con una sonrisa sin saber qué intenta enseñarme.

—Mira esto, boba —dice mientras Dale me pasa el periódico.

Hay una foto mía junto a una caja con un gran interrogante. Debajo, con letras muy grandes, hay una declaración que parece más un anuncio de «se busca» de un delincuente.

AMOR DE JUVENTUD ROTO POR LA GUERRA

Ayuda a que estas dos almas gemelas se reencuentren. Si conoces a Elek Ozscar, de dieciocho años y que recientemente vivía en Bougival, Francia, por favor, dile que Nora Tabor lo está buscando y que llame al número que aparece aquí abajo. Ayuda a estos dos refugiados de guerra a encontrar lo que tantos como ellos merecen: la felicidad.

—¿*Ha perido* la ca-cabeza? —pregunto, mirándola incrédula e impactada.

Arina se sienta a mi lado y me pone las manos en los hombros.

—Sé que puede parecer excesivo, pero hemos pagado para que lo incluyan en los siete periódicos más importantes de Estados Unidos y en otros seis de Europa. Así seguro que lo encontramos.

—Quiero verte feliz —interviene Dale.

—Además, aprovechando que ibas a enfadarte conmigo igualmente, he concertado una cita con un reconocido neurólogo de la ciudad. Le dejé un largo mensaje a su secretaria y ella me dijo que esperara un momento. El propio doctor se puso al teléfono. Eso no pasa nunca. Quiere conocerte y dice que está disponible mañana después de clase.

Antes de que pueda negar con la cabeza y decirle que no estoy preparada, asiente con una sonrisa traviesa.

—Vas a ir. Mamá querría que fueras y Helena me ha dicho que está de acuerdo.

—¿*Epués* de co-concertar *a* cita?

—Bueno, sí, pero…

—¿Le *ha* dicho lo del *pe-peiódico*?

—Todavía no, se lo contaré esta noche. Sé que se alegrará.

Lo dudo. A Helena le preocupa que nuestros nombres se hagan muy conocidos. Le preocupa que la prensa quiera interrogarnos. Con el doctor Mengele aún suelto, desaparecido y libre, nos falta cierta sensación de libertad. Es como un monstruo que todas tememos descubrir bajo la cama.

—Está pálida. Verde, incluso —le dice Dale a Arina.

—Estará bien. Estoy segura —afirma ella, y me da un abrazo.

—Ya te dije que tendrías que haberle preguntado primero —murmura Dale.

—Calla —sisea, tapándome la oreja—. Conozco a mi hermana mejor que tú y, a menos que se vea obligada, no hará lo que es mejor para ella. Confía en mí.

—¿Siempre ha sido así? —me pregunta Dale.

—*Iempre*.

—Mi padre me ha dicho que es el mejor médico de toda la región de los Grandes Lagos.

—¿Cómo vamos a pagarlo? —le pregunto a Arina.

Cada semana aporto algo de dinero a casa, pero no bastará ni por asomo.

Dale se rasca la nuca.

—Yo me haré cargo de los costes, tú no tienes que preocuparte.

Arina me mencionó que Dale era mucho más adinerado de lo que parecía, pero no me gusta aprovecharme.

—No pu-puedo *acetarlo*.

Dale se agacha delante de mí y se agarra a la barandilla de hierro en la que estoy apoyada.

—Mi familia posee varios títulos y escrituras de edificios industriales de la ciudad, incluyendo el orfanato Gracia Divina. Mi padre y yo somos los únicos que seguimos manteniendo en pie el negocio familiar que lleva en marcha casi cien años. Desde que tengo memoria, nuestro lema ha sido: «Si no podemos hacer el bien con lo que tenemos, no tiene sentido tenerlo».

—*E-ere* encargado *e matenimiento* —señalo.

—Solo en el orfanato. El estado administra el edificio y no saca beneficio de él, así que hacemos lo que podemos por ofrecer nuestro tiempo libre y contribuir en lo que sea necesario —explica—. Los niños merecen un edificio limpio en el que vivir y es nuestra forma de retribuir.

La señora Vallentine amenazó con echar a alguien que ayuda de forma desinteresada cuando todos los niños nos estábamos beneficiando de él. Debió de pensar que nunca lo descubriríamos. Me pregunto si Arina ha llegado a esta conclusión.

Mi hermana ha encontrado a su príncipe azul… La belleza física, el buen corazón, el alma y la sabiduría que sobrepasa su edad. Un rayo de luz que invita a Arina a entrar en un mundo lleno de esperanza y felicidad. Rezo para que algún día yo también encuentre un faro que me guíe.

CAPÍTULO 33

Chicago, Illinois, Estados Unidos
MAYO DE 1947

ARINA

«Por favor, que este médico ayude a Nora. Mamá, papá, si nos estáis observando, ayudadnos, por favor». El trayecto hasta el edificio de oficinas del centro de la ciudad se produce en un silencio inusual, ya que no he dicho gran cosa. Si esto no sale bien, también será culpa mía por darle esperanzas.

Miro por encima del hombro y veo a Nora mirando por la ventanilla del asiento trasero. Ojalá supiera qué le pasa por la cabeza. Nunca tendremos respuestas a menos que intentemos encontrarlas y no ha querido ver a ningún médico desde que llegamos a Estados Unidos. Me sorprendió enterarme de que tampoco había visto a ninguno durante el tiempo que estuvimos separadas, pero comprendo su miedo. Puede que le digan que no se puede hacer nada y acaben con la poca esperanza que le queda.

Solo sé una cosa: que independientemente de lo que pase hoy, la cuidaré durante el resto de nuestras vidas.

Bajo la mirada y observo el sobre de color mostaza que contiene una solicitud que mandé poco después de concertar la cita de Nora. A pesar de que sea poco común que las mujeres quieran acceder a una educación superior, no puedo asumir que seré de las pocas que lleguen a la cima. Quiero ser como Helena, pero primero quiero ir a la universidad y sacarme un grado en psicología. Luego ayudaré a la gente. Tal vez a esto se refiriera mamá con lo de que hiciera cosas grandiosas para ayudar a la gente. He vivido con dolor y, aunque la curación es un proceso continuo y puede que nunca llegue al final, puedo ayudar a otros en su camino.

Dale aparca en una plaza junto a la acera.

—Está a solo una manzana de aquí —indica, señalando uno de los edificios más nuevos.

Se gira para mirar a Nora por encima del hombro y frunce los labios en un gesto de empatía.

—No te dejaremos sola —le dice.

—Lo *é* —contesta en voz baja.

Ver a Dale cuidando de Nora hace que lo que siento por él crezca cada día. Es muy generoso y entrega sin cuestionar. Quiere realmente verla bien y está empeñado en encontrar a Elek. No llegué a conocer ese lado suyo en el Gracia Divina. Nuestros encuentros nunca eran lo bastante largos. Su personalidad y su belleza me atrajeron, pero tiene muchas más de lo que habría esperado encontrar en cualquiera.

Dale sale del coche y va hasta la parte trasera para coger la silla de ruedas de Nora. La despliega y la acerca hasta su puerta. La ayuda a salir y a sentarse en la silla. Ella se lo permite. Es al único al que no le planta cara cuando se ofrece a echar una mano. Puede que vea que sus intenciones son puras y que a mí me guarde rencor cada vez que me ofrezco a ayudar. Si ese fuera el caso, lo entendería. Simplemente me alegro de que permita que alguien la ayude de vez en cuando, aunque no sea yo.

La entrada al edificio es grande y dos porteros nos dan la bienvenida. Los suelos de mármol y las columnas pintorescas nos dirigen hasta unas puertas de ascensor doradas que brillan tanto que nos reflejan como si estuviéramos delante de un espejo.

—¿A qué planta se dirigen? —pregunta un hombre con uniforme de mayordomo.

Dale se saca una tarjeta del bolsillo y la consulta brevemente.

—A la duodécima, por favor.

—De acuerdo, señor.

No esperamos mucho hasta que se abren las puertas del ascensor. Nora encabeza la comitiva y entra la primera. La seguimos. Tras girar la silla para quedarse de cara a las puertas, se pone a toquetearse con su pelo colocándose los mechones detrás de las orejas. A continuación, tira de la pulsera que le rodea la muñeca, jugueteando con el adorno de metal.

Cuando el ascensor detiene y se abren las puertas, vuelve a salir la primera en un acto de valentía. Dale me coge la mano y la seguimos a una silenciosa sala de espera. Han decorado las paredes con cuadros clásicos en marcos dorados. Suena una suave música de orquesta de cuerda a nuestro alrededor, creando un ambiente relajante. Espero que Nora se sienta igual mientras se acerca a la recepcionista en un gran escritorio de caoba. Hay una placa en el centro del escritorio con su nombre: SEÑORITA ROSE. Tiene una tez impecable, el cabello rubio fresa y un moño francés sin un mechón fuera del sitio, los labios rojo cereza y gafas de montura negra.

—¿En qué puedo ayudarte? —pregunta a Nora.

Mi hermana se aclara la garganta y baja la mirada a los dedos que tiene apoyados en el regazo.

—*Engo* una ci-cita con el *dotor* Go-Gordon.

La recepcionista, la señorita Rose, aprieta los labios en una tensa sonrisa mientras abre la agenda.

—¿Eres Nora Tabor?

—*Í* —contesta Nora.

—Le diré que estás aquí. Y tú debes de ser su hermana.

—Sí, soy Arina, la que llamó ayer —intervengo.

—Tu hermana te quiere mucho, Nora —dice la señorita Rose.

Al oír esas palabras en boca de una desconocida se me hace un nudo en la garganta. Me duermo cada noche preguntándome si Nora sabe cuánto la quiero y lo mucho que lamento todo lo que tiene que sufrir cada día. Fuera o no evitable, me siento responsable y siempre me sentiré así.

La señorita Rose se levanta. El vestido de raso color crema le sienta a la perfección a su silueta y completa el conjunto con unos zapatos de ante atados al tobillo. Puede que algún día yo también tenga una recepcionista que venga a informarme cuando llegue un paciente.

Un hombre más mayor con el pelo canoso y unas gafas de montura negra apoyadas en la mitad del puente de la nariz aparece por la puerta. La bata blanca y los pantalones negros me dicen que debe de tratarse del doctor Gordon.

—Nora Tabor —dice, inclinando la cabeza a un lado con una sonrisa firme, pero amable. Nora me mira y me informa con una simple mirada de que no va a entrar sola—. ¿Por qué no pasáis los tres juntos? Hoy será una simple consulta. Cuantos más, mejor, ¿verdad?

—Si no le importa que nos quedemos... Estoy segura de que a Nora le vendrá bien nuestra compañía.

—Claro, por supuesto.

Seguimos a Nora a través de la puerta que el doctor Gordon sostiene abierta para nosotros. Cuando entramos en el corto pasillo pasamos junto a la señorita Rose, que se queda en la puerta en silencio.

—Es la primera puerta a la izquierda, podéis entrar directamente —indica el doctor Gordon.

No tardamos mucho en instalarnos a un lado del escritorio y el doctor Gordon se sienta pacientemente al otro con las manos apoyadas sobre una pila de papeles.

Nora tiene la mirada fija en sus piernas. Normalmente, no se muestra tan abatida. Incluso cuando guarda silencio, suele estar pendiente de lo que sucede a su alrededor, pero siento que ahora mismo preferiría esconderse debajo del escritorio.

—¿Por qué no empiezo yo? —dice el doctor Gordon—. Llevo veinticinco años ejerciendo como neurólogo. A lo largo de todo este tiempo he enseñado en la Universidad de Yale, he practicado en el Hospital General de Massachusetts y en la Clínica Mayo antes de abrir mi propio centro aquí en Chicago. He ayudado a mucha gente durante toda mi carrera y cada día siento más aprecio por las vidas que he podido cambiar.

—Eso es impresionante, doctor Gordon. Lo admiro por pasarse

la vida aprendiendo y ayudando a los demás. Es un honor que haya accedido a reunirse con nosotros –le digo.

–En realidad, el honor es mío por estar delante de alguien que muestra tal valentía. He investigado mucho sobre lo que sucedió en Auschwitz y, aunque sé que todavía me queda mucho por descubrir, quiero que sepáis que entiendo en cierto modo lo que tuvisteis que soportar mientras estuvisteis allí. También estoy al tanto de las prácticas horribles e inhumanas del doctor Mengele, aunque esos detalles son más complicados de averiguar que otros aspectos de Auschwitz. Por lo que me contó ayer Arina por teléfono, el doctor Mengele intentó arreglar una tartamudez con la que naciste y te dejó un daño neuronal y un entumecimiento que te afecta a la punta de la lengua y la pierna derecha, ¿es correcto?

–Í –responde simplemente Nora.

–Llevó a cabo el procedimiento quirúrgico con una incisión en la parte superior del cráneo, ¿correcto?

–Í –vuelve a decir Nora.

–¿Dónde te hizo la incisión? ¿Podrías señalar el punto exacto?

Nora se señala el centro de la cabeza y el doctor Gordon asiente. A continuación, escribe en un pequeño cuaderno.

–Supongo que te sentirás bastante incómoda en presencia de cualquier médico, pero me resultaría muy útil para mi evaluación poder pasar unos minutos examinando las áreas afectadas. ¿Te parecería bien que le pidiera a tu hermana y a…?

–Dale, señor.

–Gracias. Sí, ¿te parece bien que les pida a tu hermana y a Dale que esperen en la puerta un momento?

Nora asiente más rápido de lo que esperaba.

–Í, me pa-parece *ien*.

No quiero marcharme, pero tampoco quiero discutir con el doctor, sobre todo si Nora está de acuerdo. Dale y yo nos levantamos y los dos le estrechamos el hombro a Nora de camino a la puerta.

Me duele el pecho cuando me apoyo en la pared de fuera de la consulta, deseando poder oírlo todo. Dale me coge de la mano y me besa los nudillos.

–Rezo por ella todas las noches, Dale. Necesito que esto salga bien. Se supone que tenemos que seguir adelante con nuestra vida y dejar el pasado atrás, pero el pasado vive con ella cada vez que intenta hablar o caminar. Cada minuto que pasa despierta recuerda los horrores, y eso me duele más que nada en este mundo.

No tiene sentido que Dale intente convencerme de lo contrario. Lo ha intentado más veces de las que puedo contar, pero igual que Nora no puede levantarse y alejarse de esa silla yo no puedo desprenderme de lo que siento.

Dale me abraza contra su pecho y me da un beso en la frente.

–Yo me culpo de que mi madre muriera de neumonía, ¿te lo he contado alguna vez?

–Eso es ridículo –respondo, colocándole las manos en el pecho.

–Es cierto. Yo tuve gripe y fue horrible. Ella la cogió también, por supuesto, porque mis gérmenes debían de estar cubriendo cada centímetro de nuestra casa. Yo me recuperé, pero ella se puso mucho más enferma que yo y se negó a descansar mientras seguía cuidándome. Acabó con una neumonía y no fue a ver al médico hasta que mi padre la obligó. Cuando la ingresaron en el hospital, ya tenía los pulmones prácticamente colapsados. Murió al cabo de unas horas.

–Tú no le contagiaste la gripe a propósito –le digo, y comprendo exactamente por qué ha compartido esa historia conmigo.

–No. Nunca haría enfermar a alguien intencionadamente, pero tampoco me cuidé de que no se pusiera enferma.

–Tenías cinco años –replico.

Apoyo la cabeza en su pecho, asimilando sus palabras. Tendré que vivir con el resultado y acabar encontrando la paz en algún momento.

La puerta se abre de nuevo y el doctor Gordon nos indica que pasemos. Dale cierra la puerta después de entrar.

–Nora me ha hablado de un diagnóstico de monoplejía que

le dieron poco después de la liberación. La monoplejía es un resultado de una lesión neuronal o traumatismo en el cerebro que puede causar debilidad o parálisis en una extremidad en particular. Sin embargo, la insensibilidad de la punta de la lengua no se relaciona necesariamente con estos efectos secundarios. –El doctor Gordon se apoya en el borde del escritorio–. Al revisar la zona de la incisión en la cabeza, he encontrado un área pequeña y elevada que no parece carne o tejido. Esto me lleva a creer que podría tener un hematoma crónico, que es una acumulación de sangre que, en última instancia, presiona el cerebro, lo cual puede causar debilidad en alguna extremidad y dificultades de habla. Por las condiciones en las que operaba el doctor Mengele, hay muchas posibilidades de que sea esto lo que sufre Nora.

Estoy confundida, no sé si lo que dice son buenas noticias u otra cosa.

–¿Y ahora qué? –pregunto.

–Con el permiso de Nora, me gustaría hacerle una radiografía para confirmar mis sospechas, y, si realmente se trata de un hematoma crónico, tendré que llevar a cabo otra operación para quitar la sangre vieja acumulada. Potencialmente, esto podría devolverle el movimiento de la pierna y de la lengua. No hay garantías, por supuesto, pero sería candidata a someterse a este procedimiento.

Miro fijamente a Nora y me pregunto por qué la expresión de su rostro no ha cambiado ni una vez desde que hemos entrado en la consulta.

–Nora… –le digo, tocándole el brazo. Me mira fijamente con los ojos desenfocados–. ¿Qué quieres hacer? Puedes tomarte un tiempo para pensártelo si no estás segura.

–Yo…

CAPÍTULO 34

Chicago, Illinois, Estados Unidos
JUNIO DE 1947

NORA

Me aterra haber tomado una decisión apresurada, lo cual es algo que no hago nunca. Puede que mamá o papá estuvieran decidiendo por mí.

La operación podría salir mal. Podría acabar en peores condiciones. Podría morir.

Tal vez por eso Elek y yo no nos hemos encontrado el uno al otro. Si lo hubiéramos hecho y yo muriera en la mesa de operaciones, solo le causaría un tormento mayor. También le destrozaría la vida a Arina, pero sé que ella tiene a Dale y a Helena y, aunque tardara mucho en estar bien, acabaría recomponiendo sus piezas y saliendo adelante. Tiene una gran resiliencia.

Me cuesta salir de la cama sabiendo que la próxima parada es el hospital. Arina lleva una hora despierta haciendo la maleta para quedarse conmigo, asumiendo que sobreviviré al procedimiento y tratando de recomponerse ella también. Helena y Dale se han tomado el día libre en el trabajo. Como ya no hay colegio porque estamos en vacaciones de verano, es el mejor momento para poner a prueba la teoría del doctor Gordon.

Arina se arrodilla al lado de mi cama y me apoya la cabeza en el hombro.

—Vas a estar bien. Mejor que… Creo que cuando todo esto termine estarás mejor.

—Da-dame una buena *no-noicia obre i* para centrarme *e* ella.

—¿Una buena noticia? —repite Arina—. Puede que hoy recuperes la sensibilidad de la pierna y de la lengua, ¿no es lo bastante bueno?

—No-no. *É* que me *econdes* algo y qui-quiero *aber* qué *e*.

—¿Por qué crees que te escondo algo? —pregunta con la voz una octava más aguda de lo habitual, lo cual confirma mis sospechas.

—Dí-dímelo —exijo.

—Hoy todo gira a tu alrededor, Nora.

—Ahora —digo más fuerte.

Arina gime y atraviesa la habitación hacia su cama, mete la mano por debajo del colchón y saca un sobre.

—Iba a contártelo después de lo de hoy.

No voy a decirle que puede que no tenga la ocasión de hacerlo. Va a ser ella la que se quede sentada en la sala de espera mientras me abren de nuevo el cráneo. Cuando vuelve junto a mí aferrándose al sobre, se lo arrebato de las manos y lo abro. Saco la pequeña pila de papeles y veo que el primero muestra la insignia decorativa de la Universidad del Noroeste. Examino las palabras de la página frontal y me llevo una mano a la boca.

—¿*E* han *ado* una beca para ir a la u-universidad? —murmuro entre sollozos.

A Arina le tiembla la barbilla y se le inundan los ojos de lágrimas mientras asiente.

—He conseguido una beca completa del programa médico para estudiar Psicología. Así que, si acabo las últimas clases del instituto este verano y obtengo el título, puedo empezar en otoño.

Me incorporo y tomo su rostro entre las manos.

—Ma-mamá y papá *etarían* mu-muy *orgulloso* de *i*, Arina. Yo *ambién etoy* orgullosa, muy o-orgullosa.

Arina me rodea el cuello con los brazos, apoya la mejilla en la mía y nuestras lágrimas se mezclan y caen en un solo río.

—Sé que vas a superar esto y vas a ir a la escuela de arte. Serás una artista famosa o todo lo que tú quieras… Las puertas del mundo están abiertas para ti, pase lo que pase hoy.

Solo puedo rezar por que tenga razón.

Hay más sitios para aparcar en el hospital que en la consulta del doctor Gordon. Helena y Arina caminan a mi lado y Dale va detrás con mi maleta mientras nos acercamos a las puertas de la entrada principal.

Miro a través de las ventanas de cristal que tenemos delante y deseo poder ver el resultado de este día. Me duele el estómago y me siento como si tuviera una pila de rocas aplastándome el pecho.

—Disculpen, ¿tienen hora? —pregunta un joven mientras nos acercamos a las puertas.

—Ya es casi la hora —contesta Dale.

Me giro para mirarlo, pero mientras me estoy dando la vuelta capto algo que debe de ser una especie de ilusión.

La ilusión se acerca a mí, aún más alto de lo que lo recordaba.

—*Ma chérie* —murmura—. Te he encontrado.

Me doblo por la mitad llorando con tanta fuerza que podría vomitar. Me ha encontrado. Está aquí. Casi dos mil quinientos millones de personas en este mundo y aun así me ha encontrado. Elek se deja caer de rodillas delante de mí y no pierde ni un segundo antes de reclamar mis labios.

—Te quiero, Nora. Te quiero muchísimo. Vivir sin ti ha sido un infierno, intentar encontrarte, buscarte día y noche hasta que… hasta que vi tu rostro y no podía creer lo que veían mis ojos. Luego leí las palabras…

—¿Me *vi-vite*? —pregunto.

Elek me pone las manos en la pierna buena.

—Cuando salí del orfanato no tenía adónde ir. Pasé una temporada complicada hasta que pude ahorrar algo de dinero trabajando para un deshollinador al que conocí. Él y su esposa se ofrecieron amablemente a acogerme hasta que tuviera los medios suficientes para irme a vivir solo, pero mi objetivo era venir aquí. Había obstáculos en cada esquina, Nora, y estaba en una larga lista de inmigración.

¿Por qué nos ha tocado pasar por tanta angustia en una sola

vida? Debe de haber un motivo y no estoy segura de entender por qué se nos pone a prueba de ese modo.

—La-lamento que *uviera* que pasar *po* eso *olo*.

Niega con la cabeza.

—No, cuando hay alguien en tu corazón, es imposible estar solo —declara, colocándome el pelo detrás de la oreja—. Una noche, tras una larga jornada de trabajo, me senté en la acera y dejé caer la cabeza en las manos, dispuesto a echarme a llorar por la frustración, cuando algo me llamó la atención… Una mariposa monarca descendió en picado sobre un charco y vi una página del periódico mojada. Por un momento, pensé que me lo estaba imaginando, pero, cuando lo miré de cerca, el mundo se quedó congelado a mi alrededor, se detuvo el tiempo. Era tu foto. Cogí el papel mojado y leí las palabras que aparecían debajo. Llamé al número que aparecía y respondió Mitchell, el padre de Dale. En cuanto le dije quién era, dijo que me ayudaría a acelerar el proceso de inmigración y que él cubriría todos los gastos.

Siento la cabeza desconectada del cuerpo mientras asimilo cada palabra que pronuncia Elek.

En la carta que me escribió mamá decía: «Búscame: un signo de esperanza en los reflejos de los charcos, en las mariposas…». Ella me lo ha enviado… a través de Mitchell, que no dijo ni una palabra.

—¿É-él lo *abía*? –pregunto.

—Hizo falta otro mes para arreglarlo todo y no queríamos decirte nada hasta que hubiera llegado aquí, lo que sucedió anoche. Helena y él tuvieron la amabilidad de recogerme en la estación de trenes y pasé la noche en casa de Mitchell. Allí también tuve el placer de conocer a Dale. Gracias a él, sabía que estarías aquí esta mañana.

Miro a Helena, que tiene la mitad del rostro cubierto con las manos. Tiene los ojos rojos, pero, por los hoyuelos que se le asoman entre las yemas de los dedos, sé que está sonriendo.

Todos estaban metidos en esto. A continuación, miro a Arina y me pregunto cómo ha sido capaz de guardar un secreto así.

–Ah, no me lo dijeron –comenta.

–¿Y por qué? –pregunta Dale con una risita.

–Porque soy incapaz de guardar secretos –responde ella a regañadientes. Tras una dosis extra de suspiros y ojos en blanco, continúa–: Pero me alegro de que no lo hicieran, porque Elek ha recorrido una larga distancia para estar aquí y merece compartir este momento contigo.

Una leve carcajada se me escapa por la garganta, consciente de lo sincera que es su confesión. No es capaz de guardar secretos.

–No *pu-pueo* creer que *etés* a-aquí –balbuceo, mirando a Elek mientras el corazón me late con fuerza en el pecho–. *E* he echado mu-mucho de *meno*. Ca-cada *miuto* de cada día. ¿*Abía* que *etaba* a-aquí en Chicago? –pregunto, porque una de las cartas que envié no volvió con las demás y me preguntaba si había sido un error o un milagro y había recibido al menos una.

Elek se mete la mano en el bolsillo y saca un sobre con mi letra. Es la primera carta que le envié. La que me dio motivos para mantener la esperanza.

–¿*E* lle-llegó una?

Elek arquea una ceja.

–¿Había más? –inquiere.

–*Mu-mucha má.*

–Bueno, me llegó una con tu dirección –declara, sosteniéndola contra el pecho antes de volver a guardársela en el bolsillo–. Sabía que habías conseguido llegar bien aquí y que te quedarías en Chicago hasta que yo encontrara un modo de reunirme contigo. Eso me proporcionó más consuelo de lo que sería capaz de explicarte. No contesté porque no quería decepcionarte diciéndote que no tenía modo de llegar hasta aquí. Sentía que así rompería la promesa que te había hecho y no podía hacer eso. Tenía que seguir trabajando y buscando la manera, sabía que tenía que contestarte en persona. Solo lamento haber tardado tanto.

Ojalá me hubiera escrito, pero puede que cada carta solo hubiera servido para provocarme más dolor al saber que no

271

estábamos más cerca de volver a estar juntos que cuando nos habíamos separado.

–Lo e-entiendo.

–Lo siento si te he causado dolor –dice, llevándose una mano al pecho.

–No, no *o ha* he-hecho.

Me levanta la muñeca del regazo y mira la pulsera con el adorno metálico en forma de E. A continuación, mira a Arina.

–Leíste la nota en la que había envuelto las pulseras–comenta.

–Leí *a* no-nota un millón de *ve-vece*.

–En el fondo, sabía que la encontrarías. Como decía la nota…, las pulseras son mágicas, aunque me dijiste muchas veces que tú no creías en la magia. Esperaba demostrarte que te equivocabas.

–¿Las pulseras eran tuyas? –pregunta Arina–. ¿Cuántas más cosas hay que no sé?

Todos se ríen tras la pregunta de Arina.

–Quería que Nora te encontrara más que nada en este mundo. No sabíamos si estabas viva, pero deseaba el reencuentro por ella…, por vosotras.

Arina se rodea la muñeca con la otra mano y abre la boca en señal de sorpresa.

–Gracias –susurra.

–Gracias a vosotros por poner la nota en el periódico. Dale me ha contado a cuántos periódicos enviasteis la información. Tal vez no hubiera encontrado el modo de venir hasta aquí si no lo hubierais hecho.

Me siento abrumada por todos los pares de ojos que me observan, consciente de todo lo que se han esforzado para traer a Elek aquí y para llevarme hoy al hospital… El recordatorio repentino de por qué estoy aquí envía otra oleada de incertidumbre a mi ya débil estómago.

–¿Y si me *asa* algo *durate* la o-operación? –le pregunto a Elek, porque ahora mismo necesito sus palabras más que las de ninguna otra persona.

–No te pasará nada, estarás bien. ¿Me oyes? Estaré aquí esperándote cuando termine la intervención y todo irá bien. Te lo prometo. Nuestras vidas acaban de empezar. —Me coge la mano y me mira con anhelo. He echado muchísimo de menos esos ojos, me duele físicamente el corazón dentro del pecho—. Te quiero, Nora…, siempre te querré.

—*E* quiero —contesto, tragándome el miedo.

Hubo un tiempo en el que solo nos teníamos el uno al otro, pero ahora tenemos mucho más.

EPÍLOGO 1

Chicago, Illinois, Estados Unidos
DIEZ AÑOS DESPUÉS, JUNIO DE 1958

ARINA

La luces están apagadas excepto por el foco azul que tengo sobre mí. Suenan las primeras notas del piano y se une la banda poco a poco. Aprieto la mano alrededor del micrófono y empiezo a cantar la letra de la canción que he escrito:

> *Antes estaba perdida*
> *entre las gotas de lluvia,*
> *escondida detrás de las nubes.*
> *Los días eran azules,*
> *pero no así el cielo.*
> *Hasta que un día*
> *tus rayos iluminaron mi vida,*
> *me secaron las lágrimas,*
> *y el tiempo tormentoso*
> *desapareció.*

—Dejando la tormenta atrás, ha llegado el momento de dirigirse hacia días más soleados —le digo a la multitud que aplaude.

Llevo un tiempo sin cantar delante de nadie, pero esto ha sido por un favor y no podía decir que no, sobre todo en un día como este.

—¡Más, canta otra! —grita la gente.

—Estamos aquí por algo más importante que mi canción. —Agito el brazo a la esquina trasera de la sala y el foco sigue esa dirección—. Por si todavía no habíais visto a la artista más vergonzosa de la habitación, me gustaría presentaros a mi talentosa hermana, Nora Tabor-Ozscar, la responsable de las hermosas obras que iluminan esta habitación. Su arte único demuestra claramente las maravillas que es capaz de conseguir la imaginación cuando se libera.

Otra ronda de aplausos sigue a mis últimas palabras, pero esta vez es para la persona que recibe los elogios. Le devuelvo el micrófono al pianista y le cojo la mano a Dale antes de bajar los pocos escalones que llevan a la oscura plataforma.

—Has estado espléndida —me susurra al oído.

Me rodea con el brazo y me estrecha con el aroma de su colonia y la calidez de su roce.

—Ha pasado tanto tiempo que creía que se me habrían olvidado todas las palabras —confieso.

—Podrías cantar cualquier palabra que se te pasara por la cabeza y no importaría por lo bien que suenas —contesta, dándome un suave beso en la mejilla.

—¿Dónde está Danica? —pregunto—. Estaba con su tía vendiendo obras de arte, así que deberíamos encontrarla pronto.

Mientras recorremos la bulliciosa galería que ahora está completamente iluminada para realzar cada obra de Nora, veo a mi creadora de problemas en miniatura con los dedos cruzados detrás de la espalda mientras habla con aire adorable con un señor mayor. Señala un cuadro y pestañea mirando al hombre.

—Ay, querida —dice Dale—. Danica, cariño, ven y deja que este hombre disfrute de su tiempo aquí.

Danica corre hacia nosotros y rodea a Dale con sus bracitos, esperando a que la levante del suelo. Con cinco añitos, ya lo tiene completamente comiendo de su mano y no creo que él sea consciente siquiera. Seguro que papá acabó dándose cuenta en algún momento de lo fácil que se rendía con Nora y conmigo con una simple sonrisa, pero nunca aprendió a decirnos que no.

—Mamá, has cantado muy bien. La próxima vez quiero cantar contigo —dice Danica.

—A mamá le encantaría, cariño —contesta Dale.

—Pues sí —corroboro, dándole un toquecito en la nariz con el dedo.

—¿A qué hora tienes a tu primer paciente mañana? —inquiere Dale—. Seguro que, tras una noche como esta, mañana estaremos todos cansados.

—A las diez, pero mi recepcionista abrirá antes de la hora, así que no pasa nada si llego un poco tarde —le aseguro. Cambiando rápido de tema, vuelvo a centrarme en Danica, que detesta oírme hablar de pacientes y de la consulta—. Danica, los abuelos se mueren de ganas de pasar mañana todo el día contigo.

—Ya me lo han dicho —responde Danica como si fuera algo evidente—. Van a llevarme de compras y me han dicho que puedo elegir lo que quiera.

Me río disimuladamente y miro a Helena y a Mitchell, que me dirigen un rápido saludo mientras siguen hablando con los demás.

—Un día de estos, mi padre le comprará la tienda entera a la niña —comenta Dale.

—Y Helena más de lo mismo.

Cuando se trata de malcriar a Danica, no hay espacio para la negociación.

—Voy a ver cómo va todo con Nora —le digo a Dale, y le doy un beso en la mejilla a él y otro a Danica—. Por si no te lo he dicho últimamente, gracias por darle la vuelta a mi mundo.

—Me lo dices todos los días, Arina, pero como siempre te contesto…: soy yo el que debe darte las gracias. Soy yo el que tuvo la suerte de encontrarte.

EPÍLOGO 2

Chicago, Illinois, Estados Unidos
JUNIO DE 1958

NORA

–Mu-muchas gracias, señor –digo con las manos debajo de la barbilla, observando al señor que se maravilla mientras contempla el cuadro que acaba de comprar–. Espero que lo di-disfrute. Es uno de mis pre-preferidos.

–Dime, antes de irme, ¿te importa que te pregunte... qué te inspiró a dibujar un laberinto tan exquisito de fichas de dominó en pie en un círculo de fichas caídas? –pregunta.

Sonrío recordando cuándo pinté esta obra, poco después de la cirugía con el doctor Gordon.

–Todavía que-quedaban algunas en pie al final, señor.

–Maravilloso, jovencita. Simplemente maravilloso. Bravo. He elegido el cuadro correcto. Ahora estoy seguro.

–Gra-gra-gracias por su amabilidad, se-señor. Sus pa-palabras significan mucho para mí.

Elek se aclara la garganta al oír mis palabras, perdiendo la fuerza ante mis emociones.

–¿Quiere que le ayude a llevarlo al coche, señor? –le pregunta al gentil caballero.

–No, no, me las arreglaré. Ya tienes las manos llenas –dice con una risita.

–Vaya, cariño, has llegado al gran momento, ¿verdad? –comenta Elek, poniéndome una mano en la cintura.

–No lo sé. ¿Este es un gran momento? Me siento como si estuviera soñando, si es eso lo que preguntas.

–Estamos en una habitación en cuyas paredes se refleja el

funcionamiento interno de tu mente. No se me ocurre un lugar mejor en el que estar.

No puedo evitar que una sonrisa asome a mis labios mientras intento convencerme de que estoy despierta y de que esto es real. Mi propia galería y gente comprando mi arte. Nunca pensé que llegaría a verlo.

—¡Mami!

—¡Mamá!

—Chicos, bajad la voz —les dice Elek a Henrik y Simon, llevándose un dedo a los labios—. Ya os he dicho que esta noche tenéis que portaros muy bien o los abuelos se os llevarán pronto a casa.

—¡No quiero irme! —grita Henrik aún más alto que antes.

—¡Yo tampoco! —añade Simon.

Helena se aleja de la conversación que estaba manteniendo con una mujer mayor y toma las pequeñas manitas de los niños entre las suyas.

—Chicos, venid con la abuela. Vamos a tomar algo.

—Yo tengo una pareja de gemelas —interviene un hombre calvo de mediana edad mientras se acerca—. Antes de tenerlas, tenía pelo en la cabeza. Que Dios os bendiga. Buena suerte.

Elek y yo cruzamos la mirada conscientes de que estamos a punto de echarnos a reír. Oímos los mismos comentarios cada vez que nos mostramos en público con los niños. Seguimos pensando que se calmarán cuando sean más mayores, pero ya tienen casi seis años y cada vez son más escandalosos. Supongo que eso compensa lo tranquila que siempre he sido yo.

—Tienes aspecto de necesitar otra copa de vino —dice Elek, cogiéndome la mano como hace a menudo cuando caminamos en público. La fuerza de su brazo disimula el pequeño apoyo que necesito a veces y siempre dice que nadie se fijará en que le falta un brazo si yo me agarro al otro—. Estás preciosa, por si no te lo he dicho ya. Y estoy muy muy orgulloso de ti.

—No-no estaría aquí si no fuera po-por ti.

Pasa el pulgar por mi pulsera vieja y desgastada.

–Y yo no estaría aquí sin ti. Me encanta ver cómo nuestros sueños se hacen realidad juntos –susurra.

–¿Quién iba a de-decir que nuestros sueños empezarían en el puente de Mo-Monet bajo toda la belleza capturada en sus li-lienzos?

–¿Quién iba a decir que algún día estaríamos debajo de toda la belleza capturada en tus lienzos?

–Te-te quiero –le susurro al oído.

–*Ma chérie*, es imposible que me quieras tanto como yo a ti.

UNA CARTA DE SHARI

Querido lector:

Gracias por haberte decidido a leer *Las hermanas de Auschwitz*. Si has disfrutado de este libro y quieres estar al día de todos mis lanzamientos, apúntate en el siguiente enlace. No se compartirá tu dirección de correo electrónico y podrás cancelar la suscripción en cualquier momento.

www.bookouture.com/shari-j-ryan

Me cuesta imaginar cómo debió ser vivir durante la Segunda Guerra Mundial, sobre todo a través de los ojos de niños mayores como Nora y Arina. Con cada historia que escribo, dedico una cantidad considerable de tiempo a reunir y estudiar investigaciones incluyendo biografías, documentales, periódicos archivados y materiales disponibles en museos y memoriales del Holocausto para que me ayuden a retratar esa sensación de realismo detrás de las historias de mis personajes. Quienes aguantaron dificultades y sufrieron durante la Segunda Guerra Mundial necesitan que sus experiencias se compartan. Por eso apoyo estas novelas con toda mi devoción y compromiso. Mi legado y mi educación me han impulsado a encontrar un propósito aprendiendo continuamente sobre el Holocausto, tanto los grandes detalles como los más pequeños.

Como nieta de dos supervivientes y de muchos que perecieron, mi determinación sigue creciendo con cada nuevo libro que escribo, consciente de la importancia de mantener el pasado vivo en el presente. Si bien es un tema complicado de aguantar, me siento orgullosa de tener voz y la capacidad de alzarme por mi familia para asegurarme de hacer mi parte a la hora de evitar que el odio y la desigualdad vuelvan a normalizarse alguna vez.

Espero de todo corazón que hayas disfrutado leyendo la novela y, si es así, te estaría muy agradecida si pudieras escribir una reseña. Puesto que los comentarios de los lectores me ayudan como escritora, me encantaría saber qué piensas y es de vital importancia para que lectores nuevos descubran mis libros por primera vez.

No hay mayor placer que oír la opinión de mis lectores. Podéis poneros en contacto conmigo a través de mi página de Facebook, por X (antes Twitter), Goodreads o por mi página web.

¡Gracias por tu lectura!

Shari

AGRADECIMIENTOS

Las hermanas de Auschwitz ha sido una experiencia increíble y esclarecedora en mi viaje como escritora. Nada me produce más alegría que compartir un trocito de mi alma y mi corazón en cada página que escribo.

Me gustaría dar las gracias a Bookouture por ser una editorial excelente. Con cada nuevo libro que publicamos juntos sigo agradeciendo la amabilidad, la compasión y la devoción. ¡Gracias!

Christina, trabajar contigo me proporciona la ventaja de aprender y de crecer por tu experiencia y conocimiento como editora. Aprecio enormemente tu creatividad y tu atención al detalle. Me siento privilegiada por poder trabajar contigo.

Linda, gracias por animarme siempre y por apoyarme. Nuestra amistad lo es todo para mí y no sé qué haría sin tenerte como una constante en mi vida.

Tracey, Gabbgy y Elaine: gracias por permanecer a mi lado y orientarme. Siempre os estaré agradecida por el tiempo y el apoyo que me ofrecéis, pero, sobre todo, por vuestra amistad. ¡No sé qué sería de mí sin vosotras!

A los maravillosos lectores de ejemplares avanzados, blogueros, *influencers* y lectores en general: empezar en esta comunidad me ha proporcionado una perspectiva diferente de la vida y no se me ocurre una mejor industria de la que formar parte que esta, con todos vosotros. Gracias por vuestro apoyo y vuestros ánimos.

A Lori, la mejor hermana pequeña del universo. Gracias por ser siempre mi lectora número uno y mi mejor amiga. ¡Te quiero!

A mi familia: mamá, papá, Mark, Ev. Gracias por decirme siempre que puedo conseguir todo lo que me proponga porque a veces mis sueños son más grandes que la vida. Os quiero mucho a todos.

Bryce y Brayde, mis preciosos hijos, gracias por mostrar siempre vuestro orgullo infinito por mí y por los libros que escribo. De pequeños nunca esperé que pudierais admirar algo que hiciera yo, pero cuando os veo analizando historias y trabajando en las vuestras me provocáis un sentimiento de orgullo que nunca podría llegar a expresar con palabras.

Josh, gracias por estar siempre a mi lado y por escucharme hablar de los mundos ficticios que solo existen en mi cabeza. Tu apoyo es muy importante para mí. Hace diez años, me dijiste que debía intentar escribir un libro. Así que todo esto es por ti y te quiero por empujarme a un lugar que tal vez no habría encontrado nunca por mí sola.

ÍNDICE